所念在家山

孙重人 著

人民文学出版社

图书在版编目（CIP）数据

所念在家山／孙重人著.—北京：人民文学出版社，2022
ISBN 978-7-02-014455-6

Ⅰ.①所… Ⅱ.①孙… Ⅲ.①散文集—中国—当代 Ⅳ.①I267

中国版本图书馆 CIP 数据核字（2021）第 244334 号

责任编辑　王永洪
装帧设计　刘　远
责任校对　孟天阳
责任印制　任　祎

出版发行　人民文学出版社
社　　址　北京市朝内大街 166 号
邮政编码　100705

印　　刷　北京盛通印刷股份有限公司
经　　销　全国新华书店等

字　　数　150 千字
开　　本　890 毫米×1290 毫米　1/32
印　　张　12　插页 3
版　　次　2022 年 3 月北京第 1 版
印　　次　2022 年 3 月第 1 次印刷

书　　号　978-7-02-014455-6
定　　价　69.00 元

如有印装质量问题，请与本社图书销售中心调换。电话:010-65233595

目录

自序 无忧之地随遇安 001

莫以宜春远 001
耸翠的袁山，舒缓的秀江
江城孤起一高台
静倚卫公阁，眷怀卢子洲
走街巷，寻觅小城记忆

明月照深山 029
山称明月好，归来不看月
跟着瀑布走，云谷泉流玉屑飘
"埃克斯"小镇 —— 温汤，富硒奇温泉

问道武功山 057
峭壁之上，触摸花岗岩，欣赏杜鹃花
高山有奇观，草甸入云端
在山巅，乘坐火车去探险

赣西喀斯特 081
为有源头活水来
袁水河畔一画屏
奇山幽境探溶洞

沉睡的森林 107
官山，被封禁的山
苍杉拂云烟翠深
熊猫的想象

在北纬28度 137
"只要放下包袱，咫尺就是家乡。"
走进赣西古村落
一种向往，山野田间有民宿

九岭腹地行 ········ 167

去中源乡避暑

三爪仑：客路青山外，行舟绿水前

古楠村里看大鲵

在山的那一边

寻找桃花源 ········ 197

秀溪，"渊明故里"行

山中桃源谷，流水绕孤村

桃源里，青山村，清辉照衣裳

流淌的修河

家在田园中（附二篇）········ 231

唯农：两个"农场主"

唯实：一对老农民

唯真：南桂的故事

禅是一枝花 ········ 259

马祖建丛林，百丈立清规

禅都在宜春，仰山第一叶

五叶护一花，临济多弟子

慧南创"三关"：生缘、佛手和驴脚

雨中游洞山 ········ 293

玄荫之境葛溪谷

"古洞云深"的禅寺

净心自悟，曹洞之道

曾过书院来 ········ 319

书院，诗书滋味长

华林胡氏"灿锦霞"

唯有书香能致远

乡土的记忆 ········ 343

风吹稻花香

乡土忆，最忆是小吃

节日里的味道

陶渊明的酒

后记 ········ 373

自序

无忧之地随遇安

此无忧，指心理，对游子而言，回归故土，是一种释然与安枕；彼地域，在赣西，旅人眼中的陌生之境，遥岑远目，乃一捧红巾与翠袖。虽不依名山，不靠大川，却山野苍茫，民风淳朴，水木清华，底蕴深厚，一处宜游、宜养、宜居之地。自然分野，风光若耶，和光同尘，与时俯仰，梦到江南春好处。

赣西多山。明月之秀，秀在山间，崖松泉瀑，山花绚烂于峻峭，硒泉温润于梦幻；武功之雄，雄在岗崖，峰青山明，石岩托顶于耸峙，十万草甸入云端；九岭之博，博在纵横，苍岭物丰，中亚热带五百里，常绿阔叶郁紫岚；官山之幽，幽在封禁，古木空烟，山岳冰川存遗迹，孑遗物种平融通。三山夹三水，山有武功、九岭与幕阜，水为袁水、锦江及修河，丰腴沃土，山娇川媚。赣西多水。山高水长，武功奇泉袁水来，鱼米之乡，水车连磨，三峡巉岩溶洞幽，"罗村如玉带"；锦江奔放，潦河恬静，日浮江色，逦迤秋波，"客路青山外，行舟绿水前"；修河浩渺，西海遗珠，山川映带，水明如镜，绿岛如莲，十里画廊"半是渔人半是樵"。

春天，绵绵杜鹃，花开琼瑶峭壁，云中飞瀑，雨雾弥漫山嶂；夏日，茫茫莎草，摇曳浩荡穹顶，巨石枕流，涧水碧落溪谷；秋天，点点斜阳，绿意灼黄山野，河绕孤村，古树掩映屋舍；冬日，皑皑暮雪，温泉抚慰大地，寒凝涌动，物种孕育新芽。

如晚唐宜春诗人郑谷吟咏：

闲立春塘烟淡淡，静眠寒苇雨飕飕。
渔翁归后汀沙晚，飞下滩头更自由。

赣西之美，美在自然，山野之化，陶冶人文。江南西道，文物旧邦，魏晋风度，唐风宋韵，明清传承。田园古道，阡陌纵横；故园风物，民俗情怀；禅风悠远，世外桃源。

渊明故里，桃园灼灼。陶氏潦倒，写为生计亦为趣；桃源理想，墙内开花墙外香。"始家宜丰"，秀溪汩汩，"东篱""南山"，隐约再见，"土地平旷，舍屋俨然"，《陶氏族谱》，镌刻族志。定江江畔，"有山有水真栗里，半村半郭恍桃源"；修河河边，东岭石林，桃树洞壑，《桃花源记》有灵感；武陵岩下，芳草鲜美落缤纷，"武陵渔子入花源，但见秦人不得仙"。

"春来遍是桃花水，不辨仙源何处寻。"性情渊明，商山四皓，小隐归出，大隐于酒，"吏隐宜春郡，溪山若画图"。

赣西之地，吴头楚尾，山林葱茏，绵密坚韧，随峦起伏。青翠之岭横亘，沧浪之水泛莹。古村古落，依山傍水，山围合，水如带。洑溪平溪，远山近林，晨晖斜阳，田野生辉；古树古屋，自然依偎，天人合一，隽永深沉。中源多古树，枫香、野槠、红豆杉；船湾有古屋，花桥、围屋、九门楼。七山半水一分田，分半道路与庄园。赣西之地，气候温润，山野丰腴，土地富庶，形胜之区，浑然天成。田园乡里，农桑尤盛，风吹稻花香。明时宋应星，访田间作坊，察农工技术，作《天工开物》。仓廪实，知礼节。系脉耕作，适彼乐土；桑麻人生，樽酒解忧。

《滕王阁序》，王勃有言，物华天宝，龙光射牛斗之墟；人杰地灵，徐孺下陈蕃之榻。隐士孺子，居白土，甘贫穷，不伺王侯，栖隐隐溪，立读书台，超然处世。

《云台编序》，严嵩言道："吾袁为州，僻在江介，波岭澄复，代有文贤。昔在李唐，艺文特盛。"唐宋以降，文化昌明，南宋尤盛，学风谨严，人才辈出。唐韩文公，量移宜春，昌黎书院领风尚；卫公德裕，指点卢肇，化成岩边好"读书"；都官郑谷，仰山腹地，草堂落拓尘外闲；慎虚易轩，居桃源里，深柳堂中写鹡鸰。

宋时赣西，书院林立。华林书院，集书万卷，延四方名士；高峰书院，琅琅书声，风范今犹存；濂山书院，敦颐阳明，八百年不衰。书院之旨，渐成风尚。唐宋书院，三分天下有其一，办学之气，蔚然成风。今日赣西，古村多"及第"，庭坚故里，进士第一村，贤才辈出，书院兴盛，耕读传世，荣耀门楣，信念质朴，境界卓然。士游于学，民勤于食，节物风流，平淡和美，率真简素，温润谦和，超然尘外，空灵隐逸。

　　东汉明帝，佛教传入。隋唐以降，六祖慧能光大禅门，马祖创立洪州之宗。赣西三宗，沩仰，玄意高古、绵密幽深；曹洞，明心见证、净心自悟；临济，心佛平等、自性成佛。胡兰成说禅是一枝花。今日赣西，佛教禅宗，花开遍野。宗教文化，雅俗兼备，禅风之盛，潜移默化，注重当下，平常之心。胡适曾曰，禅道相融，马祖门下，终成正统。星云到访，参禅问祖，提笔留墨——禅都宜春。冲淡深粹，道法自然，多元通融，岁月承平。佛道相契，人文情怀，儒理复兴，自明吾理。"春来花处处，云散月家家。"

　　"我有所念人，隔在远远方。"纵是远望不见，心却早已回家。吾行此间，惬意闲适，归故土山川，寻山问水，散淡悠然，探索背后的吉光片羽，发掘其中的故事意趣。

前些年某省的初中语文教材，曾从《四库全书》之《凫藻集》中选入明朝史官高启的《书博鸡者事》。文章开篇写道："博鸡者，袁人，素无赖，不事产业，日抱鸡呼少年博市中。任气好斗，诸为里侠者皆下之。"

这是我所阅读过描写古代宜春的一个故事。《书博鸡者事》大致的意思说，元代至正年间，袁州有一位州官，政绩不错，受到百姓喜欢。但他说话不慎，得罪了一位上级官署派来视察的特使。有一个当地土豪，借此机会诬陷州官，使他罢了职。袁州人很气愤，又无可奈何，于是找到博鸡者说："你向来以勇敢出名，但只能是欺压贫弱的人。那些土豪依仗他们的钱财，诬陷贤能使君，使他罢了官。你果真是男子汉大丈夫的话，就不能为州官出一把力吗？"博鸡者说："好。"于是，他跑到贫民聚居的地方，招来一群向来勇健的小兄弟，拦住那个土豪，把他揪下马，拎起来殴打一顿，还剥下土豪的衣服，把他的双手反绑，游街示众，打击了土豪的气焰。接着，博鸡者用纸连成一个巨幅，写了一个很大的"屈"字，用竹竿夹举，行至行御史台去诉讼，最终州官的官职得以恢复，特使被罢免。由此，博鸡者的侠义行为闻名东南一方。

《书博鸡者事》的故事情节很简单，却饶有趣味。虽然这只是一个非典型故事，但它却让人知道了袁州这个地方，以及袁州人自尊心强、热心、好善嫉恶、爱打抱不平，甚至还有那么一点儿血性的性格特征。

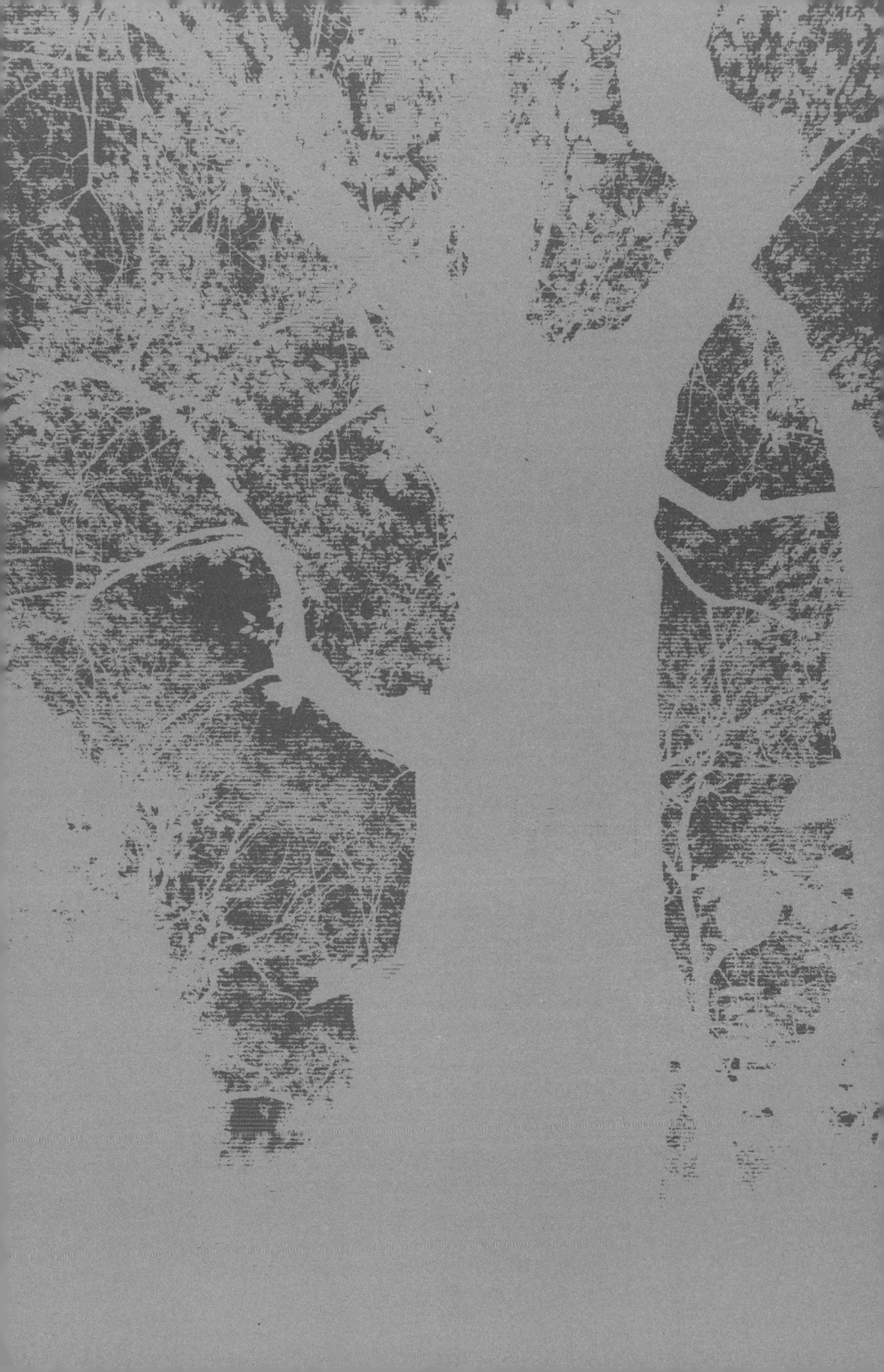

莫以宜春远

耸翠的袁山,舒缓的秀江
江城孤起一高台
静倚卫公阁,眷怀卢子洲
走街巷,寻觅小城记忆

莫以宜春远

耸翠的袁山，舒缓的秀江

　　古郡袁州，今日宜春。这是座小城，也是一座古城，西汉初期建县，已有两千多年历史。汉高祖六年，即公元前201年，大将军灌婴定江南，于此建基筑城。后来刘邦分封诸侯，宗室中，刘发成为长沙定王，刘发之子刘成则被册封豫章郡宜春侯，管辖袁河流域。可惜好景不长，没几年刘成这个侯国首领就被"夺爵削国"，于是忧郁的刘成便徜徉于这山水之间，成为宜春历史上最早的"隐士"。不过，刘成对宜春的贡献在于开启了这座城，使它从此有了"宜春"这个正始称谓。

　　隋朝初年，朝廷废郡置州，在宜春设袁州府治，范围扩大，管辖赣西部分地区。如今的宜春，原为地区（行署）建制，现地改市，辖十个县市区，原宜春市改为袁州区。在我看来，广义上的赣西，位于江西西部，宜春市为主体，同时涵盖萍乡、新余等市，以及九江、吉安的部分区域；狭义上，则专指如今宜春市所辖范围，主要为袁州区，人们习惯仍称之为"宜春"。

　　"山明水秀，土沃泉甘，其气如春，四时咸宜"所指即宜春。这句话定位了宜春的自然环境基调，也赋予这座城市温和的性格。的确，宜春是一座山水之城，历史与文化源远流长，为"江南西道"著名的古道，尤其是唐宋以来，人文气息浓郁。在此之前，位于"吴头楚尾"的宜春，为一处蛮荒之地。

　　宜春城的北郊有两座对峙的山，一为大袁山，另一座称小袁山。其中的大袁山，古名五里山，宜春人将其纳入宜春八景之一——袁山耸翠。二十世纪九十年代中期以前，袁山还是一处只知其名不知其形之地，一个树木葱郁、荆棘凌挂之地。虽然知晓度很高，因袁京的栖隐而山州同姓，然而大多数宜春人并没有去过那里。宜春的变化在于近二十年，2004年，第五届全国农民运动会在此举办，一届规模并不大的运动会改变了这座城市的面貌，规模几乎扩大了一倍，人口已达百万，北部新区相当于再造一个新城。袁山仍在那个地方，如今已辟为袁山公园，成为宜春城北一个次中心区域。我这次回宜春，没想太多，首选目的地即袁山公园，车下高速，直奔它而去。那是一种新奇又令人期盼的感觉，像要见到一位久违的朋友。我本宜春人，只因工作关系调离宜春近三十年，对袁山的印象，还停留在儿时的想象中，如今有机会，自然想一睹为快。

袁山公园，并无大门，开阔开放，充满包容之气。从高士北路或宜阳大道踏入公园便是广场，周边花木汇列，亭榭棋布，分野优雅。那天我们步入公园，一群大妈正在广场跳交谊舞，见我拿着相机，也不问我是干什么的，嚷嚷着让我过去给她们照相，快乐的一群人，跳着快乐的舞蹈。

袁山之下目前建有两处人工湖，环湖有桥两座。我背着相机，兴味盎然，四处闲逛。忽然听到身后有人叫唤"你应该走远一些，到那边去将两座桥一并拍下，那才是袁山公园最美的景观"。转身一看，一位少妇带着孩子，正在给我指点。我很感激，热心的宜春人，把我当游客了。就袁山公园来说，此刻的我，第一次入园，还真算得上是个游客。宜春原本是个多泉多湖之城，袁山的人工湖，是个很好的点缀，湖光山色，水榭亭台，类似扬州瘦西湖，桥亦有特色，像瘦西湖上的五亭桥。过了桥，便是一条曲折之路通往山顶。而山顶则建一座三层楼阁，登顶眺望，宜春城南城北一览无余。

著名汉赋作家颜其麟在《宜春赋》中曾说："袁山耸翠千秋美，地以人重；高士流芳百世馨，人因地传。"山不在高有仙则灵，袁山不高，但有故事，此"仙"即袁京。袁京乃东汉人，一位"孤高处士"。相传，当年满腹经纶的袁京"不乐仕进"，来到偏僻之地袁山隐居。他在此潜心读书、讲学，去世后葬在大袁山西南半山。后来，宜春人慕其名，仰其功，在那儿为他修高士坊，建高士书院，于是宜春便有了"袁山"这个地方，城区有高士路，河流被称为袁水，曾经的宜春郡，也更名为袁州，甚至宜春袁姓族人也将袁京视作自己的先祖。唐朝有诗云："袁山大小双螺并，秀水东西一带横。"说明袁山在宜春所处地位很重要，袁京给宜春带来深远的影响。

漫步袁山公园，其实还有一个人值得缅怀，或许袁京还是其远祖，此人便是著名的袁继咸。袁继咸，字季通，号袁山，明朝末年兵部石侍郎，宜春人心目中的盖世英雄。1646年，兵败后被清廷关押一年多坚决不降的袁继咸，作《正性吟》"血性生来浑不改，寸丹留与报君知"，以死尽忠，谱写了一曲取义成仁的正气之歌。

说到宜春之美，宜春人总会自豪地说起韩愈那首《送王涯刺袁州》中的诗句"莫以宜春远，江山多胜游"。

如今站在宜春城西郊化成岩公园观看山下的袁河，河流蜿蜒若带，水从上游款款而来，悠然穿过城区。宜春之美在乎山，也在乎水。袁河之美在于水质清澈，河流从武功山区发源后，一湾清流，流淌于赣西的山野田园。

流经宜春城区西郊时，袁河分岔出多条河道，形成一片"柳烟氤氲翻飞鸟"的湿地。这一段，江面秀美，于是人们将化成岩至状元洲，流经宜春城区的这一段称为"秀江"。

"鸡犬落云中，一带江流碧。远帆天外来，影逐斜阳射。"此前，袁河可以通航，上行可达萍乡，下行可抵分宜、新余，直至赣江和鄱阳湖。曾经的袁河之船多为木制帆船，如沈从文笔下常德的船，船体木头制作，刷漆防漏，中间隔断，中尾部做一个竹制的篷。这种船使用摇橹、撑篙或风帆为动力，逆流时多扬帆撑篙，前后两位船工一齐用力，水流平缓时，则通过摇橹前行。后技术进步，船尾安装发动机，船速提高了许多。当时，化成岩的河边有一巨石，巨石之下江水激流汹涌，过往船只搏击浪头，惊险刺激，人坐在巨石之上，"伫看晚霞并落日，轻帆遥指画图间"，景象壮美。化成岩段建拦河电站后，上行之船戛然而止，观船景之岩随之消失，但湿地尚存。

古城宜春，在水泥框架建筑出现之前，房屋多为砖木结构，秀江两岸的人们喜欢傍水而居，尤其是河的北岸，老旧木屋错落有致，木屋门朝北街，窗朝南河，一楼为店铺，二楼住人，许多架空的木楼在屋檐下支出，人们利用傍河小窗悬绳取水。女人们洗衣物就地取材，

在河边青石板上捣衣衫,久而久之,在北街河岸形成专门的洗衣码头。吊脚楼建筑曾是宜春一大特色,犹如湘西凤凰古城,城区街道多为青石铺就的路面。街边的店门采用排门,由一扇一扇门板拼装而成,可自由拆卸,早晨营业取下,晚上歇业时再装上。

秀江中部建造的浮桥历史久远,时间可追溯至千年前的南唐,后来,人们也曾在秀江上建造石砌桥、石拱桥,都因洪水或战乱被毁。秀江浮桥就像其历史不断沉浮。在秀江上修建第一座钢筋水泥大桥之前,浮桥始终是两岸人们生活中不可或缺的重要组成部分,如一位宜春诗人所说:"你跨越的当然不只是一条清纯的秀江,还有那些瓦屋和吊脚楼以及由它们组成的时代。"

如今行走到宜春,我怀念当年的浮桥,那是古城一种交通文化,百余米宽的秀江河道上用二十多只木船并排连接,桥上过人,桥下通航,遇上洪水期,则中间断开。浮桥除交通之功能,每到夏季,暮霭之时,人们总喜欢前往秀江河中游泳。跑到河边,衣裤一脱便跃入水中。此时的浮桥,既是一个泳者歇脚的好扶手,同时又是可供跳水的好跳台。胆子小一些的人站在船头往下跳,胆大的则攀上浮桥中间那个过船拱门,来个三米跳。在秀江游泳曾是我的至爱,也是一种享受。曾有一次,我在江中潜泳冒头,被小朋友在岸边"打水漂"的瓦片击中,鲜血直流,上医院缝了几针,下巴上迄今还留着一道长长的疤痕,但无怨无悔。秀江水质透明,几米深的河水,清澈见底,有时潜入水下,可与游鱼伴游,那种快意,妙不可言。

今日秀江上的浮桥早已拆除,江中游泳之乐已成我儿时的记忆,可惜的是,吊脚楼也已经成为这座城市的历史。秀江两岸已拓宽成江边街道,当地在秀江下游建造了一座拦河坝,水位抬高,江面开阔,曾经的激流随之消失。袁河北面修建的秀江路很宽阔,且沿江修建了一条数公里长的休闲公园;袁河南岸,原来"崇埠深壕,最称坚险"的古城墙,如今亦不见踪影,被街道和高楼替代。原来的秀江,到状元洲河段算是流出城区,如今城市向东拓展,也将秀江向下游延伸了一大段,原本笔直的河道呈现出几处大拐弯,亦呈现出新的景致。

"钓台烟雨"为宜春八景之一,位于原城郊下浦乡大塘村袁河边,城市扩容后,那儿已成为城区的一部分。这个地方对我来

莫以宜春远

说是个全新之地，第一次站在钓鱼台前观景，心旷神怡。这里水流澄碧，风月苍茫，袁河在此一下子变得江天寥廓。在此观看江对岸多胜楼和高楼群在水中的倒影，胜景环绕，如同翡翠，美轮美奂。钓鱼台附近的江面几乎与江边步道齐平，方便了不少前来钓鱼的人，钓鱼台称谓实至名归。此刻的我，俨然一个外来神游客，坐在江边观景、聊天、看大伙垂钓。今日之秀江，我估计每年最热闹的时节可能只剩端午节了，龙舟赛是宜春的一个传统，每当此时，区里各单位、乡镇将组织龙舟，在河中比画，一决高低，热闹一阵子。而此刻，江面浩荡，安静宜人。

许多事物总是有得也有失，都市现代化之后，人们出行、休闲方便了许多，但一些传统的东西便成了记忆，这是秀江留给我的深刻印记。

江城孤起一高台

宜春台，位于现宜春老城中心，相对海拔超过百米。每当旭日东升，绿树掩映中的春台便最早沐浴在层林披彩、万檐染金之中，于是，人们给它取了一个好听的名称——春台晓日。

"春台"之来历，源于明朝的《袁州府志》，西汉时，成为宜春侯的刘成，在城中和周边设五台，五台以宜春台居中，为最胜者。目前，宜春台周边均已纳入"春台公园"的管理范畴。有人将宜春诸景归结为八处，宜春台首屈一指，为第一景。如今的春台公园有四处大门，东西南北各一个，全对市民开放。我十岁之时，家曾搬至宜春台下东侧的沙子巷，一住十年，因此春台公园成为我经常光顾之地，与小朋友们在此捉迷藏、打弹弓。公园的正门在北边，大门两边，右边是宜春最大的箭道

里菜市场，左侧为区文化馆，从繁华的商业街中山中路进入，便是公园北大门。

"远望宜春台，巍然凌百尺。高城俨弹丸，烟火千家积。"宜春台虽不算太高，但因为位于城市中心位置，高度得以凸显，相当于一座三四十层的高楼。站在远处观望，公园整体由两部分组成，山是座基，台在山巅，中部掩映着葱郁的树木。攀爬其中，又有多个层级。步入正门，有人工观景池和假山，假山有水，水中养鱼。其次为植物苗圃和花园，用于培植苗木花草，多海棠、芍药、牡丹、月季之类，花开之时，馨香扑鼻。早年的苗圃，置放许多石刻墨迹，最引人注目的为清慈禧太后所书"宜春"两字青石刻。这幅石刻是否为慈禧真迹，让人生疑，但碑头有阳刻"慈禧皇太后御笔之宝"篆额印章。今天看来，无论真假，这块用万字花边阳刻"双龙戏珠""祥云衬底"图案，以及嵌于图案之上"宜春"两字的石刻，仍不失为一块镇园之宝。公园的第三级是一片开阔区域，树木、花草葱郁，高者有梧桐、樟树、槐树，矮的多为松柏，地面则用盆栽植物和草坪点缀，中间多石桌、石凳。这是入园者喜欢的一处活动区域，年少者玩耍，老年人在此打牌下棋，或打麻将，两边或山间建有多个休闲亭。宜春的年轻人谈个恋爱什么的，春台公园是个不二之选。那时，小朋友常念叨一句顺口溜："宜春台，花爱爱，一男一女谈恋爱。"

沿着第三级山腰上行，"路缘石径斜，帽因听松侧"，逐渐抬升的台阶，划出两道大大的折叠弧形，百米后在山顶台阶前合二为一。来到此处，再上十几级台阶，便是山顶宜春台前广场。广场不大，有松树和柏树环绕，旁边有围挡，在此可观看山间或山下景观，也可仰视高高在上的宜春台。

宜春台建于山顶，整体为一栋三层楼阁连带东西各一座附楼的建筑，楼阁呈庑殿式，重檐扮爪，四阿顶，筒瓦覆盖，每层四周均有走廊，砌有护栏。第一层，呈长方形布局，底层通透，城郭绕楼台，东西长约三十米，南北宽约二十米，临台可观景。室内南北通，自由开放，游人可穿越其中。木梯上二层，木柱走廊，雕刻花板，门窗镂空雕花，可南北观景，室内空间较大。二层以上，整个台内均采用木制地板，给人一种家的温馨。更上一层楼，便是宜春台的顶层，此处室内空间变小，约二十平方米，门窗镂空雕花，飞檐画栋，外空间宽敞，为一个可环绕的大观景台。站在那儿，"飞阁郁召尧，凭凌客兴豪"。凭倚眺望，宜春古城四方景致尽收眼底。

悠久的历史和高耸的位势，让宜春台成为历代文人骚客把酒吟咏、寄情抒怀之地。北宋文学家李觏曾到此一游，欣然题《宜春台》诗一首：

谪官谁住小蓬莱，唯有宜春有古台。
千里待看毫末去，万家攒作画图来。

王阳明，明朝心学集大成者，与宜春也有些缘分，迄今宜春城中还保留着一条以他名字命名的阳明路。当年，王阳明到江西平定"宁王之乱"，在此聚集各府县士兵，征调军粮，制造兵械船只，得到民众大力支持。心情大好的王阳明，亦登宜春台吟诗：

台名何事只宜春？山色无时不可人。
不用烟花费妆点，尽教刊落尽嶙峋。

清光绪年间，宜春进士欧阳绍祁在此撰写了一副长长的楹联：

分野踞吴头楚尾，名贤过化，尚睹典型。读海潮赋、鹧鸪诗、昌黎谏书、赞皇治谱，千百年风流余韵，犹有存乎？凭吊感沧桑，只剩得横阶老树，古寺幽钟，曲巷疏帘，荒衢断碣。

拓园傍秀水袁山，旧地重游，又留逆旅。览涌珠泉、云谷瀑、仰峰积雪、钓台晚烟，数十里美景春光，良堪娱耳！登临饶乐趣，况近看两渡虹桥，万家屋市，半江鸥艇，几点渔灯。

上联咏史，下联写景，情景交融，欧阳绍祁将宜春八景、历史名人的文章诗赋，以及宜春文化来了个高度概括。目前这副楹联刻在宜春台建筑一层大门两边，只是字迹已经有些模糊。

从建筑的角度看，宜春台传承了中国古代亭楼建筑高甍巨桷风格，台的顶端并非圆形，而是筒瓦重檐庑殿造型。这是一座开放式建筑，结构简洁明快，极具亲和力，游人入内观光行走线路流畅，兼顾了南北与东西的通透性。二层、三层飞檐并不突出，能遮雨又不挡光线，而顶层，楼层更高，视野开阔，观景时居高临下。

检视宜春台的历史，据说，宜春侯刘成去世后安葬在台下北侧，后人为了纪念他，便在山上修建这栋三层楼阁，宋朝时在旁边加建一

座宜春侯祠。再后，宜春台历经多次扩建或重建，久而久之，演变成现在的模样。今天的宜春台"整旧如旧"，从现有建筑上看，我估计也在百年以上，有一定历史价值。台东侧的"昌黎书院"犹存。这次，我们雨中登台，感觉有些失落，因为城市拆迁改造，公园北门紧闭，只能从西门进入，公园内游客寥寥无几，攀上宜春台址，一楼已成麻将室，二、三楼墙体、天花板脱落严重，禁止游客登顶观光。昌黎书院想要入内也难，得"翻山越岭"才行。

宜春台的选址非常好，我无法揣测它是因城而建，还是这座城是围绕着宜春台而不断扩充拓展。自古以来，宜春人或许就是这样刻意地将宜春台打造成自己的城市中心。

从地势角度审视，宜春台乃风水宝地，它位于城市的中心位置。纵观城市四周的古城墙，与台几乎等距离。往北，是袁山；往南，几

所念在家山　　　　　　　　　　　　　　　　　　　　*012*

十里以远有宜春著名的仰山。仰山为禅宗圣地，"沩仰宗"发祥地。"两山一台"构成城市的中轴线，宜春台立于中央。宜春台之北，五六里处便是袁河，秀江之水缓缓自西往东流淌，恰好，中轴线与袁河形成十字相交。依山傍水，自然天成，此布局维系了两千余年，可能全国罕见。宜春台楼高出城市街道百余米，迄今仍为全城最高点，在没有高层建筑的年代，它依托地势，或许还是当时全国城市中心的高层建筑之一，它赋予这座城市内涵与魅力。宜春台，俨然一处城市地标。

站在宜春台最高处，目之所及，城区及周边尽收眼底。西北，可远眺化成古寺，听声声晚钟；东北，不远处是状元洲，阳光下，水面波光粼粼；北面，沪昆高速与320国道在丘陵之间穿越；台下，被宜春主要商业街中山中路、东风大街环绕，人潮涌动，车水马龙；南边，为宜春主要的工业和商贸区。自古以来，赣西始终为江南西道的交通要冲，江西最早的浙赣铁路从中国东部穿越至西部，如今高速列车已在眼前飞驰。

想起刘义先生关于宜春台的两句诗：

每一条通向尖顶的路
都指向这座气候堆砌的楼台。
……那些层层遮覆的宋代寂静
足以供我们登临与远眺……

静倚卫公阁，眷怀卢子洲

清康熙年间，桐城人江皋来到宜春，在游览化成岩后，写下一篇《化成岩记》。文章前两段这样记叙：

柳柳州云："游之适有二，旷如也，奥如也。"吾谓山水无定境，因人为显晦。旷者遇深幽孤寂之人，虽旷亦晦。奥者遇开朗轩豁之人，虽奥亦显。

袁之山大而旷者唯仰山，小而清且奥者为化成岩。仰山距城百里外，荒寂不可游。化成去城北二里许耳，枕江带城，短策轻舠，朝暮可造。李文饶谪长史时，曾读书于此，人至今称之。山不甚高，迴合委蛇，茂树深丛，怪石嵚崎，自成崖壑，曲有奥趣。

江皋此文的开篇虽只有百余字，却对化成岩做了准确恰当的描述，于是洞幽石怪、自成岩壑的化成岩便有"清奥"之誉。化成岩，宜春八景之一，位于宜春城西郊。追溯其历史，便是一个传奇。早在南朝梁陈年间，化成岩为梁相袁璞故宅，于是后人在此捐建鸿阳寺，后改为开元寺。此乃宜春佛教之始。

唐朝时，佛教在宜春兴盛，诗云："古寺云封隐化成，晚风送出晚钟声。"我们此次入园参观，发现新建后的化成禅寺已将山上山下连为一体，飞檐碧瓦，朱墙花牖，"化成一片地，峨峨起新宫"。如果要参禅礼佛，那里是宜春佛家弟子的适宜场所，如果仅为旅行游览，那儿又是一个"参差古木锁烟深"的景点。

三十年前，化成岩依然是一处偏僻之地，虽离城区不远，也只能沿着一条山边小道徒步而至。唐时所建寺庙早已不见踪影，化成禅寺当时并不存在，充其量只是一处有些年代的道观，并无僧尼居住。将时间往前推至清朝，宜春本地人袁克绅登化成岩游览写下《登化成岩有石镌如画二字》一诗，诗云："偶来如画处，俯石盼江流。曲泻千山水，轻过一叶舟。古萝幽挂月，新竹嫩摇秋。飞阁浮天半，桥危步且休。"这便是当时化成岩的境况。

但化成岩还是将许多摩崖石刻保存迄今，一入园，就见一块突兀屹立于道旁的花岗岩巨石，石壁之上，镌刻着光绪年间宜春知县杨煜所篆阴刻"天然图画"四个大字，字体笔力雄浑，圆润唯美。旁边的岩石上还有"天风醉花鸟""眉寿"篆刻。其中"看我峋嶙古老，顶天立地最早；风霜雪月千年，受尽精华不少"一诗，写出了化成岩的风骨。据说此诗为清光绪年间，时任袁临协镇副总兵田明山所作，此诗我小时候就能背诵。这些石刻为化成岩增添了人文色彩，也保存下历史的印记。"天然图画"石是可以攀爬的，小时候，顽皮的我们常爬上去玩耍，但有一点儿小危险。在田明山诗作旁边，还刻有一首他的七律："化成岩畔脱衣襟，石洞悬岩鸟弄音。夕浦归帆拖水浅，丛林还鹤带云深。揩苔诵读卫公赋，捉日来寻卢子吟。古寺晚钟声应远，惯随渔棹下江心。"描写化成岩，这是一首更加贴切、绝妙之诗，可惜所刻之字太小，读来费劲。后来宜春举人陈景贤专门为这两首诗写了一段跋，一并刻在诗的旁边。

在一片绿意盎然的树林之中，另一崖壁上，为清道光年间袁州知府隆泰命儿子德成篆刻的"李卫公读书处"。这里和寺庙建筑连为一体。那个时候所谓的寺庙，其实也仅为一栋有几间房屋的古刹。庙体破旧残败，很长一段时间甚至连僧人都没有，礼佛者入庙自行烧香、敬佛。寺庙旁边有一尊四层佛塔，塔旁有一巨石突出，崖下有一青莲洞。"岩洞炯然，其色深碧，如菡萏初开而拳其半。"据说当年洞中曾有石凳、石桌、石棋盘，宽处可纳四五人，现在这些物品已没了踪影。庙与塔之间，有一条小径，小径日光斗漏，斜通山巅，路几乎垂直，需攀爬而上，人称"一线天"。山巅视野开阔，站在那里，"极目南天凭眺远，夕阳江外数青峰"。东南方向，可眺宜春城区，另外三面群山绵延，古人曾形容"其林壑之美,梯径幽深。烟霞澄澈,秀水环带。望郡山如列屏,此其所以称胜也"。旧寺的前面,留给人行走的空间仅二三米宽,有一栏杆,栏杆外为陡峭悬崖。悬崖之下不远便是秀美的袁河。

化成岩之所以出名,很大程度上得益于那块字体苍劲刚猛的"李卫公读书处"摩崖石刻。李卫公,字文饶,即李德裕,晚唐名相,死后被追封为"卫国公"。此前,因唐王朝的"牛李党争",主张革新的李德裕在党争中斗败,唐文宗太和九年被贬为袁州长史。

李德裕来到袁州后有些失落,但没有消沉。"宜阳自具江山胜,何必乎泉草树芬",宜春的旖旎风光勃发了李德裕的诗性,很快他便发现宜春,乃至化成岩这一风物妖冶之地。"读书化成岩,百尺岩负郭。清流滚滚来,烟云淡淡著。"李德裕在宜春的时间一年有余,于是他杖策独游,常来化成岩领略山水,读书静养,写字题诗,吟咏自适,"当年一卷依岩读,曾和吟哦到五更"。从此,化成岩这个地方与李德裕结下不解之缘,"历数千百年得卫公而名始显"。而隆泰也算是做了件好事,因为敬仰李德裕,于是将卫公的故事永远留在化成岩。在"李卫公读书处"石刻旁边,还有许多题刻,如"亦当酒醒""访石""飞来""仁静"等,这每一题刻的背后都藏着一个故事。其中"仁静"两字为清光绪十二年袁州知府刘锡鸿所题,它告诉游观者一个道理:仁爱之人多性静,性静之人多长寿。

毕竟是来自当时京城的大官,"风骚雅望"的李德裕在袁州受到当地官员和学人的追捧,精舍一时门庭若市。许多宜春的青年学子,纷纷上门求学,卢肇就是其中一个。经李德裕点石成金,跳龙门,卢肇脱颖而出,成为江西首位状元,而后,易重再中状元,连续产生两位状元,这成为宜春之傲。韩愈和李德裕几乎是唐朝同时代人,他们先后来宜春任职,工作的时间虽不长,却给宜春留下了崇文好风尚。除了卢肇、易重两位状元,黄颇还在唐会昌三年中进士。从此,宜春名

士辈出,以至于出现"江西进士半袁州"之说,于是宜春人便将"过化成就"之德归之于李德裕,故将此命名"化成"。后来,宜春人谈及历史与文化,必说韩、李两君。

秀江往下游延伸,有宜春著名的状元洲。化成岩与状元洲一头一尾,构建起一条秀江景观带。"洲雄踞中流,回澜砥柱。"河流在状元洲段劈成两支,南北分流而过。小时候我也曾常去那儿游泳,只不过当时水流湍急,具有一定挑战性。现在建坝拦水之后,河水变深,江面变宽,也就没有了当年的湍流与刺激。

状元洲的形状类似长沙橘子洲,只是要小很多,如一艘巨型航母。自然之作的状元洲,神奇之处在于,每当春夏袁河水涨之时,无论上游水来多大,都不曾上岸,为一块风水宝地。宜春人形象地称之为"鸭

婆洲"，不沉的航母。

状元洲，又称"卢洲印月"，宜春八景之一，为纪念江西第一位状元卢肇而命名。此处原称卢洲，如今已辟为一处市民休闲公园，芳草芊芊，树绿江幽，楼阁亭榭，夜寂风恬。状元洲原无桥，北边河道有一条长长的拦水坝，平时水在下面流，人在上面行，洪水期一到，状元洲便成一座孤岛，如今在南边的河道上修建了一座水泥桥，方便人们登岛。

卢肇是个有为青年，少时家贫，笃志好学，衣褐怀玉，写得一手好文章，其文"驰骋上下，伟丽可观"，深得学界好评。天赋好，又勤奋，再加之幸运地得到李德裕这样的名师指点，遂得成就。相传状元洲曾是卢肇读书学习的地方，中状元后，有好事者曾在此建"文标阁以奉子发"。明朝时，据说宜春一富商将该洲买下，建了一座"卢洲书屋"。久而久之，蓁芜之地状元洲便有一些人文气息。卢肇中状元后,并未回宜春任职。他一生洁身自好,做过歙州、宣州、池州、吉州等州县地方官,写作了《汉堤诗》《海潮赋》等文章。后人这样评价卢肇的作品,说"袁州之文章节义自肇始"。的确,作为土生土长的宜春人,准确地说,卢肇为今天分宜县人,他和与其同年考取进士的黄颇,对宜春良好的学风起到了引领与示范作用。后来,易重再中状元,三四十年后并出现了堪与"李杜相颉颃"的宜春诗人郑谷。

如今的状元洲是一处市民休闲纳凉的好地方,重新规划修缮后的公园,中间建造了一座高高的状元楼。洲的顶端,建有一组卢肇蟾宫折桂、金榜题名返乡时场面热烈、栩栩如生的石刻群雕,看后令人鼓舞。"长短九霄飞直上,不教毛羽落空虚。"当年的卢肇就是如此后生可畏,意气风发。如今,状元洲上的卢肇读书堂已复建,规模大了很多,一个院子,两个院门,一栋读书楼,一尊卢肇大理石雕像,四周的长廊陈列着多幅卢肇诗作,入园游览一回,文化气息浓郁,受益匪浅。清朝诗人施闰章曾作《状元洲》诗一首:

鹧鸪城下水东流，草色青青过白鸥。
漫把浮云看富贵，至今人说状元洲。

我曾在宜春的一家书店工作十几年，在我的记忆中，宜春的图书销售市场比较好，读者、学校、单位购书热情高，读书氛围浓厚。我想，恐怕得益于这种阅读文化的传承。

走街巷，寻觅小城记忆

描述宜春的特色，我喜欢用"宜春，春宜人"这五个字。

从地理与气候角度说，宜春是个好地方，亚热带，温暖湿润，四季分明。气候带来了植物的繁茂，阔叶林、针叶林的层次性分布，呈现生物多样性。山水之城，生态之城，宜春多山也多河，河虽不长，但水量丰富，水质清澈；山虽不高，但森林茂密。宜春介于南昌与长沙两大著名火炉之间，夏天或者冬天，这里的气温往往会低或高一两度，而就是这一两度温差，让宜春成为江南一个宜居之地。

三国以前，中原与岭南的交往通道，主要沿汉水到长江，过洞庭湖入湘江再越灵渠，由漓江、桂江入西江；晋室南渡与南朝时期，尤其是唐宋以后，随着人们由北江，今广东韶关溯浈水而上，翻越大庾岭，再沿赣江通长江至建康的第二条南北通道打通，岭南逐渐由秦汉以前的"蛮裔"变为唐宋以后的"神州"，而赣西，包括宜春，位于这两条南北走向通道中间，唐宋以后，宜春经济、文化发展迅速，这是原因之一。

今天，宜春尚存的古代遗迹不多，转悠袁州城区，城中的鼓楼路，还算古色古香，保持特色。这条街道，位于宜春台下西侧，长而不宽，商铺林立，是历代宜春城里人流密集的区域之一。鼓楼路中段曾有一段城墙和城门，人流、车流在门洞中穿行。前些年，鼓楼路改建，街道两边的老建筑全部被拆，马路拓宽近二十米，所建房屋全为仿古建筑，成为现在城中一条著名的步行街。幸运的是，原来掩盖于密密麻麻建筑群中的鼓楼，得以重见天日，焕发雄姿。据说这座楼始建于南唐，由时任刺史刘仁瞻修建，历史已有千年，称"袁州谯楼"。鼓楼，顾名思义，用于敲鼓报时。南宋嘉定年间，时任袁州知府滕强跨街卷拱筑台"稍新谯楼"，置铜壶、夜天池、日天池、定南针等，集测时、守时、授时于一体，遂将鼓楼功能演变为中国现存最古老的、专门从事计时的地方天文台。如今，雄居于鼓楼路中段的谯楼，前面拓建了一个天文广场。

一个雨天，我专门去鼓楼参观，洞中人流熙熙攘攘。三个"八字先生"占据那儿摆摊设点，吆喝着替人看相、算命。他们都自称天下第一神签，我一听，哈哈一笑，跟他们建议，你们三人应该给自己算一下，究竟谁是第一神仙。呵呵，把大家都逗乐了。不过，在古天文台下替人算命，他们很会找地方，借助科学之地，勇于预测未来。

这就是今日宜春之鼓楼，谯楼古风依旧，街边美食林立，成为宜春一道新景观，古城的新标志。

除了鼓楼路，宜春还有许多令人回味的路和街巷，与这座城市的历史文化紧密相连，如王子巷、沙子巷、太坪里、重桂路、考棚路、珠泉路等。其中的重桂路，我曾经在那儿居住了几年，这条路的命名，源于宜春第二位状元易重。及第之后，在《寄宜阳弟侄》中，易重曾写下"故里仙才若相问，一春攀折两重桂"诗句。这些路与街巷，每一条都是一个历史故事，如今当你漫步在这些街头巷尾，总能重拾许多历史的记忆，这些故事记录了这座城市的变迁与发展，成为城市之魂。行走在宜春城中的这些大街小巷，我喜欢并怀念二十世纪九十年代前，城市里的古朴

与纯净。那个时期，宜春高楼不多，城市建筑以清一色木结构和砖瓦房屋为主，小巷深深。当时的下街亦是一景，素有"宜春外滩"之美称。

宜春建筑有一个特别之处，即商业街上的骑楼建筑。这种跨出街面的骑楼，扩大了二楼人居面积，可让底层街道上的行人遮阳避雨，吸引顾客入店，好处多多。这一原本只在岭南和东南亚等热带地区才拥有的建筑，在宜春大量呈现，的确给人带来极大的方便。小时候，父亲经常出差，每次回来都会买一些"小人书"，即儿童连环画，久而久之，我便积攒成一个小小书库。这时，我便与弟弟商量，带上几张小凳子，前往距家不远的沙子巷口、中山中路商店门口的骑楼下摆摊设点，将图书租给小朋友看，一分钱看一本。现在回想起来真的很有趣，那是我人生淘得的"第一桶金"。

骑楼建筑，是宜春一个不可思议的存在。如今宜春古老商业街上的骑楼随着城市改造，已所剩无几，但新的街道仍保留并延续着骑楼建筑，不过已经找不到以前的那种感觉。

据明《正德袁州府志》记载:"府治西四里,有泉夏冷冬暖,莹媚如春,饮之宜人,曰宜春泉,郡以此名。"宜春多泉亦多河,唐元和年间,城中曾有一条长达十余里的河,叫古李渠,可谓千年前一项了不起的市政工程。据说,李渠为时任袁州刺史李将顺倡导下所建。李渠自城西引水入城,绕着城市中心缓缓流过,在城东汇入秀江。据史料记载,这条李渠"悉撤为明沟,深广丈余",曾经很有气势。有关李渠的历史,日本学者斯波义信的著作《宋代江南经济史研究》中,专门写有一节"江西袁州的水利开发",说明这条水渠从唐至宋,乃至清光绪年间一直存在。李渠的作用有多大,清朝诗人唐大年曾诗赞"李渠一夜生新水,乐煞渠边十万家。渠上人家渠下田,田家作水向渠边"。曾经,宜春的东城和西城各有一处大湖,称东湖和西湖,现在这些古渠和古湖都已消失。如果它们能延续至今,我想,宜春必将是另一处苏杭,十分可惜。

不过,泉、井、池与宜春这座城市始终不离不弃。宜春也曾是一座泉城,虽不如济南、无锡那般叫得响亮,但特色鲜明。宜春之泉是老百姓的生活之泉,城里到处都是泉井,从独眼井、双眼井、三眼井、四眼井到五眼井,甚至七眼井。在没有自来水的年代,这些井水是人们的生活之井、生命之井,是真正的自来水。碧泉涌珠,人们的饮用水来自井里,妇女们在井边洗菜洗衣成为一道道景观。

如今,宜春城南"日射波光澄碧海,月寒夜气绕青岚"的珠泉井犹存。该井呈长方形,面积约七十平方米,四周栏杆石砌,中间架石拱桥,水量大,水质纯,细沙若金,为宜春保存至今的最大一口泉井,其历史可追溯至元末。清顺治十七年,袁州知府胡希圣在井边建一座"见我亭",意思是说对着清洌幽深的泉水可见自己的身影。有意思的是,该井建在原宜春火车站的南侧,往来的列车都喜欢在这里取水。后来此井唤作"南池涌珠",成为一处供人们游览的地方。

因地制宜，穷则思变，为开发旅游资源，2010年，宜春干了一件引起全国关注的事。当一句"宜春，一座叫春的城市"网络宣传用语赫然出现在全国各大网站时，一石激起千层浪，一向低调的宜春，变得家喻户晓。这条宣传用语的出现，不但在宜春本地引起强烈反响，就是在外的宜春人，也无法置之于身外。拿我来说吧，许多朋友听说我是宜春人，都会心一笑，呵呵，一座某某的城市！

一句宣传用语，引发广泛的争议和讨论，一时成为社会热点。时过境迁，十年过去之后，当我们今天再来重温这一事件，可能大家多了一些理解和包容。后来宜春陆续推出一系列宣传推介语，"一年之计在于春，一生之计在宜春""宜春是月亮之都、禅宗圣地、温泉之乡""宜春归来不看月"等。曾经默默无闻的宜春，一下子吸引众多旅行者前来观光、休闲、养生、度假。宜春，由此获评全国优秀旅游城市。

一句话，释放出无穷的潜能与魔力。近日，当年宣传语的主要策划者、时任宜春市委副书记的任桃英女士专门撰文，她用《子规啼血荐轩辕》一文，解密"宜春，一座叫春的城市"宣传语出炉始末。任桃英说，宜春从春字破题，从"叫春"入手，正是特色之举、幽默之举、创新之举。宜春这座城市，在休闲度假和文化体验方面具有突出的优势，但养在深闺无人识。在温汤，一泓热泉，喷涌而出，一人一个木桶，优哉游哉地泡脚，多时聚集上万人，这是什么地方都看不到的景象。她建议，大家最好来宜春看一看，就知道宜春为什么叫春了。

此次回宜春，我想见的一位宜春领导是刘密先生。刘密现任宜春历史文化研究会会长，长期研究宜春的历史与文化，写作出版专著多部。他不但从事研究，且进行实践，宜春袁州区南庙镇的"禅农阁"就是其着力打造的一个地方。这个地方靠近沩仰宗祖庭，禅宗文化影响深远。

禅农阁庄园种植、养殖一应俱全，蟠龙山下所种茶树漫山遍野。刘密说，文化方面，下一步打算创办"蟠龙书院"；生活方面，他倡导

把南庙的豆腐做出规模，做成品牌。在中国，豆腐是一种大众素食，几千年农耕文明，中国人可谓将黄豆的价值挖掘到了极致。豆腐，早在宋代便走入寻常百姓的家庭。南庙豆腐与众不同，据刘密介绍，目前全国豆腐吃法有一百七十多种，南庙可以做出其中七十余道菜，从水豆腐、嫩豆腐、老豆腐、豆腐干到豆腐乳，等等，应有尽有。南庙豆腐之所以有名气，我以为不外乎是大豆好、水质好，再加上传统手

工制作，从而深受百姓欢迎。据说朱熹就是一个喜欢吃豆腐的人，为此还专门写了豆腐赞美诗。当年朱熹在仰山转悠，我想可能不只是"四顾多奇山"，说不定还是冲着南庙的豆腐而来。

"围炉论道，煮茶问禅"是刘密追求的一种生活方式，"四野恬静，有魂通天人之安谧；峰峦茫茫，多神飞怅望之浑美"。这也是传统意义上宜春人生活方式的体现。这种方式，崇尚简素，崇尚脱俗，崇尚幽玄，最终崇尚自然。

就"宜春"两字来说，无论从字面还是字义上理解，都是一个标准而得体的生态地名，早在二十世纪七十年代，宜春被国家正式命名为全国首批生态市中的第一家，我以为理由是充分的。

今日宜春，正续写着自己"春天的故事"。

明月照深山

山称明月好，归来不看月
跟着瀑布走，云谷泉流玉屑飘
「埃克斯」小镇
——温汤，富硒奇温泉

明月照深山

山称明月好，归来不看月

唐代诗僧齐己是郑谷的好友，曾经攀登明月山并写下"山称明月好，月出遍山明。要上诸峰去，无妨夜半行"一诗。这座山位于宜春市袁州区温汤镇境内，距离宜春市区大约三十公里。

明月山为湘赣两省界山罗霄山脉分支武功山北端的一部分，由十几座海拔千米以上的大小山峰组成，主峰太平山海拔1736米。山巅和山中有月亮湖、星月洞、青云栈道、云谷飞瀑等景观。山间四季景致各异，以云海、花岗岩、青松、杜鹃花闻名。"万里云山齐到眼，九霄日月可摩肩"，山上赏月，无与伦比，故名：明月山。

二十世纪六十年代末，我曾随干部下放的父母在明月山下的温汤小镇生活了几年。当时父亲在公社（时称温汤公社）工作，母亲在社埠小学任教，而我则在那所山区小学接受启蒙教育，读到了三年级。学校旁边的那条河，拥有一个响亮的名字：清沥江。其实它不过是一条小河，河中之水为山泉，源自不远处的明月山。清沥江水流清澈，河中多鹅卵石，两岸绿草如茵。尽管社埠村和明月山近在咫尺，但我从未攀登过那座山。的确，那个时候的明月山不如现在这般如雷贯耳，没有开发，道路不畅。有一条山间泥土公路，汽车可抵达山下的潭下村，再往前便没有了路，上山只能靠攀爬。要往山里去，依然艰难，

山高林密，杂草丛生，那是只有大人们才可能前往的地方——挖笋，或者伐木。当时的明月山，是一处原始、寂静、蛮荒的山野，前往观光的人极少。我只是向往，无缘亲临欣赏、体验。

　　几十年过去，我第一次实现明月山之旅是在2015年的夏天，回到宜春，陪同北京、广东等地来旅行的朋友一并山野游。此时的明月山旅游开发已初具规模，登山有专门的石板阶梯山道，也可乘高空缆车，山顶建有宾馆，还有跨地域游览的小火车。在山脉另一边的宜春洪江乡，甚至有公路可以将汽车直接驶达山顶，那是供保护区工作人员使用的专用之道。我第二次前往明月山在今年（2021年）四月清明节，这次发现一个诀窍，在山顶的梦月山庄住宿，可以申请办理自驾上山的通行证，于是我果断地将车开到山顶。从洪江乡那边自驾上山的公路是条窄道，约二十公里路程，几乎全部为盘旋之路，路况不太好，如遇大雾天气，能见度极差，需要一定的驾驶技术，但那边风景独好。

明月山是一座逶迤回环的山岳型山，存在了几百万年，名字却是新的。此山，原名叫老山，现名，好记又有新意。它的源出，一是空中看，整体山势呈半圆形，恰似半轮明月，所以称明月山。二是七彩溪传说。明月山下有个夏家坊，村里有个姑娘叫夏云，小名"明月"。明月美丽出众，聪慧过人，据说南宋时被选入宫，后册封为宋孝宗的正宫皇后，世称夏娘娘。当地人为纪念"明月"，就以她的小名命名了这座山。三是嫦娥奔月的故事。相传明月山是嫦娥奔月成仙之地。这是后人的一次发明创造，借古喻今，通过嫦娥奔月这一神话故事，打造明月山旅游知名度。

神话归神话，传说归传说，但在"月色和云白，松声带露寒"的明月山山顶赏月却是一种享受。或许是巧合，我们在梦月山庄酒店住宿的那一晚，恰逢农历十五。电话联系山下，家人告诉我市区正下着倾盆大雨。而我们在山上，将房间的椅子搬至露台，坐在月亮湖边，仰望深邃、晶莹的星空，听松风观月色，"万丈白云藏不得，一轮明月耀青天"。那是一个特别的夜晚，大山入定，山野寂寂，山昂峰头，挂月高天，月亮又大又圆，好似"月当头"。"明月几时有？把酒问青天"，此时此刻，自然让人想起苏东坡的诗，或许它还是明月山称谓的源出之一。古人早有诗云："明月处处有，宜春月最明。"用来寓意明月山，诗句绝妙，意境恰到好处。我忽然觉得，宜春人后来策划的那句"明月山归来不看月"宣传语，倒十分贴切。

大学时代，我曾用一个晚上的时间，与同伴一道攀爬华山，从山脚拾级徒步而上，黎明时分抵达华山西峰观看日出。那时体力好，来到明月山，如今要我从山谷沿石板小径，直接徒步登山显然有些困难，毕竟山高路陡。于是我们选择了缆车上,步行下,以便节省一些体力,即便这样,在山下仍需行走一段长长的竹林步道,山之巅,依然还得徒步青云栈道。

明月山之特色,有人将其概括为"竹海瀑群,绝壁怪石,苍松斗妍,山花织锦"四绝。的确,如今明月山的名气,虽不如中国北纬28度线上的庐山、黄山、峨眉等名山,但明月山山顶之上也像一座城,有湖泊,有宾馆,可以避暑休闲,具备庐山的气质,于是有"小庐山"之称。明月山山势陡峭,峰峦争妍,尤其在群山之巅,花岗岩奇峰突兀,青松挺拔瑰丽,于是又有"小黄山"之誉。明月山属于国家级森林公园,茂林修竹,禽鸟啁啾。受亚热带湿润气候庇护,山中多阔叶林,林中飞瀑四溅。山巅之上,以针叶林见长,黄山松、马尾松和杉树林立。每年春天,杜鹃花盛放之时,满山遍野,姹紫嫣红的杜鹃,秀色酷似峨眉。将此三个特点综合起来,明月山便拥有庐山的便利,黄山的险峻,峨眉的凝翠,成为一座独具韵味之山。明月山,植被充满层次,自然元素丰富,它融石、林、泉、瀑、湖于一体,集雄、奇、幽、险、秀于一身,从而构建起独特的旅游价值。

青云栈道，建在西边的绝壁之上，全长三千余米，是明月山最惊险刺激的景点和徒步山道。从山顶的梦月山庄出发，穿越一个百米长的星月溶洞，栈道始点便悬挂于崖壁之上。栈道，目前许多被开发的旅游山中均存在，庐山锦绣谷、恩施大峡谷、三清山、井冈山，等等，但明月山之栈道有自己的风格与品味。入口处的玻璃栈桥悬于绝壁之上，云雾迷漫时，像一处自家阳台，天气晴朗之时，如果你往下俯视，则绝壁千仞，深渊万丈，看得人心惊胆战。步入栈道，如果你不敢接受这种挑战，或有恐高症，最好就此打道回府，不得勉强。我们前往栈道时，在星月洞口见一位老兄返回，问其故，他说，恐高，不舒服。在赣西的山脉中，明月山已属高海拔。建在峭壁上的栈道用水泥柱嵌入石岩，用树木制成栏杆，栈道悬在空中，人行走其中，如平步青云，天地不接，对胆小的人来说，的确会产生恐惧感。对于有过在华山绝壁独木桥上，仅仅依靠扶手铁链行走经历的我来说，心理上倒不成问题。顺着栈道继续前行，明月山最扣人心弦的景致，便一一呈现在你的眼前。

青云栈道海拔高度约1600米，相对于第二次登山所遇的大雾天，我们首次行走青云栈道时可是一个好天气，能见度非常好，站在栈道西望，远山巍峨，云海苍茫，气象万千；朝山谷俯视，栈道下沟壑纵横，山涧溪流像一根根丝带，飘向远方。我想，明月山的西壁属于地质断层形成，山势几乎垂直。在这些垂直体中，一些花岗岩尚未脱落，或没有随山体整体崩陷，于是孤傲耸立，变成擎天一柱，形成许多千奇百怪的山石奇观。这种奇峰异景，虽不如湘西张家界岩层断陷后凸显的整体性面貌，但与黄山的奇石比较，毫不逊色，"小黄山"之称谓并非虚名。

这里，峭壁之上多松树，有些树扎根于岩缝之中，顽强地向上挺拔；有些则在岩石压迫下，向外伸展，如同黄山迎客松。栈道山壁上多灌木，杜鹃为主角。我们这次登山时间为四月，"一夜好风吹，新花一万枝"，正值花开之时，拨开云雾，满山满谷的杜鹃花，如玉蕊凝霞，斑斓似锦。青云栈道由于空间所限，那儿生长的杜鹃稀疏点缀，而透过栈道栏杆往悬崖下俯瞰，峡谷之中，漫山遍野的杜鹃竞相吐艳，一簇一簇如星星一般，在绿树衬托下美丽动人。明月山的杜鹃品类多，既有灌木也有乔木，既有映山红、满山红，又有云锦、鹿角和猴头杜鹃等。我甚至发现一种奇特现象，山脉的东边多红杜鹃，而山脉的西部多净白、纯紫或粉红杜鹃，花姿绰约，让人赞叹不已。我想，这应该是杜鹃因海拔、生长期或光线不同而形成的差异化。

我爱植物，明月山是一个植物宝库。据统计，此山植物种类有几十个科，千余个品种，仅乔木树种就有三百余种，其中连片的黄山松林近七百公顷。毛竹、松树、柏树、香樟树、杉树、银杏树、青钱柳等组成明月山丰富多彩的乔木世界。不同植物，花开四季。木兰科中华落叶木莲为明月山独有珍稀濒危树种，据说目前仅存两株，花开若碗，粉白如玉，花香沁人，可惜我们这次并未能见着。另一种山茶树被命名为"明月山全缘叶红山茶"，这种红山茶为常绿灌木或小乔木，花期一般在每年的十一月至翌年四月，由南京林业大学黄鹏程教授于1983年发现，我们在青云步道上欣赏它时有些晚，花期刚过。

这里还是一个蕨类植物的天堂。在栈道行进过程中，生命力顽强的蕨类植物攀附于崖壁之上，伴随我们一路同行。这种朴素的植物，资历倒不浅，繁盛于古老的石炭纪时期，叶多从根茎长出，匍匐生长，可簇生，也可近生或远生。桫椤是代表性蕨类植物，有"植物活化石"

之称，据说明月山的山中亦存在，但仍然没有领略到，我只是在云南腾冲的怒江河谷欣赏过。明月山蕨类植物的繁茂，说明了山的古老，它哺育了其他植物的生长，防止了水土的流失。一些蕨类植物既可药用，也可食用。蕨菜是其中一种，每到春天，一年生的蕨菜便生长发芽，此时摘下鲜嫩的头部，便是一道美味佳肴。

明月山栈道崖壁之上生长着一种蕨类植物叫芒萁，小时候我在山中见得最多的就是芒萁。芒萁在明月山栈道崖壁生长，已属高海拔，其实在中国南方，芒萁生长十分普遍，低海拔山地更多。芒萁的植株通常会长至约四十厘米高，其叶羽片对称平展，宽披针形，一枝大约能生长叶片三四十对，柄呈棕色，光滑圆润，具有一定的观赏性。在缺炭的年代，南方农村的烧火做饭都采用树木、竹子等植物做燃料。上山打柴，就我来说，主要就是割芒萁，重一些的树木挑不动。晒干

的芒萁虽不是主要燃料，但引火快，能起到助燃作用。在栈道上，看到这些芒萁，让我产生一种莫名的亲切。

完成栈道之旅，攀爬一段山路，我们回到梦月山庄，算是完成一个大约五公里的栈道环绕之路。山道上的树种主要为松树、杉树和杜

鹃,高者为松树和杉树,矮者是杜鹃林,地面铺满松针和落下的松子或松塔。这片区域黄山松连片生长,枝繁结盖,松涛涌动,蔚为壮观。

山上风大,树影婆娑,给寂静的山林带来丝丝声响,树林之中有时也能偶尔瞧见松鼠等小动物在其中活动。夏天,攀上明月山,是一次赏心悦目的避暑和观景之旅。冬天,明月山的雪比山下来得早,呈现出一派银装素裹景象,与庐山类似,此时山上的许多工作人员需下山过冬,游客冬天登山不太安全。

梦月山庄旁边有一座高山湖泊,取名月亮湖。月亮湖为一处人工湖,尽头建有一座高达几十米的拦水大坝,将山泉牢牢锁定在湖中,形成一道山顶湖光山色景观。沿湖行走是美妙的,湖中的一边建有一段曲折回肠的水中人工栈道,供人行走游玩。高大的松树和杉树依然能够在湖水中生长,也有一些死去,变为枯树,留下一声叹息。我们行走在云舞雾漫的木栈道上,从山下涌上的雾气在湖面上快速飘移,幽远静谧之中,月亮湖仿若仙境。

明月山是一座自然之山,也是一座人文之山。今人不见古时月,今月曾经照古人,宋代诗人袁洪在游历明月山时,曾写下这首《游明月山寺》:

> 石径苍苔入远山,烟霞深处隐禅关。
> 五更梵语闻天上,六月秋声满树间。
> 洞口龙归云漠漠,岩前虎卧水潺潺。
> 昨来因结东林社,也得僧家一日闲。

跟着瀑布走，云谷泉流玉屑飘

明月山还是一座瀑布之山，最壮观的瀑布群位于山脉东部云谷沟，游客上下山的主干道路旁。缆车在此人性化地设计了一个中途停靠站，方便游客下车观景游览。在明月山旅游开发前，人们前往该山主要是慕名这儿的瀑布，尤其是被列为"宜春八景"之一的"云谷飞瀑"，这是最值得观赏的明月山自然景观之一。瀑布群常年隐没于云迷雾罩的云谷沟中，充满了野性与诗意。

林翳谷深的云谷沟瀑布主要由飞练、玉龙、鱼鳞、玲珑和云谷等叠水瀑布组成，自上至下，由飞练瀑布始，五瀑布一个接一个，在短短的手机计数四五千步之内，海拔陡降近千米，止于最下端的云谷瀑布。我们第二次明月山之旅，专门挑战了一次云谷沟，接受瀑布的洗礼。观赏明月山瀑布，一般游客的行走路线会选择从景区大门进入，徒步上山，而我们考虑到体力难以支撑，采取从上往下行，自山顶乘缆车到中站，然后徒步。其实这也是一段艰难的路。

一大早，我们赶上九点钟的第一班缆车在中站下车。此时的山谷，雨雾交加，下行不远处的第一个飞练瀑布就给我们来了个下马威。虽然一路都有石板台阶，但坡度几乎达到六十度，由于下雨路滑，我们只好一步一步地缓慢下行。又因为时间尚早，空谷幽寂，山谷之中我们没有见到一个人，连飞鸟也难见踪影，密林穿梭，只有山花在峡谷中恣意盛放，只有轰鸣的瀑布水声伴随着我们。

只见飞练瀑布从一座悬崖之巅轰然涌出，如泼珠撒玉，雾化成缕缕云烟，像一条白龙飞泻崖底。春天，是山区多雨的季节，瀑布水量增大，气势磅礴，水花飞溅。"飞泉鸣树间，飒飒如度雨"，由于事前

没想到要带雨具，我们全身都被雨雾淋湿，如两只"落汤鸡"。好在每经过一处瀑布，底端都建有一个供游人休息的亭子，累了我们就歇息一会儿，喘口气。这是一段孤行之旅，让我们独享大峡谷，以及峡谷之美。虽然步履维艰，甚至感觉有些危险，心情却无比舒畅。峡谷中的五处瀑布，各有千秋，飞练瀑在逼仄的岩缝中穿越，线形而下；继续下行，玉龙瀑布和鱼鳞瀑布流经岩面时坡度稍缓，水流像珍珠般在岩壁上翻滚、坠落，"大珠小珠落玉盘"。现场观摩，我觉得将玉龙瀑布改名为"珍珠滩瀑布"似乎更加逼真传神。就这样，我们走过半程，

下行至鱼鳞瀑布时，终于见到两个摆摊卖饮料和食物的人，也遇上第一个独自徒步上山的女游客。那是一位来自广东，而且准备攀登至山顶的游客，我们一阵激动，合影留念，简单交流了一下彼此的体验，却忘记留下她的联系方式。

云谷飞瀑是山谷中的最后一个瀑布，也是海拔最低的一处瀑布。尽管海拔低，云谷瀑布的高度和壮观程度却无与伦比。即便放在全国比较，落差一百二十米，云谷飞瀑应该也是落差最大的瀑布之一，其构造有点儿类似庐山三叠泉瀑布。水流在山崖的顶端汇集成一个小水潭，在一块巨岩上形成一股约两三米宽的清流之后，飞泻而下。

明月照深山

游客欣赏云谷飞瀑非常方便，山道建在瀑布旁边的树丛中，沿着台阶下行或者上行，可以目睹全貌，瀑布之瑰丽近在咫尺。不仅如此，经千万年水流的冲刷，瀑布将巨大的岩体切割出一道深深的痕迹，出露的板岩，包括由白云岩、片岩、麻岩、变粒岩等多种岩石组成的纹理清晰可辨。云谷瀑布四周被绿色植物簇拥，对摄影爱好者来说，可以多角度记录瀑布如云烟、如丝缕、如撒玉般的气势与柔美。瀑布左边的崖壁上，镌刻着沈鹏先生所书"云谷飞瀑"四个大字。深邃的瀑布底端有一个深水潭，水中有巨石，水色碧绿如翡翠。随风飘洒的水珠，形成一道道霏霏雨帘，水雾交织，气象迷离，氤氲紫气弥漫山涧，"瀑布常在烟霞中，水花总与云霓游"。人们如要再往谷底探幽，则荆棘丛生，顽石纵横。前人在谷底的岩石上题了两句诗，雨雾之中始终无法辨认。后来经查资料，原来为清朝江为龙的《云谷飞瀑》"轻烟漠漠锁山腰，一道泉流玉屑飘。气吐白虹晴欲雨，瀑飞翠壁夜闻潮。终年匹练寒幽谷，尽日银河泻紫霄。我欲振衣千仞上，饱餐灵液涤尘嚣"，诗中的最后两句"我欲振衣千仞上，饱餐灵液涤尘嚣"。

明月山的特色，"险"是其中之一，且有事实依据。多年前，我的一位战友，组织单位团员青年前往明月山春游，不小心从云谷飞瀑顶端滑落，坠入岩缝中的深水潭，遗体打捞了三天，成为一件让人伤心的憾事。现在看来，如果是自上而下的游客，云谷飞瀑顶端的这个小水潭水流平缓，可以下水体验，殊不知，距离一二米远便是大瀑布的顶端。瀑布的隐蔽性极强，危险性也相当高，我强烈建议景区管理者在此设立警示牌，或对此区域进行封闭管理。江为龙在《云谷飞瀑》诗中使用的"玉屑飘""晴欲雨""寒幽谷""泻紫霄"等词汇非常形象，勾勒出云谷飞瀑特有的气势和场景。我曾在瀑布底端水潭边观景台伫立许久，一方面感受"寒幽谷"里瀑布带来的"晴欲雨"；另一方面也缅怀战友。

云谷沟景观不仅仅有瀑布，如果你在春季多雨时节前往游览，还能见到无数其他的泉流从山间冒出。峡谷中点缀着无数的绿植、鲜花，飞鸟唧唧，野趣横生，像一幅山花烂漫、韵味十足的立体山水画卷。这个阶段是山谷中最美的时节。云谷沟，错落有致的山景同样精彩，狮子峰、骆驼峰等山峰属于沟内之景，虽无法攀登，却可远眺，也可近观，尤其是在清晨阳光的照耀下，几座山峰，鹤立鸡群，傲视群雄。我们这次主要是挑战沟内的瀑布，几座山峰虽有山道前往，因雾气太浓，无法欣赏，只得留给下次。这里是一个植物的王国，云谷沟位于山脉的东面，雨水较西坡充足，植被也比西坡更加茂密，明月山所拥有的植物，在这里均能找到自己的生长空间。沟里这些丰富的植物，居然也能复制青藏高原上的那些极高山，让森林呈带状和层次性分布——海拔低处是竹林和高大的乔木；山腰地带为茂盛密集的常绿阔叶林；山巅区域则为针叶林和灌丛。当然，由于明月山海拔不高，这些呈带状分布的植物并不那么界限清晰，大多植被呈混交状态生长。今天看来，好的生态，带来了生物的多样性，它赋予明月山有别于其他山脉的独有魅力。拉尔夫·爱默生在《论自然》中说"大自然是人类心灵的对应物"。当你走进大自然，来到明月山，行走于这片山野、峭壁和森林之中，你的确可以忘掉自己的年龄和身份，像山一样思考，"回归人类的理性与信仰"。

下山之后，首次同行的叶乐阳先生游兴未尽，欣然吟起诗来：

春雾
风摇千竿竹，瀑溅万斛珠。
欲立层峦顶，雾浓锁天途。
夏松
飒飒松涛动，滚滚天雷鸣。
金戈伴铁马，鼙鼓催征程。

秋色
青云绕腰缠，月湖水色蓝。
绝壁凭栏眺，满目山花黄。
冬雪
星月映奇峰，放眼觅春踪。
雪飞千嶂素，梅绽一枝红。

云谷飞瀑之水，流出明月山的山涧后，形成清沥江。江水流经温汤镇后，抵达宜春城区，注入秀江，最终汇入袁水、赣江、长江，成为大海的一部分。

"埃克斯"小镇——温汤，富硒奇温泉

因"气（泉）温如汤"而得名的温汤，四面环山，是个知名的温泉小镇，又因出流的泉水饱含富硒矿元素，最高水温七十余度，与法国"埃克斯"矿泉一道，成为全球两处富硒温泉胜地。

温汤温泉的机理如何形成，我想，最大可能性还是位于不远处的明月山。明月山地区由地壳板块挤压抬升或沉降而成，在漫长地质过程中，地球内部岩溶流动，导致山脉升降，排挤出内部的水分，于是温泉没有在山中或山边涌出，而是在地下潜流十几公里之后，在温汤区域横空出世。温汤镇所处的地理位置为一片开阔的河谷区域，清沥江，还有几条从其他山谷中流出的小河在此汇集，确保了温汤地上、地下水量的丰沛，以及温泉充足的保有量。

有记录显示，八百年来，温汤的泉水从未断供，受益于这种大自

然的恩泽，温汤成为一块风水宝地。关于温汤的温泉，宋代文人黄人杰在游览温汤后，赞不绝口，曾赋诗一首：

离火自天烁，温泉由地生。
我来需晓汲，聊用涤尘缨。

李木子先生在《宜春古今谈》中说，早期，温泉旁边建有"定光院"，为定远禅师的道场，清朝时改称"温汤院"。由此可知，温汤的温泉早在几百年前就已经被人们关注并利用。

四十年前，温汤还是一个距离目前袁州区城中心二十余公里的偏僻寂静之处。说寂静，因为它毕竟是一个山区小镇，人口不多，范围

也不大。就拿温汤当时最主要的一条街道来说，也只是黄土路，全长不过二三里，游客不多，每天仅有一趟公共汽车往返市区。

当时，江西、宜春等省地的一些机构在此建立疗养院，如最早的工人疗养院、地矿疗养院等。各疗养院的温泉可以入户，泡个温泉澡倒是十分方便。镇上面向大众开放的公共浴室，有一男一女两处，分布在温汤的河边。每个浴池面积大约上百平方米，而且免费，众人全天候都可随时使用。距离河边稍远一些，保留着一个约几平方米大小的高温泉池，泉池周围用大理石做成栏杆，池水热浪翻滚，水汽冲天，供人参观，同时也为附近居民提供温泉用水。据清朝《宜春县志》记载，温汤之温泉喷水口共有四处，我们今天所能见到的有两处，其中一口水井只供游客参观，另一处在马路对面，百米之遥的玉盘街边，规模更大，水温更高，泉池之水碧绿，可供镇上居民取水或游客泡脚用。

另外两井距离小镇中心稍远一些,为确保安全,目前井口仍处于封闭状态。如今,我旧地重游,记忆中,供游人参观的这两口高温泉池古井周边,建筑物已发生很大改观,旅游小镇,旧貌变新颜。

温汤的温泉的确神奇,不但出水量大,而且水质清澈透明,无色无味,可以直接饮用。北宋地理总志《太平寰宇记·袁州·宜春县》这样记载:"《郡国志》云,宜春南乡有温泉,以生鸡卵投之即熟,水中犹有鱼焉。"温汤的涌泉水温常年保持在68℃至72℃之间,熟煮鸡蛋不成问题,温水中鱼类可以生存亦是事实,如你有兴趣,可以去天沐温泉度假村感受一下那里的鱼疗。温汤温泉是一种罕见的富硒温泉,水质含多种人体必需的纯天然矿物质、微量元素和无机离子,这种温泉属于弱碱性,矿化度低,重碳酸钠。其治病功能,宋代《袁州图经》亦

有记载:"去风疾,至今如故。"的确,检测说明,富硒温泉对人体风湿、心血管病、关节炎、肩周炎、坐骨神经痛、神经系统疾病和消化、泌尿系统疾病等均有显著疗效,也有人说,对癌症能起到一定的预防作用。据说这里的原住居民有"三无":无癌症患者、无眼疾患者、无肥胖症患者。所以,温汤深受老年朋友的喜爱,成为国内唯一可以与法国埃克斯温泉媲美的温泉。医学专家称其为"华夏第一硒温泉"。

明月山和温汤处在一条线路上,从宜春市区前往明月山需经过温汤,而从温汤到明月山只有十几公里。二十年前,温汤和明月山这两

个地方，墙内开花墙外香，上海客人了解温汤后，陆续组团来此旅游休闲；湖南卫视则每天播报明月山的天气状况，使温汤、明月山的知名度和影响力大增。

现在的温汤俨然一座旅游度假休闲小镇，每日车水马龙。街道的路面用水泥、青石铺就，小镇亦重新规划，清一色仿古建筑，商业街、美食街纵横交错，人们在此流连忘返，尤其是上海人多，上海话几乎成为温汤的官方语言。俗话说，养树需护根，养人先护脚。在温汤，泡个温泉澡，洗个温泉脚，像是过一回神仙般的日子，是很好的养生体验。宜春人说，来到宜春，如果你没去过温汤，相当于没来过。温汤水好，由此衍生出许多特色食品和小吃，如干杨梅、生姜、糖油粑粑、小鱼干、鲜笋和笋干、霉豆腐、红薯猪肉丸、富硒五香盐皮蛋等。如今的小镇上，宾馆、酒店鳞次栉比，高中低档次的都有，能满足游客的吃住之需。入户的温泉，让大家不去公共浴池也能享受泡温泉的

乐趣。甚至，小镇的周边还开办了不少民宿，休闲住宿，一应俱全。

如今，去温汤泡温泉已成宜春人的一大时尚，成为大家的业余所好，或生活方式之一。休闲之时，大家有空便邀，去温汤泡个澡，或去洗个脚。政府则顺势而为，每年举办明月山月亮文化旅游节。在这一节庆活动中，最引人关注，或大家兴致最高的就是足浴盛况，最多的时候，参与者可达上万人。每当此时，大家各自带上一个塑料桶，只小板凳或塑料凳子，当然也可在街边小店租用，在古井打上一桶温泉水，在温汤的街道上，成行成队，集体泡脚。我虽然没有机会赶上这一盛况，但想象得出，场面一定非常壮观热烈。据说，这一活动曾创造了泡脚参与人数最多的吉尼斯世界纪录。

  记得多年前，我曾与一位同事下乡到温汤做调研，回到镇上时间已晚，没赶上最后一班公交车，又不愿住宿。我们商定步行回市区。那时的温汤，距离市区的感觉，依然是山高路远，公路是县道，需要翻越几座山，但林木茂密，田畴沃野，一派风光。三月初，正是江南嫩芽初上、春暖花开的时节，路边的桃花、梨花，还有各式野花山花烂漫，水田中，农民开犁，开始一年之中的春耕农忙。那是一次美妙的徒步之旅，水墨江南，不知不觉，我们步行三个多小时。如今前往温汤的交通方便了许多，一级公路六车道，路两旁仍然绿树成荫，鲜

花为伴。一路上,许多村庄依托温汤和明月山景区兴办起农家乐、民宿和度假村。一个景区开发,带旺了一片区域。

　　从宜春市区前往温汤,自驾景观大道,已是一次只需二十多分钟的旅程。

　　我在此自告奋勇做一次义务导游。对于第一次前往温汤的人来说,天沐温泉似乎是个必去之地。不用担心找不到,那是温汤人家喻户晓的一个地方。明月山大沐温泉度假村是温汤最早,也是目前规模最大的一家度假酒店,重点是有一处露天温泉谷。度假村占地面积四百余亩,兼顾住宿、餐饮、泡温泉、娱乐、休闲、旅游观光,以及房地产开发。度假村开发的商品房,沿着山水相依的清沥江一直往上游延伸,已抵达毛立山村的地域。房地产开发,打出"温泉入户"这一金字招牌,让有意者实现常住的愿望。

其中,天沐温泉度假村最吸引人气的服务项目还是温泉。度假村温泉园分为室内和室外两部分。室内有温泉水疗池、游泳池、喷泉等项目以及游客休闲区。室外则是主体,从室内步出,景致美如画,小桥流水,亭角绿草,卵石小径,各式泉池如撒落在大地上的翡翠珍珠,星罗棋布,熠熠生辉。温泉园建在一处山谷之中,调节水温的凉水引自纯净的山泉,泳池从低到高,依地势错落布局,大小不一,如你想到最高的泉池泡一泡,相当于要爬上一座小山。泉池,有的成叠式,多者三级,呈阶梯状次第排列;有的隐蔽在茂密的树丛之中,幽静闲适;有的泉池在温水中放养不少小鱼,人一入池,小鱼便簇拥而上前来替你按摩,与你亲热,不过小鱼需要跟你额外收费,不仅这种小鱼,温汤曾经一度还利用温泉繁殖并饲养非洲尼罗河罗非鱼,不知现在是否还有;有的泉池根据游客需要设计调节出冬夏不同的水温,从38至41摄氏度,甚至更高,任你选择;有的泉池适合两人泡,有的可供多人。大家共享一池热泉,一起聊聊天,放松一下心情,这是一种美妙的享受。我特别喜欢其中的草本养生谷,在谷中各式中草药泉池中浸润,在高低温度池中享受,不断转换、穿梭,乐此不疲。如果泡温泉累了,你还可以选择去石板温泉屋,躺在温泉石板床上休息片刻,床底的温泉水不断为石板加热,自动改善、调节你的血液循环。

天沐温泉中所有的露天泉池均仿日式温泉汤池设计,这些汤池设计出山水丛林、竹林、美人浴、中草药系列、太极调养八汤等几十个特色功能区域,比较人性化,人们可以各取所需。露天池中,地势最低处是一个偌大的温泉游泳池,可容纳上百人游泳……为吸引顾客夏

季入园，园区甚至还专门设计出"飘雪池""盐雾浴""温泉冷雾"等特色项目。天沐温泉是一个高雅的温泉度假村，设计者通过温泉这一元素，衍生出一系列休闲文化品牌。在天沐，泡上一回温泉，能让人神清气爽，既保健，又治病，当然，对更多人来说则主要为了放松一下自己的心情，解除疲乏。上述这番话，是我亲历其中后的真实感受，并非给天沐做广告。几天来，我们不断在山中徒步，此时来到温汤，泡个温泉澡，疲惫的状态迅速得以缓解。温汤温泉是大自然的造化，地球给了我们一个美好的家园，我们要尊重自然规律，实现人与自然的和谐。

问道武功山

峭壁之上,触摸花岗岩,
欣赏杜鹃花
高山有奇观,草甸入云端
在山巅,乘坐火车去探险

问道武功山

———

峭壁之上，触摸花岗岩，欣赏杜鹃花

　　一大早，同学、战友钟坚勇兄陪着我从宜春自驾驱车六十公里来到萍乡武功山。一踏入景区游客中心，便见高大巍峨的山脉像一块块巨石垒起的天然屏障，缭绕的云雾横亘在我们眼前，这便是我心仪已久的武功山。

地质史上，武功山是一部上亿年的自然大作，山体博大，海底喷发涌动的岩浆将岩体抬升至山巅白鹤峰金顶。人文方面，武功山道教历史与文化底蕴深厚。三国孙吴时，葛玄及后来的葛洪曾到此炼丹。汉晋以来，这座山被道佛两家一并选为修身养性的洞天福地。如今，武功王爷殿便安顿在进山的入口，法相庄严。深入山脉腹地，我们发现山林之间尚存不少道家遗迹，如"问道"石。转悠武功，让人产生李白诗中"五岳寻仙不辞远""仙之人兮列如麻"之感受。自然之景与道家理念合一，使得武功山道风浓郁，道境昭然，仙家幻象，玄谜隐奥。

"衡首庐尾武功中"，意思是说，自古以来，武功山便与衡山、庐山齐名，并称江南三大名山。武功山是赣西地区海拔最高的山，严格意义上，它与宜春的明月山、吉安的羊狮慕本属同一山脉，只是行政区划跨三个地域，便有各自的称谓。山巅之上，山脊蜿蜒起伏，十八排峰将彼此相连，于是行者可以实现三山之间的徒步穿越。我由于没有强大的体能支持，故只能选择分别挑战。

武功山，吸引我的因素主要有三个，一是山巅之上，有"云中草原"之称的高山草甸景观；二是以花岗岩为主体的地质地貌；三是它还是袁河的源头所在，河源探秘，梦寐以求。前往武功山，对我来说，期盼了多年，此刻得以成行，总算是实现了自己一桩小心愿，内心充满挑战的渴望。连续多日的徒步登山之旅，使原本脚跟因过度行走已出血、开裂的我，对于能否登上武功山巅，信心有点儿不足，甚至产生了一些胆怯与担心，于是我和坚勇商量，决定乘坐一段索道上山。

与湖南浏阳的大围山一样，武功山游客中心内部建有一座地质博物馆，因我几天前去的时候大围山博物馆未开放，能有机会参观武功山地质博物馆，我同样得以满足。其实武功山也好，大围山也罢，包括明月山和羊狮慕，原本都是罗霄山脉北段的次山脉。地质上，它们的地质成因以及形成机理同脉同源——武功山主要为加里东期和印

支 — 燕山期形成的复合造山。

　　武功山的攀登线路有多条，萍乡这边，山脉呈四谷五脊，主道为跟着索道路线走。这条线路大致可分为三段，如乘两次索道，可完成全部行程的三分之二，但仍需徒步其中两段：下索道终点站到上索道起点站，上索道终点站至金顶，时间大约需要一个半小时。从大门到下索道起点站有一段距离，景区安排摆渡车往返穿梭接送游客。武功山下索道终点站以下区域，植被繁茂，多竹林和高大的乔木，也有成片杉木林；下索道终点站到上索道起点站之间，山路陡峭，巨石纵横，不太茂密的林间，点缀着阔叶林、针叶林和灌木，以杜鹃和松树为主。南方铁杉属于武功山的一个珍稀树种，也分布于这一海拔高度；上索道终点站以上主要为武功山的高山草甸地带，由于土层较薄，无一例外，阔叶林、针叶林在此已经无法落地生根，灌木丛亦退至海拔1700米以下的高度。这儿的高山草甸以十几厘米高的短蒿草为主，包括诸如羊茅、发草之类植物。虽然相邻的明月山，甚至赣西的其他一些高山也存在山顶草甸景观，但只是局部呈现。武功山包括羊狮慕的高山

草甸气势磅礴，神奇美丽，在我看来，它是中国长江以南，或者说是世界同纬度地带罕见的一个自然奇观。

江西多竹，武功山亦不例外，坐在索道上往下看，山脉低处，大风中，翠绿的竹海像波浪一样翻滚，一派苍茫。虽然我们在明月山等地欣赏过类似景致，但武功山的竹林似乎特别纯粹，山脉中海拔地区，几乎看不到其他植物，全部被竹林覆盖，竹林随风摇曳，浩浩荡荡，如果说还有别的东西能够渗透其中，也只是山涧偶尔出露的溪流与瀑布。

武功山植物类型的丰富性，随海拔的提升而变化，竹林消失后，各种被子植物和灌木丛漫山遍野，再稍高一些区域，甚至出现成片杉树林。四月份，是江南地区杜鹃花盛开的季节，在一片盎然绿意中，一树树、一簇簇映山红点缀其中，璀璨夺目。下索道终点站建在一处并不宽敞的台地之上，抵达这里，武功山的山势已变得陡峭，留给人们行走与活动的空间逐渐变小、变窄。站在索道平台往上仰视，巨大的岩体壁立万丈，远处的栈道悬在空中依稀可辨。攀登武功山，对我来说，从这里开始才是真正的考验。此处的海拔为五六百米，植物呈现新的面貌，树干不高的云锦杜鹃，树冠变得庞大，此刻，白里透红的杜鹃花正灿烂盛放。由于山体留给杜鹃树的生长空间不大，使其无法成林，只能在崖体陡坡或山谷之中点缀，获得一些生存的土壤与水分。这儿也有针叶林，武功山多铁杉，而且植株高大。铁杉是中国特有的第三纪孑遗植物，在此甚至实现了局部成片生长，有时它们也会生长在悬崖峭壁之上，向外伸展，展示顽强的生命力，像黄山松一样，装扮山色。

由于山势险峻，武功山植物生长的空间受到限制，但品类依然丰富。我们一路上行，欣赏到许多新奇的植物，杨梅叶蚊母树是其中一种，孤陋寡闻的我第一次见到，有些兴奋。而大叶青冈则粗壮高大，遮天蔽日。山腰地带生长的落叶小乔木，珍稀的观花树种有天女木兰，此刻它们正默默地绽放于树丛之中，当然，这儿还有珍稀的尾叶山茶和南方红豆杉等植物可供人们欣赏。由于山道狭窄，坡度也越来越陡，稍为平缓的路在跨越福星峡谷一座悬索桥前后。福星峡谷栈道镶嵌在悬崖峭壁之上，特色为全部采用防腐木建造。此栈道虽然没有在羊狮慕凌云栈道上行走时那般令人感觉恐惧，但高度也有一二百米，体验它，令人惊叹也让人胆战。景区管理处在这一崖壁的中段还专门安装了一个悬空玻璃观景台，让游客挑战一下自己心脏的承受能力。两个索道之间的这段距离不算太长，仍需行走一小时左右。由于坡度太陡，一些体能稍差的人，干脆雇上一乘轿子，让人抬上去。这一段，是欣赏武功山植物和岩体最佳地段之一，山道和栈道曲折回肠，在山谷或者巨岩之间穿行，不断上行或下行。山道边有一个点将台，站在台上，

"云卷诸峰，青山迥秀，绿萝烟密，露滴明珠"。松涛云海景观一览无余，让人心旷神怡。这种植物和山岩景观一直持续到上索道终点站，形成一条有别于武功山山下林海苍茫、山顶草甸茫茫的自然景观带。

　　花岗岩岩体是武功山的特色和看点之一，游客中心的地质博物馆详细展示、介绍了它的前世今生。站在上索道上站平台，我眺望峡谷对面的铁蹄群峰，久久不愿离开，一是观景；二是等待云开雾散。这是一个大雾天，山峰之间风起云涌，云层快速飘移，瞬息万变，动感十足，我唯恐自己"不识庐山真面目"。铁蹄峰高耸入云，峻崖磊磊，它不只是一座峰，还是由一组群峰组成，山峰几乎都是陡直壁立的花岗岩。此情此景，让我想起"万丈洪崖倚碧空，人间有路不能通。奈何一点云无碍，舒卷纵横疾似风"这首充满禅意的诗。地质年代，武功山在大地构造方面，地处杨子板块与华南板块结合带北部，属"江南古陆"的组成部分。这些由花岗岩构成的连座式峰丛，伴随着海底喷发、地壳抬升，岩基逐渐增大升高，沟谷不断深切，从而托起高高在上的主峰，铁蹄峰是武功山形成机理的一个经典。正是由于众多像铁蹄峰这样的峰丛默默铺垫，才支撑起磅礴的武功山。

问道武功山

武功山主峰位于湘赣两省交界的罗霄山脉北部萍乡市芦溪县和吉安市安福县之间。从芦溪这边登山，交通方便。早在明朝，大旅行家徐霞客就曾对武功山留下行走记录，称其为"奇胜"之山，而清康熙《重修安福县志序》则称武功山为"武功石城"。研究认为，武功山的成因源于加里东期和印支—燕山期花岗岩，并经喜山期构造演化，地球表面的海陆变迁、地层的褶皱或断裂、地壳块体的升降与走滑，以及风化剥蚀作用等环境因素，相对应的岩浆岩运动，最终形成典型奇特的花岗岩地貌。

今天，我们漫步武功山中的福星峡谷栈道，可以清晰领略穹窿花岗岩的壮观。这种穹窿花岗岩由一面或多面表面光滑、壁立万丈的花岗岩构成，由于重力作用，中间出现整体的断裂和滑脱。它的形成故事可以追溯至遥远的八亿年前。那个年代，武功山地区与江南其他地区一样，还是一片汪洋，在陆缘带含硅铁质和砂泥岩石慢慢堆积，逐渐形成沉积岩。在温度和压力的作用下，沉积岩逐渐形成千枚岩、片岩等变质岩。四亿多年过去后，迎来加里东运动，海底岩浆开始活跃，变质岩开始演变成片麻状花岗岩、黑云母花岗岩等岩石。时间再过去两亿多年，到距今一亿五千万年左右的燕山运动早期，伴随着大量重熔型花岗岩岩浆不断上升浸入，初始岩层开始断裂，断块上隆，逐渐形成武功山的核心花岗岩主体。时过境迁，这种核心花岗岩顶部形成韧性剪切带，外围则为脆性变形带花岗岩穹窿。我们如今在武功山主峰白鹤峰一带所见，就是由片麻岩历经风化剥蚀、冰楔作用而形成的山体。更加直观的是，在这种漫长的地质过程中，因山体断裂形成诸如福星峡谷这样的崖壁，片麻岩整体断裂后的剖面表现更加充分。经过地球几亿年的雕琢与打造，最终呈现我们今天所见的瑰丽的高山与峡谷景观。

欣赏武功山之岩，总会给人带来一种跨越时空的感觉，让我们回

到遥远的地质年代，体验一回地球板块移动过程中的潜移默化。其实，自岩体形成以来，武功山地区的地壳运动与青藏高原的隆升或沉降同理，迄今为止一刻也未曾停止，地壳内部仍处于一种缓慢抬升的过程。这种变化，体现于山脉褶皱、抬升、断层等方面，山体之间不时碎裂、崩坍，再加之外部因素，如风化、雨水、冰劈侵蚀，以及重力的崩解作用，使山脉节理呈现出不同程度的张开性。福星峡谷悬崖岩体如今用钢丝网牢牢加固，就是景区防患于未然的举措之一。当然，这种变化是用地质时间单位来计量的，短期我们无法看到，更难感觉、体验到。

除了上述峰丛地貌，武功山呈现出来的山石奇观远不止这些。山脉之中，山峰的形态还有锥状、穹状、峰墙、峰柱等多种类型，当然，还拥有各种千奇百怪的造型石。"武功神拳"位于上索道终点站上方的山道边，岩石神似人紧握的一只拳头，地表冰楔及重力的坍塌作用成就了它。"神拳"惟妙惟肖，给山脉增添了阳刚之气。金顶，是武功山之巅，也是我们所能抵达的最高处，规模庞大的山体筑就了它的高度与伟岸。金顶的岩体有效成分为二长花岗岩和细微含斑花岗岩，远看它是一座峰，走近它，形状又似一个盆体，盆体中多岩石出露，多期次、多阶段的岩浆上侵和造山运动形成它这一最终形态。武功山包括明月山和羊狮慕山间的峰柱随处可见。这些峰柱，形成于花岗岩中的垂直节理裂隙。经千万年风雨洗礼后，峰柱从山体中脱颖而出，巍然耸立。这些峰柱就像一把把横空出世的"利剑"，傲指苍穹。

二十世纪二十年代，中国的植物学家、地质学家对武功山进行了一次深入的科学考察。五十年代后，中国科学院再次组织专家对山脉进行系统的科考研究，发掘其中的秘密和地质价值，从而得出武功山花岗岩存在的四个岩浆活动期规律性认知，并得出"武功山伸展构造是由花岗岩岩浆侵入和构造抬升及山体重力滑脱共同作用的结果"的结论性意见，因此，最终科学家将其形成机理定性，命名为"武功山花岗核杂岩构造"。

高山有奇观，草甸入云端

索道抵达上索道终点站后，武功山主峰金顶就在眼前。

我们继续攀登，山道中的石板台阶逐渐让位于木质台阶，植物同时发生显著变化，阔叶林、针叶林也逐渐让位于草甸。圆润的山巅全部被绿油油的、十公分左右高度的蒿草覆盖，雾气迷漫之中，"云中草原"得以呈现，名不虚传。

武功山的山巅，草甸替代森林是大自然的造化，专家认为这是一种特殊的地形顶极，岩层、土壤、气温、降水、日照、风速等因素决定了它的形成。

用木质台阶替代石板台阶得益于近年来武功山景区对高山草甸进行的生态修复。这种修复使木制栈道离地几十公分，确保排水顺畅，防止土壤流失。仔细观察草甸中土壤的构成，我发现了一个秘密，山顶的土壤牢牢地黏附在岩体之上，但土层很薄，只有二三十公分厚。一些山坡之上，并非都由蒿草覆盖，岩体同时出露，蒿草伴生在岩石的周边。我无法想象这些土壤在山巅还能坚持多久，没有了土壤，草甸必然失去生存的依附。武功山的高山草甸,草依土生,土依岩存,或许这就是大自然构建的生态之链,彼此共生共存。由此我联想到青藏高原上的草原和草甸,土层同样非常薄,受到鼠兔等动物以及过度放牧的影响,水土流失严重。武功山山顶的这些草甸是在冷湿多风环境条件下发育而成的草地类型。从草的类型看并不单一,主要由莎草科、禾本科以及杂草类构成,多为蒿草、羊茅、发草、剪股颖、珠芽蓼、芒等品种构成,少量的斜坡地带、岩石周边仍然生长着一些小灌丛和藓类植物。武功山相对海拔高,除了鸟类,山巅之上基本没有其他动物生存,其实鸟类也很少。但是,防止人为损坏,譬如盲目开发,维系草场的自然生成依然重要。为此,武功山运用了国家科技支持项目,加大对草甸生态的修复,木制栈道只是其中之一,其实还有许多事需要做。总体上,武功山由于山势陡峭,花岗岩地质导致土层浅薄,植物生长受到很大局限。在我看来,保护这座山,首先要从爱护植物开始。

这一段登顶的路，看似不长，栈道曲曲折折向上延伸，对我来说却似乎遥不可及。行进过程中，我不断询问下山返回的朋友，到金顶还有多远，他们说，不远，大概再走三十分钟吧，再问，翻过前面一两座山头就到了，到底是一座还是两座，总归是一种遥不可期的企盼。我攀登武功山的目的，主要是想观察、欣赏山巅的草甸，现在草甸已在眼前，脚步却越来越沉重，行走已经吃力，于是想着放弃登顶。就跟同行的坚勇商量,你拿着相机到金顶帮我拍些照片吧,我就不上去了。话刚说完,这个家伙拿着相机,一路小跑便无影无踪了。可气之极!受此刺激,不久我便神奇地出现在山顶,出现在他的眼前。

武功山的神奇之处,在于山顶草甸的宽广与博大,从长度看,从景观最美的发云界到最高峰金顶,高山草甸在山脉顶端形成一条连绵二十余公里的山脊走廊;从面积看,山巅营造了一处纵横近十万平方公里的草甸。茫茫草甸气势磅礴,堪称奇观。夏日里青草如毡,高低起伏,如果是秋时,则肯定是芦花摇曳,漫山遍野,浩浩荡荡的景象。

武功山的山顶草甸,称得上是天下一绝。

武功山金顶,海拔高度1918米,高出明月山主峰太平山等山峰近两百米,为赣西地区最高峰,也是罗霄山脉主峰之一。与海拔不足百米的萍乡市区比较,相对海拔高差达一千八百余米,在赣西绝对称得上是一座高山。正因为有这两百米的海拔高差,明月山的山顶无法形成大面积的高山草甸地貌。站在金顶之上眺望山下,坡度陡峭,有些地方近乎垂直,云遮雾罩中,景致梦幻。此情此景,让我对高山上的这些默默无闻的蒿草充满敬意,是它们用自己的顽强,装扮并护佑了这座山。当年,约翰·缪尔在攀登美国西部内华达山脉时曾说:"我只能在这片令人喜爱的壮阔山峦中漂泊,心甘情愿地在神圣的大自然中,当一名谦卑至微的仆人。"此刻,我感同身受,武功山上的这些岩石和草甸,让我震撼,令我卑微。金顶的面积不大,约两个篮球场的规模,景区在中央建了一个纪念碑,一个方位指示罗盘。这是一个神奇的地方,手机信号给予显著的地域划分,山顶狭窄的平台约十米之间距,北面信号显示为萍乡市芦溪县,南边为吉安的安福县。

"行到水穷处,坐看云起时。"

王维的这句诗是一种归于自然的人生境界,也是一个人行至高处,

身临其境时的心境体验，恬淡之中充满诗情画意。我们登山时，北坡山间大雾迷漫，能见度极低，抵达山巅后，能见度好转，可以俯视远方的田野和村庄，一片片白云顺着山坡涌向金顶，云蒸霞蔚，景象壮观；山的南边，雾气更浓，雨雾飘渺。我们在此没有获得太多地理信息，山南的雾气和浮云此刻正不断朝着山顶升腾，排山倒海，气势汹洇。于是，金顶变得风起云涌，山脉两边的云雾一起向山顶汇聚，云腾雾卷中，山顶的天气瞬息万变，成为一个云雾博弈的场所。这种气象条件下，人身处其中，感觉似乎爽朗，但视野受到局限，也拍摄不到好的照片。在天气好一些的瞬间，可以到周边走走看看，原本想到帐篷区体验一回，或沿着山脊行走其中一段，只一会儿时间，山顶又再次掩没于浓浓的雾中。我们在金顶大约停留了一个小时，主要是等待，中午时分，云雾更浓，当山脉两边的云雾合围之后，我们成了雾中人，我知道观看武功全景的想法将无法实现。按照正常海拔高度对应气温每千米降6℃计算，此时山顶的气温比山下要低10℃以上，夏天避暑是个好选择，而此刻则起了寒意。民间谚语说"云上高山好晒衣，云下山顶将有雨"，眼看山顶云雾越来越浓，又没有午餐，肚子也饿了，登山时观景、拍照花去太多时间，我们只能依依不舍地下山。

攀登武功山，我感觉上索道的设计有些另类，行进过程每三个包厢为一组，每组上行或下行途中需在空中停顿三分钟，耗时有些长，平时或许可以应对，如遇山顶帐篷节人多之时，不知如何解决游客长时间排队等候这一难题。

旅行往往就是这样，人算不如天算，我喜欢雪山，前往青藏高原观看雪山，是我每次高原之行的必选题，但很多时候往往都失望而归。我曾经在一年之内两次前往四川稻城，硬是没有欣赏到心目中神圣的央迈勇雪山，这就是旅行。攀上金顶也一样，这里有许多东西值得我们鉴赏、体验。我曾计划下午上山，在山顶租一顶帐篷住一晚，体验一回"千峰顶上一间屋，老僧半间云半间"的武功金顶的神奇。夜晚，躺在草甸之上，遥望星空，像在明月山山顶那样，品茶赏月；早晨，云层之上，熹微之中，坐在武功山山顶的草甸上观看日出，在没有任何物体阻挡的情境中，眺望遐想，与太阳、与大自然对话。可是时间没有安排得过来，希望以后还会有这样的机会。

武功山、明月山和羊狮慕之间是互通的，山顶一条步道沿着山脊弯弯曲曲通往远方，那里是前往羊狮慕之路。曾经有"驴友"尝试过这种挑战，背上睡袋、食品和必要物品，从羊狮慕，或其他两座山进入，用三天时间，走山脊，跨林海，挑战这种充满野性的旅程。如果再年轻几岁，说不定我也会产生这种冲动。

　　年轻真好！

在山巅，乘坐火车去探险

　　羊狮慕景区主体位于吉安的安福县，从安福那边攀登，对我来说路途有些远，于是我找到一条捷径，将明月山和羊狮慕两山并一山，

从明月山乘坐小火车前往。这样，相距几百公里的宜春和吉安两地，在山顶，花费十五分钟的时间就能实现成功穿越。

　　这是一次神奇、美妙的旅程。所谓火车，真的不赖，像模像样，内燃动力机车，汽笛一鸣同样"呜呜"作响。从观光意义上理解，这种火车毕竟要小一号，体形小，车厢里有按老式火车设计的木制座位，干净整洁，一节车厢可坐四十位乘客，窄铁轨，速度慢，从明月山到羊狮慕，我不知有多少公里，一个单程只需十五分钟，是一种感觉意犹未尽的旅行。

　　下午两点，我们从明月山车站准时出发，由于天气不好，又不是节假日，全部乘客仅六人，我们两人一组分别坐在三个车厢，相当于包车，没有列车员，我们自娱自乐。列车呜呜启动，此时的铁道两旁云雾茫茫，杜鹃花开一带过，有点儿"伫立云端观花海"的意境。乘坐火车在山巅之上游览，让人多了一层空间体验。小火车从明月山站出发后，穿越一个山洞，五分钟便抵达萍乡市的地盘，再前行十分钟便抵达吉安的领地羊狮慕，非常神奇。羊狮慕景区安排妥帖，我们抵达东安门游客服务中心大门购票进入后，摆渡车将我们快速送达祥云阁景点门口，整个过程衔接顺畅，一气呵成。

羊狮慕，古称中国福山，这个名称比较好理解，安福之地，有福之山，赋予了更多地理、社会和道家意义。羊狮慕之称谓倒是有些不好理解，其名称据说源于一种现象，此山常年云雾缭绕，于是云雾之中常出现"羊"和"狮"相互嬉戏追逐的神奇气象景观，令人思慕，于是便有了这个名称。

羊狮慕景区介于武功山和明月山两山之间，景点的特色，既拥有武功山那样的高山草甸，又有类似明月山青云栈道那般的空中走廊。尽管如此，羊狮慕仍有自己的特色，原始森林幽深神秘，飞瀑泉流跌宕雄浑，悬崖峭壁，层峦叠嶂，奇峰异石嵯峨壮观，山间云雾变幻莫测。"神笔插霄汉，云气蘸锋芒"，许多山间奇石，如刀劈斧剁，直冲云霄，令人震撼。

我们的羊狮慕之旅主要选择行走凌云栈道。凌云栈道将宜春、萍乡、吉安三地互通，明月山这边，小火车抵达孝慈广场后摆渡到祥云阁进入。景点入口即栈道起点，入内往右，是日月峰及萍乡方向；往左，是凌云主栈道，终点在久福广场，可通往安福方向。我们行走凌云栈道后，乘坐景区摆渡车回到东安门孝慈广场，再坐火车返回明月山。

凌云主栈道虽然有三千多米的路程，但一个突出的特点是大部分山道和栈道为平路，景观主要集中在山道和栈道周边，省去了爬山下坡之累，同时路途平坦亦间接暗示羊狮慕凌云栈道之险峻。的确，凌云栈道几乎都建在悬崖绝壁之上，如果说，明月山的青云栈道更多展示的是峡谷、崖壁、植物之秀美的话，那么，凌云栈道表达的则是峡谷的深邃、崖壁的陡峭与险峻。羊狮慕之旅，我们的运气的确有点儿差，又遭遇大雾，雾岚缠绵，烟冷生凝，由于浓雾，栈道上，百米之外的景观几乎一无所见。早就听人介绍，羊狮慕大峡谷特别壮美，奇峰异石千奇百

状，岫谷幽寂，扣人心弦。摆渡车司机见到我们的第一句话就是，如果你们昨天来就好了，那是个"阳光灿烂的日子"。

呵呵，江南的四月天，旅行不宜。

尽管如此，雾里看花，我们依然体验到了羊狮慕之美，准确地说，是感受了一回。远景看不到，就挖掘近观。石笋峰为羊狮慕最高峰，凌云栈道其中一段，建在石笋峰的巨崖峭壁之上，行走至此，上不着天，下不着地，往上看，看不到顶端，往下俯视，云雾中灰蒙蒙一片，亦探不到谷底，我们能够看到的，只有一条长百余米的栈道，镶嵌在一块壁立千仞的崖壁之上。虽然我无法揣测此崖有多高，谷有多深。但悬在空中的栈道，强风凛冽，寒气逼人，让人胆怯。石笋峰崖壁表面整体光滑，细看却略显粗糙，由于形成或断层的时间久远，崖面已风化，或者经长期雨水侵蚀后已经无法辨认花岗岩的类型，表层之上甚至还覆盖着一层厚厚的青苔。

面圣玉板巨石，位于栈道向外突出的一个台地上，孤零零的一块岩石拔地而起，傲然耸立，我实在想象不出它是如何形成的。站远一些观看，形状有点儿像古代臣子上殿面见皇帝时手中所持的笏板，因此取了这么个名字。面圣玉板立于栈道中央，像一个典型的峰柱岩石样本陈列，它告诉你，羊狮慕多奇石奇峰，峰柱就是这个模样。沿着凌云栈道一路走过，十八排雄峰之中，奇峰异石众多，走马观花，我们只是看到了靠近栈道边的少量一部分，其观赏性和体验性远远不止于此，以后有机会必须重返羊狮慕。

凌云栈道在曲折向前延伸的过程中，有些山坳向里弯度比较大，给人行走，或者给植物生长预留了比较大的空间。这里与武功山和明月山栈道海拔高度几乎一致，生长的植物类型差不多，也有一些特色的植物，或者说，深邃的山间谷地给植物创造了一个更好的生存环境。

黄山松、多脉青冈、大叶青冈、山茶、杜鹃等植物不用多说,三座大山中普遍存在。黄山松大多生长在悬崖上的石缝之中,羊狮慕奇峰异石多,悬崖险峻,此时此地,给黄山松提供了一处处更能展示其坚韧、顽强精神的空间。杜鹃,在羊狮慕也呈现出另类美感。美丽马醉木,按科属分类,归属杜鹃花科,它树形高大,树枝粗壮,在杜鹃品类中显然属于身材高大一族。不仅如此,花开时节,美丽马醉木白色的花朵形如一个酒坛,花朵一排排长在长长的花柄之上,如中国古代妇女头上所戴的簪子，充满古典之美。我在此所看到的猴头杜鹃，树形、树枝同样粗壮高大，它的花聚集于枝头，有白色，也有粉红色，而且花瓣之中往往还会呈现出像小猴头一样紫红色的斑点，姹紫嫣红，异常美丽。腺萼马银花亦是杜鹃中的一种，又称石壁杜鹃，这种杜鹃可能在中国南方各地都能欣赏到，但生长在高海拔野生环境，不知开出的花又会是个什么样子，见到此株腺萼马银花时，花期已过，树枝粗壮，遒劲黝黑。在羊狮慕崖壁山谷欣赏紫茎同样值得记录一下。紫茎属山茶科，山道上生长的这些紫茎比较高大，而且树的形体充满力感，亦很漂亮，树皮易开裂，脱落后颜色呈红褐色，出露的树干光滑，用手触摸，光滑结实，感觉很好。

这些植物在羊狮慕的山间峡谷，在努力给自己寻找生存空间，让自己变得强大的同时，也支撑了高山，呵护了我们赖以生存的自然环境。

羊狮慕凌云栈道之旅我们安排的时间有些紧，应该安排一天的行程才比较充足，观察、体验时便可以再细致、深入一些。在栈道上，我们用时一个半小时，由于浓雾，无法欣赏百米外的景观，多少留下一些遗憾。

近日，我阅读安然所写的《独坐羊狮慕》一书。安然可谓一个奇女子，作为安福本土作家，她曾长时间在羊狮慕大山中的小木屋，独居达七年之久。她在那儿听风声鸟语，看云流花开，观日落月升，读书写作，居然将石云峰顶变成了自己的一间书房。在书的结尾，她写道：

我承认，我抵挡不了在孤独中悠然独处的深沉魅力。这里有骄奢的幽寂，有亘古的苍茫，有醉人的宁静，有动人的天籁，有磅礴的自由。别催我回家呀，我已经置身久远的家园了。

……我在高山之巅，不问尘世。一些心灵的呼应和倾动，令我们跨越陌生和疏离。我内心之眼感受的风景，因为分享，而有了更深长的意味。

下午四点半，我们乘坐摆渡车返回东安门赶末班火车。此时，车站只剩一位车站站长和我们两位游客。站长电话告知明月山那边，我们在月台静候，体验、感觉一回《两个人的车站》。十多分钟后，火车准时从浓雾中出现，我们乘坐"专列"返回明月山。

赣西喀斯特

为有源头活水来
袁水河畔一画屏
奇山幽境探溶洞

赣西喀斯特

为有源头活水来

探寻江河之源，地理学界有一条"河长为源"的规则，就是说，确定一条河的源头，一般都以河流的长度为依据，距离入海口最远的那个源点或远点，即为河流之源。中国的两大河，长江与黄河源头的确定都遵循着这一规则，当然也包含一些其他因素。袁河的源头在哪里？我不知道是否有人为此做过专门的考察，我只知道它源于武功山，至于在武功山的何处，依然不甚清晰。

李木子的《宜春古今谈》中曾说，据早年《江西日报》上何永年《武功山上一奇泉》一文介绍，在武功山雷公坳五斗田附近，发现一穴奇泉——虹吸泉。此泉位于山脉海拔五百多米的一个山洞中，每隔二十多分钟水位升降一次，每次水位的升降差在八点五公分左右。泉水潭面较大，每次升降的容量大约十五公升。每当水位上升时，泉水来势迅猛，并发出"唿唿"之声，水潭中顿时清波荡漾，涟漪涌起。水位下降时，泉声减弱。如此周而复始，颇有奇趣。这段文字记载很有趣，是否有文学描写元素掺入其中，我无法肯定，但我记住了其中几个地名。游览武功山下山后，我决定去现场看一看。

袁河发源于武功山，这一点似乎不容置疑，这条河流并不长，用手机地图一查，大致走向十分清晰。但要依靠手机标识准确的源头定

赣西喀斯特

位还是很难做到。罗霄山脉是湘赣两省的界山，它分隔了湘江和赣江水系，在罗霄山脉的分支武功、九岭和幕阜等次山脉中，九岭山脉以东是江西的锦江、以西为湖南的浏阳河；幕阜山以东是江西的修河、以西为湖南的汨罗江。武功山的走势同样呈西南—东北走向，也就是说，主峰西部铁蹄峰靠东边的水流均往东流淌，铁蹄峰往西，面向湖南方向，水流注入湘江，成为湘江的支流。而往东流的河流，则形成袁河的上游，为赣江支流，这里是袁河所能抵达的最远点。于是，武功山成为湘江与赣江发源河流的一个分水岭。

  通过几处地名分析，又在武功山景区旅游中心咨询之后，我们驶出景区大门，右拐，前往武功山另一景区红岩谷，那儿即是前文中所描述的袁河源头所在地，海拔五百米的高处，即此山间的红岩瀑布附近。我们沿着一条乡村公路一直往山脉腹地挺进，所谓红岩谷景区，目前其实并未完工，或者说它是武功山正在扩充建设中的一个景区，山下的河流两边大兴土木，正在修建河堤。而我们所要面对的山脉正是武功山"五脊四谷"山脊中最东面的两条山脊，红岩瀑布之水从最东边第一个峡谷中流出，并形成河流。沿着水流，我们将车一直开到山边腹地，这里是景区的入口，目前处于封闭状态。有一对夫妻在此值守，我们询问是否可以从此处登山，他们告知：不可以，只出不进，景区开发尚未完善，将来或许可以。他们又说，目前有个别徒步者，转山之后，会沿着山脊从此道下山走出来。值守站旁边有一条溪流，水流不大，我们再问，这条溪流流向哪里，是否就是袁河的源头之水，他们表示不清楚，但确定河水流向为芦溪县宣风镇方向。无疑，应该是袁河之水，或源头之一。

  幸运的是，这个值守站旁边竖立着一幅大大的武功山景区全图，地图清晰标注了武功山的各个山峰与峡谷。从图中的标识可知，东边的几座山峰并非山脉峰顶所在地，从主峰白鹤峰排序过来，仅为第四、五峰，高度与主峰相差一截，于是我当即否决了此溪为袁河发源地的判断。再仔细研究地图，我们还发现，即便是这两条山脊，红岩瀑布之上还拥有更高的夫妻瀑布、三叠瀑布和金壶洒酒瀑布等瀑布，也就是说，即便源头在此，也应该在海拔更高处，即金壶洒酒瀑布的上方。那么，袁河源头究竟在哪？我们将视野重新回归上午攀登的主峰金顶。

金顶所在的白鹤峰为武功山最高处，高处往下流淌的山泉，形成河流后如果是往东流，必然是袁河。

当天上午，在攀登武功山主峰的过程中，在欣赏岩石和草甸的同时，我并没有忘记关注山脉之中泉流的发迹。抵达上索道终点站后，我们刻意一路往上寻找，沿着山道将所有泉水出水口从低到高一一记录，最终在"武功神拳"旁边找到最后一处山泉的出处，这里是距离主峰白鹤峰直线最近的地方。景区管理处似乎也意识到它的存在和意义，在此刻意设计一口泉池，清泉通过竹筒管道哗哗流出，但没有标识其海拔高度，或说明此处即为袁河之源。而我忘记带海拔高度测量计，根据它距离峰顶的距离和高度判断，此处的海拔大约为1750米，这一高度显然已经高出武功山脉中其他几座山峰泉水可能出流的海拔。此泉池再往上十几米，有一片灌丛，真正的水流便是从那儿的岩缝中一点一滴渗出，经过几块岩体后，汇集于此。应该可以肯定，这儿即是武功山最高的出水点，我们很兴奋，在此捧上一把甘甜的清泉，喝上一口，这可是袁河的第一汪水。

自"武功神拳"高处发源的这一汪水，顺着白鹤峰和铁蹄峰之间的溪谷下流后，一路奔腾，形成的河流在抵达芦溪县城周边时来了个大拐弯，然后，缓缓东流。

袁水河畔一画屏

袁河是赣西的一条主要河流，从武功山发源后，流经萍乡、宜春、新余等市县区，沿途接纳清沥江、渥江、长寿水、界水、孔目江、蒙河等山间溪水或河流，在樟树市金凤洲注入赣江。

汉朝时，袁河称南水，即便现代也有多个名字，河流经萍乡芦溪时称泸水；到宜春袁州区河段，称秀水、秀江，或称袁水；流出袁州区进入分宜县城前，那儿群山环绕，河水清澈，"罗村如玉带"，又称清源江，然后注入钤阳湖再入新余市仙女湖。袁河虽然不算长，但对赣西地区来说，却是一条重要的河流。据《江西通史》记载，明朱元璋时期，大批江西人西迁，即是通过袁河水道到长沙府，再分散至湖南各地。

这条河曾让我记忆犹新。有故事说，宜春是鱼米之乡，盛产夏布和皮蛋，曾经有不少徽州客商通过袁河水路，用船将宜春出产的农家皮蛋、夏布等农产品贩运外销。我外婆家位于袁河上游，距离市区大约四十里地的西村镇淇田村。在我的印象中，那个时候河道开阔，水流清澈。最壮观的景象是春汛之时，船工们将竹子扎成一排排的竹筏，沿着河道顺水漂流而下，将竹子送往远方。最热闹的日子是每年端午节，当地都会组织队伍在河中进行"划龙船"比赛，纪念诗人屈原。

原先的袁河可以行船，河上每天都有帆船上下穿梭，如村里的挖沙船，船工们每天的工作和生活基本都在船上，包括生火做饭。小时候我曾经登船玩耍，或依托船体在河中游泳、摸鱼。这种船，船首有竹篙，还有帆和桅杆，船尾是生活区，也有橹和转轴。船上一般都会搭建一个竹篷，用来遮风避雨和休息睡觉。竹篷呈半圆形，用竹片编织而成，舱内用坚实的木板刨光再油漆。油漆会散发出一种淡淡的清香，气味特别好闻。袁河之船，有点儿类似周作人笔下的绍兴乌篷船，但船体要大许多，准确地说，更类似沈从文所描绘的湘西沅江上行驶的船。船工们每天在船上过着水上人家的生活，将淘来的河沙源源不断运送达城里。

我喜欢陈晓光作词、谷建芬作曲的歌曲《那就是我》，每当哼唱起"我思恋故乡的小河，还有河边吱吱唱歌的水磨"，心中便会产生一阵激动。原来的袁河边建有水车，岸上有水磨。高大的水车利用水能驱

动，采用一节一节的竹筒将河水提升至岸边磨坊里的碓下或榨下，带动碾盘舂米榨油。元代王祯在《农书》中曾称这种水磨技术为"水转连磨"。这种舂米坊和榨油坊在赣西地区存在的历史悠久，是个千年传奇。如今，物是人非，河还是那条河，下游化成岩畔修建拦河坝搞水电开发后，河已无法通航，船没有了，儿时所见河中那种渔舟唱晚、鸬鹚衔鱼的美景也就成了记忆。如今的农村，村村通公路，河流作为运输渠道的功能已大大弱化，同时，机械化后，舂米榨油等传统生产方式也已进村落户。河流倒是安静了下来。如今的袁河，水更清澈，河两岸水草丰美，少了人为因素干扰，河流呈娇于碧野，更显幽静。

　　这一次我再次来到淇田村，有点儿乐不思蜀，喜欢独自一人前往河边闲逛，看日出、观水色、听鸟鸣。没有了船，河中多了成群的鹅和鸭。清明过后，田里的油菜花已谢，油菜籽粒正壮，五月便可收获。现今江南农村，正发生着深刻变迁，村民住宅已楼房化，种植的粮食作物少了，桃子、枇杷、橙子等水果多了，村庄里很安静，青壮年劳动力少了，喧嚣声也少了，留守的大多为老人和孩子。村庄有一种空心化现象，我们在村庄里小住几日，在河边散步，在果园赏花，在田野中闲逛，每天和一群老年人聊天，倒也自在。田间地头，空气清新，果花飘香，城里有的，现在的农村也已经不缺，走村串户的商贩将各种日用生活品送货上门，沿村叫卖。

未来中国的农村会变成什么模样，我无法想象。记得一位日本艺术家提出"用艺术激活乡村"的设想，针对目前日本乡村出现的"空心化"现象，他主张不建新房，不修新路，利用空闲的空屋打造艺术品，把游客的注意力重新带回乡村。充分挖掘农村富裕的自然与传统资源，重新定位并打造乡土文化之美，是个好的设想，或许这就是未来农村的发展途径之一。

"分得宜春地，东偏一画屏"，袁河流出袁州城区至分宜县一段，在我看来，山水最美。它的美，美在"袁河三峡"，美在喀斯特地貌，以及由石灰岩构成的大量溶洞。为此，这一次我专门开着车，沿着河岸一路行，寻找、体验这些美景。

"袁河三峡"自古有之，据《宜春古今谈》介绍，古时宜春人外出谋生，乘船者多，每当此时必须先了解"三峡"的状况，而生活于外地的宜春人见到同乡，也必问"三峡"之境况。"袁河三峡"在宜春人的心目中，是一段悠远的记忆，地位重要。其实，"袁河三峡"在哪里？我估计即便是今天许多土生土长的宜春人也未必知道。袁河三峡包括牛栏峡、昌山峡和钟山峡三条峡谷。所谓"峡"，自然是山高河窄，水激浪高之地。据史料记载，第一峡牛栏峡，距离宜春城区不远，在原来的下浦乡火车站，现宜春站附近。东流的河道经过一道拐之后，在此遇山阻挡转而北流。这儿有两座喀斯特地貌山，高垂耸立，左为鸡公山，右称银瓶岭，中间形成一个牛形山岭，于是取名牛栏峡。如今，河流改道，北移几里，将河与山分隔，原峡谷险滩变成一块山谷地，高铁从中间穿梭而过。河流水位抬升之后，水面宽阔了许多，此峡谷风光已经不再，喀斯特地貌也只能在飞驰而过的高速列车上欣赏。

抵达袁州区渥江乡后，因水电站蓄水，袁河变得开阔，两岸杨柳依依，成为当地居民清明节前后展开龙舟竞技的一片水域。再往下游一些，我们抵达洋江。洋江属于分宜县的一个乡镇，袁河在这里恢复自然流淌的原貌。

从分宜洋江镇中心小学旁，我徒步横穿一片菜地和果园，钻过一排高大的护河堤坝防护林来到河边。眼前呈现一片滩涂，滩涂上长满茂密的灌丛和长长的青草，此时的袁河两岸一片寂静，好似荒野。平时，村民们可能无须到此地来，灌丛中偶尔传出的几声鸟鸣，打破这儿的平静。

我的到来惊动一只正在水边觅食的翠鸟，一声鸣叫，鸟儿迅即飞往河中央的一片小沙洲。这里，河流开阔，沙明水浅，水流清澈，河底的鹅卵石清晰可辨。在水流速度较快的河中，点缀着一些长长的苦草或黑藻类水生植物，伴随着流水，上下左右摇摆飘动。我很欣慰，在青草上久坐，这里才是袁河最原生态、最生动的地方，我似乎找到了儿时所见的袁河原貌。岸边的树丛中多麻雀、丝光椋鸟、白颈鸦等鸟类，鸟语啾啾，水中有白鹭和野鸭，以及两岸人家饲养的鸭子。水鸟和鸭子在河中自由自在觅食，呈现一幅美丽的山水画卷，好似一个质朴无华的伊甸园。

三峡中的另两个峡谷，昌山峡和钟山峡在分宜县境内，由于江口水库的修建，原先的峡谷变成钤阳湖和仙女湖两个大湖泊，"高峡出平湖"，峡谷水位抬升后，包括原来的分宜古城在内的钤阳镇都已沉入水下，明朝曾经在袁河上架设的万年古桥，也只剩顶端的一部分露出水面，成为分宜县的一处珍贵历史遗存。清朝时，宜春作家胡光莹曾写过一首有关"袁河三峡"的长诗《袁江谣》，其中一段为：

袁江之水清且沦，袁州城下好扬舲。十里五里碧滩接，一篙摇出青山青。昌山突兀劈江起，截断江流从此止。鬼斧神工谁所开？等闲放出袁江水。缘江一带石巉岩，舟行曲作之字湾。舟人摇手客勿语，衔枚偷渡蛟龙关。轻舟出峡波如箭，顺流直指分宜县。买鱼沽酒且为欢，转眼钟山又前面。钟山迤逦曳秋烟，微现中流一线天。放篙著石石怒语，四山响答声铿然。下流滩少波纹漾，遥连章贡同奔放。推篷回首望袁江，袁江远出千山上⋯⋯

如今我们来到昌山峡所在的袁河边，两岸青山依然突兀，河流浩浩荡荡，但已经完全没有了峡谷原貌中"微现中流一线天"之险峻，但岸边的昌山庙尚存。据说当年建该庙就是因为其时峡谷水流凶险，后人为辟邪而建，试图将龙王菩萨请来镇守。今日袁河的这一水域依然热闹，每年农历五月初一，附近乡镇的村民都会朝圣般会聚在昌山庙前，祭拜神灵，祈求风调雨顺，五谷丰登，并在河中展开声势浩大的龙舟大赛。

　　这个地方曾为赣西供电局所在地，依托煤炭和峡谷水力发电，现在发电厂已弃用，小镇的功能亦发生改变，山清水秀之地成为一个供人们休闲、生活的场所，变成了分宜的田螺之都、美食之镇。赣西多田螺，河流中，稻田里，每到夏天田螺便恣意生长，此时，将田螺捞起，在清水中浸泡养几天去泥，加辣椒入味煮熟便是一道美食。尤其在炎热的夏季，人们消暑纳凉吃夜宵，嗦田螺、喝啤酒，酣畅淋漓。在风景优雅的昌山峡边，享用田螺之味是美妙的。这是分宜人的好口福。

　　再远一些，我们站在洪阳洞高处眺望昌山峡，峡谷与铃阳湖乃至仙女湖几乎连为一体，苍茫的原野海天一色。袁河过钟山峡，出仙女湖后，便进入赣江流域和鄱阳湖区的平原地带。

"钟峡出秀浦,碧潭无限清。日浮江色动,舟蹴浪花轻。"是严嵩曾经赞美"袁州三峡"的一首诗。距离昌山峡不远,有一个村庄叫介桥村,该村历史悠久。五代时期,毛文锡在《茶谱》中曾这样记载"袁州介桥其名甚著"。介桥又称"介溪",迄今为止,村中九成以上居民都属严姓,明朝权相严嵩便是这里人。清明前夕,我电话跟朋友邹永红咨询打算去的一些地方,告诉她我可能去分宜一趟,她二话没说就从南昌赶了回来。

洪阳洞,是一个由石灰岩构成的喀斯特溶洞。溶洞位于昌山峡旁边的一座山上,山不太高,从山下步行十几分钟就能抵达洞口,溶洞也不大,但声名在外。分宜多喀斯特地貌,也多溶洞,就分宜的溶洞来说,洪阳洞只是个小儿科,往里进入,纵深不过几百米,却很精致,洞口宽敞,可容纳百人。入洞之后是一个大大的洞厅,洞厅分上下两层，钟乳垂悬，石笋嶙峋，钙化泉池层层叠起，最大的钟乳柱将地面与洞顶相连，如擎天一柱。洞中由石灰岩构成的路面滴水后比较滑，就在我兴致勃勃欣赏时，不小心滑了一跤，所幸无大碍，把同行的永红吓了一跳。哈哈，就当是我给上亿年的自然造化致个敬吧。史志载，洪阳洞中有石室十七处、石穴七十二个。南宋时，朱熹曾游此洞，留下诗作一首："人道归云未足夸，洪阳石乳更鹁鸰。连环入梦难纤轸，回首西风又日斜。"洪阳洞除喀斯特地貌这一自然造化，还保留着浓郁的人文气息，正所谓洞不在深，有仙则灵。据说东晋时道家葛洪曾在此栖息养性，修道炼丹。洞口大厅，迄今保留着一处读书台，岩壁上书写着"吟石"两个大字，而洞壁的另一边，则刻着"洪阳洞"三字，据说这些摩崖题刻均为严嵩的墨迹，所以，"洪阳洞"又被后人称为"严嵩洞"。的确，这是严嵩当年常来游览、读书、写作之处。严嵩曾赋《雪霁登钤山》诗，后两句为"劲风仍振木，朗月已辉城。永夜山中宿，山泉松涧鸣"。严嵩好诗词写作，创作诗篇千余首，均收录于他的《钤山堂集》之中。

"屋后七峰袁岭秀，门前一水介溪清。"介桥村是一个古村落，坐落于袁河之畔，前有介溪拱翠，后有袁岭揽护。该村始建于北宋元祐年间，如今已纳入"江西省历史文化名村"，并被国家住房和城乡建设部命名为"中国传统村落"。

踏入村庄，率先映入我们眼帘的是一株株高大耸立、古干凌凌、遮天蔽日的樟树。这些古樟大多植于宋元时期，最大的一株古樟位于村口铁道旁，已用铁围栏隔离，主干围径近十米，大约有三十米高，三米高处分杈出两大侧枝，再上两三米又分出更多侧枝，最终形成的树冠足有一个篮球场大，树牌上记录该树的树龄为820年，它就像一位时光老人，散发着氤氲的芳香。其他的樟树则分散立于村前屋后各处。这些古樟与古村一道成长，成为一种活的文化，见证了介桥村的历史。

永红带我们在村中各处转悠，她告诉我们，自己父亲曾担任过该镇的书记，对村里的一草一木、一人一事她都非常熟悉。介桥村保存了许多古老的民宅建筑，这些房屋属于典型的赣西民宅，土墙、砖瓦、木制门窗、料哩门，看上去让我倍感亲切。奢华一些的古屋，墙头建有马头墙，宜春人称之为垛子墙。这种墙飞檐高翘，英俊挺拔，有些墙壁上雕龙画凤，古朴馨香，内容大多记录赣西的乡村风貌，讲述这里曾经发生的故事，在一面高墙上我们就欣赏到一幅描写古人演奏《广陵散》场景的壁画。"白砖碧瓦马头墙，人字铺地古街巷。古樟蔽日宿白鹭，清泉老井育将相"便是介桥村的写照。

我记住了其中一条青石铺地的古巷，这条村中古道，据说修建于

宋明时期，曾是分宜和周边地区煤炭、苎麻运输的主要通道，现如今虽风光不再，但古巷里曾经人来人往，当年生意兴隆的"众生堂""仁义号""源顺号"等商号店铺尚存。

今天的介桥村，虽然严嵩的故居或遗存已荡然无存，但严嵩的印迹却无处不在，说明故里的百姓并没有忘记他，甚至也没有忘记他的儿子严世藩，以及家庭中的其他成员。这就是历史。参观介桥村，我们能够感觉到，村中对严嵩的所有介绍与评价都是正面的。严嵩出身寒素，但天资聪颖，五岁进私塾，八岁成神童，于书过目即诵。他十九岁中举人，二十六岁得进士。族人这样评价严嵩"著之丰、文之雅、书之韵，乃吾族第一人"，乃饱学之士。后来严嵩被授翰林院修编，驰骋政坛半个世纪，其中任次首辅二十年，位极人臣，也曾背负骂名四五百年。有一点，据村史记载，严嵩十九岁时与夫人欧阳淑端成婚，白发终志，身无旁姬，在中国古代的士大夫中仅此就值得尊敬。严嵩对自己家乡的贡献，修了一条路，建了一座桥，创办了一座书院。严嵩八十七岁时卒于故土，临终前写下最后两句诗——"平生报国惟忠赤，身死从人说是非"。

介桥村多祠堂，其中的"竹坡公祠"，即"毓庆堂"最具代表性，至今保存完好。此屋建于明朝洪武年间，以严氏九世祖严仲恭之名命名，为介桥严氏家族最早的宗祠，传递着"积善之家必有余庆"的行为规范。"毓庆堂"建筑为抬梁式砖木结构，轩廊、廊柱、步柱、雀替雕有各种花卉卷草装饰，工艺精湛，不但呈现了介桥村悠久的建筑风貌，而且将古村的人文历史也表达充分，包括堂内严嵩的部分书法墨迹陈列。在村庄的深处，还有诸如"元辅第""进士第""世进士第""御史第""科甲第"等彰显介桥人文与历史的建筑，甚至藏着一处规模不小的钤阳书院。我们走村串户，观光游览，充分领略介桥村这个民风淳朴、人文荟萃的地方。据介桥村史记载，历史上该村经廷试、会试、恩科和恩赐走出去的进士达七人，举人二十余人，民国以前七品以上官员达百余人。其中有一位族人，名叫严宗喆，以清节著称，平生好读，诸多讲学，曾辟石鼓书院，深受后人尊崇。

介桥村的这种历史文化传承，改变了一个人、一个家庭，甚至一个家族的命运。"方伯世家""八世一品"之称谓对介桥村来说，真的是实至名归。

奇山幽境探溶洞

朱熹游宜春时，曾赋诗："我行宜春野，四顾多奇山。攒峦不可数，峭绝谁能攀？上有青葱木，下有清泠湾……"说实话，朱熹来到宜春只是一位过客，并非久居。他所见的那些"奇山"，我估计就是袁河边那些由石灰岩构成的喀斯特地貌景观，这种山体在中国，以广西桂林的漓江两岸最为集中、奇特。赣西地区虽然有喀斯特地貌出露，但比较分散，主要集中于袁河流域，尤其是宜春袁州区至分宜县的河谷地带。朱熹"上有青葱木，下有清泠湾""峭绝谁能攀"诗句，我以为主要描述的就是这种喀斯特地貌。喀斯特地貌是一处处由山、水、崖以及植物共同构建的图景，崖壁陡直，攀登的难度极大，从而让朱熹望而兴叹，诗性有感而发。袁州区牛栏峡附近曾经便是一处喀斯特地貌景观集中呈现区域，可惜河流改道后，缺少了水的元素，便少了灵动，

山还在，景观价值已然消失。

赣西喀斯特地貌亦呈区域分布。铜鼓是赣西的一个山区县，位于九岭山脉西部腹地的铜鼓盆地，地质年代海底抬升，冰川侵蚀，同样形成一系列奇峰异石。定江是流经铜鼓的一条主要河流，在县城边的定江河畔，呈现出一系列丹霞型峰林或峰柱地貌。这一次，我专程前往那里观摩。"铜鼓石"是其中的一个经典，那是一块颜色暗红，由石灰岩砾石和碳酸钙胶结，再经长时间水流、风化作用而形成的岩体。"铜鼓石"耸立于定江边,由于年代久远,已处于逐渐下沉的态势。沿着定江上溯几百米,"宝山石"的丹霞地貌特征更加显著,它已不是一块石,而是一座具有一定气势的缓坡丘陵,山顶平缓,三面陡立。

从铜鼓县城出发往东二十里的天柱峰景区,目前已打造为以丹霞地貌为主要特色的国家森林公园,面积上万公顷。尤其是丹霞天柱,孤峰突兀,形似一个巨大的石笋,在九龙湖的怀抱中,阳光照耀下的主峰五彩斑斓。"天柱巍嵬擎太空,龙湖荡漾摇苍穹。桂林山水炫华彩,阳朔风光舒丽容。"如果你勇于攀上天柱峰之顶远眺,周边湖光山色,群峰耸翠,红岩绿树尽收眼底,同样是一处绝景。这是一个"山娇于绣,林媚于锦,水明于镜,泉美于琴"之地。我们这次游览天柱峰,几天之内接连去了两次,由于阴雨连绵,朦胧之中画里行,始终没能拍摄到理想的照片。

定江是一条神奇的河,下游河段汇入的几条主要支流,如正溪水、双溪水和带溪水等均源于宜丰县的官山,这里河流的走势没有遵循赣西之河往东流之规律,定江出九龙湖后来了个大拐弯,往北穿越九岭山脉腹地,注入九江的修河。说不定,是定江把这种石林丹霞地貌特色带到了修河流域,同时,也把我们吸引到了修水。早就听说在修水的四都镇有一个东岭石林景区,前往修水,我们幸运地请到当地的"高级导游"许高峰先生,请他陪

同我们一同前往四都镇。在当地镇党委书记匡晖先生、镇长周水如先生的引领下，我们参观东岭石林。

目前的东岭石林虽已列入江西省级风景名胜区，但并未完全开发，仍然保持着自然野性的况味。旁边的村民开办了一些民宿，可把远道慕名而来的游客留下。占得几个山头的石林区，属于典型的喀斯特地貌，石林高低错落，怪石林立，走入其中，仿若迷宫。它的规模虽然没有云南石林那么大，但在江南地区仍显得独树一帜，成为一个难得一见的景观。领导们边走边介绍，也畅想着对石林未来的规划。东岭石林除了石林奇观，周边森林葱郁，尤其是生长着成片的野生桃树林。据当地人介绍，当年陶渊明写作《桃花源记》，灵感就源于这里，是否当真，我无法深入考证。但愿走进石林，我也能体验一次陶渊明笔下的桃花源。

喀斯特地貌区，总会有一种地质构造形影相随，这就是溶洞。

在分宜，我们这次体验了洪阳洞。其实在赣西，溶洞非常多，萍乡的孽龙洞、宜春袁州区的白龙洞，早在二十世纪八十年代就已被初步开发。近年来，万载的竹山洞、分宜的神牛洞亦被陆续发掘并接待游客。游览明月山，在海拔1600米左右的高处，有一个星月洞，溶洞穿越一片厚厚的岩层后直通山脉西端悬崖，后来的青云栈道就架构在那边的悬崖上，那是我所经历过的、海拔最高的一个溶洞。神牛洞位于分宜县大广高速公路旁边的洞村乡，它只是洞村溶洞的冰山一角，依托蒙山、大岗山等高山，洞村周边发育了非常完备的喀斯特地貌，亦发现了大量溶洞。这些溶洞千姿百态，山中有洞，洞中有洞，鬼斧神工，于是洞村人以量取胜，给自己取了一个响亮的名字——中国洞都。我们这次深入蒙山，从北面的上高县进入，攀登了山脉北坡的白云峰，那里属于蒙山林场管辖的范围，一片纯粹的原始森林，山势完全被密林覆盖，上山的公路非常窄，下雨又雾浓，我们还遭遇到了一次局部泥石流，那里或许有溶洞，但无法探寻。我们一路向上攀登，未见到一个人，不敢贸然深入。下山之后，参观了位于上高县蒙山下历史悠久的却破落不堪的圣济禅寺，便快速离开。

本次赣西溶洞之旅，由于时间所限，我们刻意选择白龙洞做一次深度体验与探秘。白龙洞位于宜春市袁州区三阳镇酌江村，此洞原名酌江洞，后改为现名。一大早，我们从宜春市区开车前往，约三十分钟车程，非常便利。非节假日，游客不多，我们与来自浙江温州的六位游客，加一位导游和船工共十人，当日首批次入洞游览。白龙洞，规模不算大，特点在于水陆各半，前面一段，需乘船游览，在深邃的洞中由专业船工划船前行观摩，上岸后，在洞中徒步。白龙洞位于酌江水库旁边，洞中的水源于湖底渗入泉水，水库周边群山环绕，明媚幽静。据说这里所发现的溶洞远不止白龙洞这一个，有大小十余个，为多个幽深曲折、各具特色的溶洞群，白龙洞只是已开发的规模最大的一个。

我曾多次欣赏溶洞之美，桂林的冠岩、七星岩，江西彭泽的龙宫洞，广东连州的地下河，湖北恩施的腾龙洞，也包括萍乡孽龙洞等，总体感觉都差不多，喀斯特地貌，石灰岩构造无非都是一些钟乳石、石笋、石柱、钙化池之类，但白龙洞仍然有自己的独到之处，洞中形成的钟乳石、石笋、钙化池等惟妙惟肖。乘船的过程，水道曲折回旋，犹如一条精致瑰丽的地下长廊，向上仰望，高悬的钟乳石惊险刺激，挂在空中仿若将摇摇欲坠。上岸不久，可以看到一整块十余米高的穹顶石壁，岩层沉积形成的纹理层次分明，令人震撼。顶端之石就像开了一个天窗，一只熊猫从中将头探出，形态逼真，在蓝色灯光的照耀下，如梦如幻，我的第一反应，此景应叫"熊猫探幽"。这是白龙洞给我留下的，最为深刻而鲜明的印象。

在洞中一路走过，我们一群人兴味盎然，给所见的各种岩石造型取名字，钙化梯田上方露出一圆形孔，里面安装一只红色灯泡，叫"日

出东方",像清晨鲜红的太阳刚刚跳出地平线;上下两个因千年万年滴水形成的石笋,我们给它命名"天长地久",尽管它们如要真正实现这一"亲吻"过程,恐怕还得等上百年、千年;另一处钙化石群非常壮观,石壁晶莹剔透,似瀑飞雪,这个可以称作"冰雪飞瀑"。

　　白龙洞洞中之道九曲回肠,千奇百怪,洞体有大有小,有宽有窄,大洞套小洞,洞中又有洞。大的地方可容纳一个网球场,宽处十人并排行走都没有问题;小的地方,人必须蹲着通过,像一条大自然专门设计安排的"虔诚之道",窄处,人通过时需要侧着身子,缓慢挪步,如一条"减肥通道"。在白龙洞的中段,大自然很体谅游客,在顶端开了一个真正的天窗,窗口形状像一幅栩栩如生的"狼图腾"画,中午时分可以将阳光引入洞中。正是这一天窗,在给洞中带来光亮的同时,

也将洞外新鲜的空气输送至洞内,所以人在洞中行走并不会产生空气稀薄的感觉。凉爽、舒适、精致,独具魅力的石灰岩溶洞构造是白龙洞为游客提供的 VIP 服务。白龙洞中还有许多怪石奇景,如"石龟探天""水帘洞府""石树擎天""龙宫海花""雪压青松"等,让人观后印象深刻。

走出洞口,导游提醒我们,从洞口再往上继续攀高一些,山上还有石林景观,果然如此,只是石林的规模不是很大,但许多岩石的形状很精致。

神奇的白龙洞,将洞里洞外、陆地水上的喀斯特溶岩地貌完美地结合在了一起。

沉睡的森林

官山,被封禁的山
苍杉拂云烟翠深
熊猫的想象

沉睡的森林

官山，被封禁的山

　　南翔先生是深圳大学中文系教授，也是一位关注、爱好自然的人。据他介绍，每年夏天，他都会抽空到江西宜丰的官山待上个把月，住在官山自然保护站或附近的民宿，一边休闲，享受大自然中的新鲜空气，在林中漫步观鸟，在溪边赏花、听水；一边静心构思，创作自己的作品。的确，官山就是这样一个地方，小气候效应明显，冬暖夏凉，植物生长期长达三百多天，年均降水量近两千毫米，为江西省降水中心之一。

　　如今的官山已成国家级自然保护区。前往官山不难，高速公路连通后，四通八达，大广高速、杭长高速、铜万高速可以直达，但进山难。官山位于赣西宜丰、铜鼓两县交界处，九岭山脉多期次古造山带西段的南部。如今保护区面积上万公顷，最高海拔近一千五百米，其中千米以上的山峰三十余座，以主峰麻姑尖，以及石花尖、罗汉尖和莲花尖等"四尖"为特色。这里，山谷至山腰，植物繁茂，林茂谷幽。千米以上的山顶多草甸，地质面貌有点儿类似武功山，不同的是，官山之巅的神奇之处在于多奇石，一些圆润的花岗岩巨石耸立山顶，似乎摇摇欲坠，又似天外飞仙，令人遐想。

　　官山与铜鼓接壤，铜鼓又与湖南浏阳相邻，铜鼓西部有一座山称

大沩山，浏阳东部也有一山，叫大围山，其实两者为同一座山，称谓一字之差，仅是"沩"与"围"两个同音字，各自表述不一致而已。官山不便登顶，大沩山的山道路况不熟，于是我们绕道浏阳，将车直接开上大围山山巅。目的有两个，看山顶巨石，赏杜鹃花海。

大围山的山巅亦被草甸和杜鹃树覆盖，那里是浏阳河的源头，山巅存在诸多类似官山的花岗岩巨石。果然，在山巅附近一处密林之中，我很幸运，发现一块罕见的花岗岩球状风化体。这是一个意外收获，正是我梦寐以求寻找的花岗岩奇石。该石呈球状，可以清晰看到岩体

所念在家山

沉睡的森林

由表及里、层层风化剥蚀的机理。地质上，这种岩体主要产生于花岗岩、耀绿岩及某些砂岩之中，形成机理先为不同方向的裂隙切割，然后水、气体及各种微生物等沿着裂隙再侵蚀，由表及里，层层风化剥蚀。由于岩石裂隙交会处表面面积较大，风化作用的强度和深度也比较大，使岩块的棱角最先风化，于是内部未风化部分逐渐圆化变成球状，地质学家称这种岩石为"石蛋"。此石是否一开始就形成于这片森林之中，我表示怀疑，或许是从山巅滚落至此。这种花岗岩球状石官山也有，我看过照片，但没有见到实物。

官山和大围山（大沩山）的山巅奇石蔚为壮观，从形成机理看，应一脉相承，我以为肇始于第四纪冰川。

回到官山，它的故事要从四百年前说起。明隆庆年间，官逼民反，当地从事纸业的"棚民"被迫在九岭山脉间的大沩山和黄岗山一带发动起义,后遭官军镇压。从此,官府在黄岗山地区设置军事衙门,在山口派驻军队,尤其针对官山一带,皇帝下旨"将居民迁徙,勒石永禁,不许入内,亦不准砍伐山内竹木"。这一禁,时间跨度就是四百多年。意外的是,封禁官山,坏事变成好事,山中的野生动植物等生态系统得到最严格的保护,这里便成为赣西地区一个"生态孤岛"和动植物"乐园"。于是,后人将原为黄岗山一部分的这座山,取名"官山"——官府封禁之山。

　　如今,人们要想进入官山腹地仍然受到严格的限制。二十世纪八十年代初,官山成立省级自然保护区。2007年,经国务院批准晋升为国家级自然保护区。保护区的设立强化了对山脉,以及山中植物、动物和其他资源的保护,一般游客不得进山,需要进入的人,必须在保护区管理处办理相关手续,得到许可。我们很幸运,在工作人员陪同下走进官山,但只是山脉一隅,并未登顶。山脉腹地建立了东河和西河两个保护站,相距不远,大约几公里。游客从宜丰方向前往,一般都会选择保护区的东河保护站。这个地方原称李家屋场,据说是当年起义军大本营所在。尽管现在不允许游客擅自进山,但管理处还是人性化地在山口河谷区域,开辟出一个"官山生态园",让游客入内体验。园内修建了一条几公里长的木栈道,游客在海拔相对低的山谷区域,环绕一周然后返回入口。

　　生态园包含人文与自然两部分内容,一是当年战争留下的一些遗存;二是一片原生态森林。从保护站进入,面前有一块巨石,上刻"凯旋归""点将台"等文字,这是进入官山自然保护区的一个标志。往里深入,还有一些人文景观,"见证石"讲述了当年李大銮、梁长吉、杨青山等义军首领在此破指滴血、同饮血酒、结为生死兄弟的故事。有意思的是,当年负责围剿义军的官军首领邓子龙一首《吴西荡寇》诗也

一并刻在了另一块石壁之上。两者成鲜明对照,说明此处乃当年双方必争之地。李大銮为何许人? 如前所述,明朝嘉靖年间率领农民、手工业者带头造反的那位领袖。当时,社会矛盾突出,借用海瑞在《治安疏》中一句话"嘉靖者,言家家皆尽而无财用也"。于是,湖南浏阳人李大銮率众揭竿而起,在湘东、赣西的大沩(围)山、大幽山、黄岗山周边地区"啸聚"起义,并逐步形成以宜丰黄岗山为核心的大片区域。黄岗山属于九岭山脉的一部分,范围宽广,基本涵盖赣西北部一带,官山则位于中心位置。这里,纵横几百里,林密谷深,多悬崖绝壁,地形险要,易守难攻,扼古代吴楚之要冲。

到明万历初年，农民义军规模曾一度达到八万人之多，随着影响力的逐渐扩大，官府也变得紧张起来，时任江西巡抚不得不派兵"征剿"。这一仗打下来并不易，最后，大概在万历四年前后，一场轰轰烈烈的农民起义宣告失败。邓子龙在《吴西荡寇》诗中这样写道：

西风恶雨山道险，
枯木云栈马难前。
崖谷剪草荡匪寇，
铁甲雄兵唱凯旋。

可见当时的官山之路有多么艰难。

苍杉拂云烟翠深

如今的官山仍是一个原生态动植物王国。

我曾两次前往官山，第一次是在几年前。我们自一处峡谷进入之后，上山之路步履维艰，甚至可以说无路可走。原始森林里密布着葱郁的大树，树下荆棘丛生，溪水长流。为规避危险，我们每人手持一根木棒往前探路，一把镰刀随时挑开沿途野蛮生长的蒿草和芦苇。

山中春尚浅，
风物丽烟光。
涧草殷勤绿，
岩花造次香。

浮根争附络，
细叶正商量。
好在幽兰径，
无人亦自芳。

惠洪，是宋代宜丰的本土诗僧，留下许多描写宜丰自然与人文的风物佳作。他的这首《早春》诗，写景、写物把我们带入山中，很有官山的味道。

我第二次进山的时间在今年（2021）四月，在东河保护站幸运地结识了几位护林员，然后在宜丰县政协谌飞和官山自然保护区管理处周柏杨两位先生陪同下进山。周柏杨，在官山自然保护区工作多年，他了解山中的一草一木，是位植物学方面的专家。一路同行，他的介绍、

讲解，让我们获益匪浅。柏杨告诉我们，被子植物是官山植物的主体，占总品种的八成，其中国家重点保护植物几乎占到江西省的一半。这一次，我们只是沿着"官山生态园"的木栈道转了一圈，几公里的路程，攀爬难度不大，那里千奇百态的植物，让我目不暇接。

　　山区多雨，气候湿润，有利于植物的生长。我们跟着周柏杨一路攀爬前行，听他讲解。官山树木高大，尤其是山谷区域，植物多样，如南方红豆杉、水杉、珙桐、伯乐树、长柄双花木、巴东木莲、乐昌含笑、毛红椿、甜槠、麻栎、云锦杜鹃以及方竹等，其中的南方红豆杉、伯乐树和银杏等还是国家一级重点保护野生植物。槭树科铜鼓槭和大风子科长果山桐子为官山特有植物。巴东木莲、香果树、青檀、紫茎等植物属于中国特有的物种，而山中的罗汉松科则为最原始的类群。

　　这些山野里恣意生长的树木，一方面，郁郁葱葱保持着旺盛的生命力，另一方面，又抑制了新物种或种子的过度繁殖，让官山植物原生态特征鲜明，珍稀、孑遗植物多种多样。这些乍看并不起眼的植物

沉睡的森林

背后隐藏着文明演进的密码。

　　珙桐属于国家重点保护野生植物，早年我只是听说在云南怒江流域和四川西部大渡河流域的横断山脉中发现了这种植物，官山有珙桐，我倒是第一次听说。这里与云南、四川的那些地区纬度基本相同，气候条件也有些类似，珙桐能够成活并生长，我并不怀疑，只是两次行山都没能目睹其风采，有些遗憾。我喜欢转山，这些年来，多在中国西部的四川、云南、青海、西藏等省区行走，也努力学会鉴赏其中的一些植物，但在官山，目睹如此丰富、齐全的被子植物、裸子植物、蕨类植物和苔藓植物品类令我意外，要全面认识它们对我来说还是感觉力不从心。

　　据说，官山深处生长着大面积大叶含笑群落，顾名思义，这种树，叶片大，花开时似一张笑脸，色彩斑斓，芬芳四溢，果熟之后也似一张笑脸。据说大叶含笑植株可长至三十米高，胸径也可达几十公分，但很遗憾我们没有找到它。伯乐树为官山最古老的单种科和残留种，如果要研究被子植物的系统发育和古地理、古气候等方面的历史，它可是"活化石"。与伯乐树类似的植物还有伞花木，也是一种第三纪残遗，我国特有的单种属植物。麻栎树亦很古老，世界罕见，据说官山分布的面积达千余亩，它们在哪？我们在生态园的木栈道旁找到了它，只是零散与其他乔木或阔叶林一道混生，没有成片，但依然高大，胸径三十公分左右，见识麻栎树，我们非常知足。

　　"官山生态园"内的高等植物品种非常多，有两千余种，是我在赣西诸多大山中所见植被类型最丰富的地区。为方便游客识别，保护站在许多树木上挂上了标识牌，对喜欢植物的人来说，真是一件大好事。我边走边记，录得椤木、三峡槭、木蜡树、南酸枣、毛红椿、甜槠、刺楸、枫香、台湾冬青等一大串。这些树木，不仅高大，而且树干笔直，极具观赏价值。考察官山植物需要耐心，也得细致，巴东木莲，名字秀气，我以为是一种藤本植物，事实上却是高大的乔木，树高二十米以上。春天，巴东木莲枝叶婆娑，色泽碧绿，叶片繁茂，所开之花呈白色，一般为六瓣平开，花蕊在正中，花蕊紫黄搭配，既像一个小宝塔，又像一顶袈裟帽，非常佛式；秋天，结果之后，巴东木莲的果实又像一串串葡萄，只是与成熟后的葡萄颜色不同。如今巴东木莲这一物种已经和官山的长柄双花木、长序榆等植物一道被国家列入"濒危"植物物种。

　　黄檀是一个珍稀树种，和乌饭树一样，树皮之间泛着淡淡的红色；虎皮楠，属于常绿植物，树形挺直、优美，正常情况下生长高度只有几米的这一树种，在官山却能野蛮生长，变得粗壮有力，而且其树皮别具一格，泛着淡淡的白色，类似北方的白桦树。除此之外，山中还有许多"楠"姓树种，如红楠、薄叶润楠、椤木石楠等。在官山，植物不但呈层次带状分布，在低海拔处，更多呈混交状态，高大的乔木、小乔木、阔叶落叶林，甚至针叶林和灌木都能实现共生共长。玉兰、云和新木姜子、长尾毛蕊茶、三叶赤楠、三花冬青、矩叶鼠刺、珍珠莲等纤细一些的植物，再加上藤黄檀、亮叶崖豆藤、大芽南蛇藤等藤本植物，以及生长在地面的一些矮小被子植物，灌木、蕨类、菌类、苔

沉睡的森林

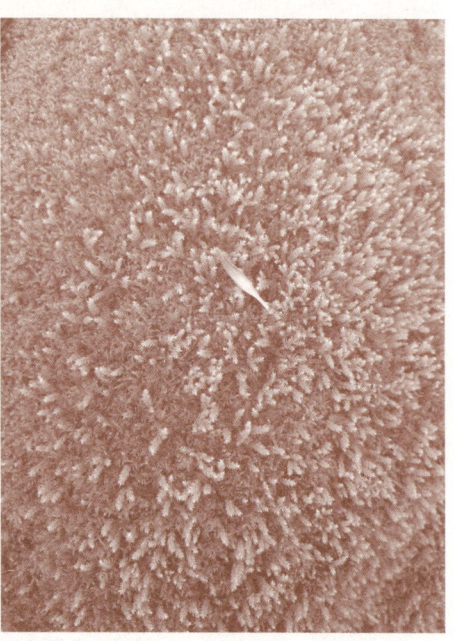

藓、地衣，湿地中的藻类植物，在这样一个潮湿阴暗的密林里，它们卓尔不群从远古走来，翠色欲滴，野性恣意，布满山间溪谷。

官山的植物是一个完备的、不可复制的生态系统，许多植物源起古老，我倒觉得，将生态园打造成一个野生植物园似乎更加贴切。国内许多知名植物园，如庐山植物园都曾到官山采集野生植物。

官山矮小的被子植物，最值得一提的是兰花。早就听说宜丰潭山是"兰花之乡"，陶渊明《饮酒》和《拟古》诗中就有"幽兰生前庭，含薰待清风""荣荣窗下兰，密密堂前柳"等兰花描写，但兰花在哪？我从来没有见到过。这次我们前往宜丰天宝古村参观，当地朋友小胡赠送我们几盆兰花，我们问兰花从何而来，她说从官山深处的密林中觅得。她介绍说，这是一种野生兰花，叫寒兰，通常生长在海拔较高且阴凉潮湿的地方，属于高山寒兰，寒兰中的上品，一般在初冬开花，而且花香奇特。我们四月初到访，正常情况下欣赏不到花卉，但小胡所赠兰花有几株枝头上的花还未谢，让我们大饱眼福。为此我专门请教当地领导李和平先生，他如数家珍般告诉我，宜丰的兰花资源丰富，各乡各村均有出产，大类有春兰、蕙兰、建兰、寒兰、台兰等，品种多达几百个，包括南国红梅、寒兰红花、寒兰白花、寒兰素心、剑兰荷瓣等精品，真的很神奇。

在宜丰，收获清雅出尘的兰花，给了我一个意外惊喜。

杜鹃花这种植物，在江西的群山之中常见且普遍，也是江西人最喜欢的野生花卉之一，江西人习惯称之为映山红或满山红。其实从品类来说，它有多个种类，如鹿角杜鹃、云锦杜鹃、紫花杜鹃和锦绣杜鹃，等等，这些杜鹃在赣西的许多山中都能看到，大概分布于海拔一千三百至一千六百米的范围。

只要春天一到，映山红便漫山遍野盛开于各地。"夜半三更哟盼天

明,寒冬腊月哟盼春风……岭上开遍哟映山红",这首电影歌曲,唱出了江西人的心声。官山亦不例外,这一次,我们四月探访,正是杜鹃花开之时,但要恰到好处赶上盛开之时,仍得选准日子。杜鹃花期,盛开的时间大约半个月,即便同一地区,山脉海拔不同,开花时间也不尽相同。前往大围山,由于大雾,花岗岩在一片朦胧中呈现,可以欣赏,但拍照视野和能见度受到局限,而映山红,山顶漫山遍野,成片种植上万亩,也因天气寒冷还未成片盛开,我们只拍摄到率先开放的几朵。不过没有太大的关系,此处不开别处开。在铜鼓天柱峰、明月山等地的山间我们依然见识不少。此时,朋友黄素梅用微信发来一组手机所拍萍乡广寒寨照片,那儿的映山红花开正当时。官山的杜鹃花科不少,保护区内据说有十六种之多,是最具观赏价值的植物之一,其中,有"第四纪冰川孑遗种"之称的云锦杜鹃群落分布广泛,在海拔一千二百米附近,面积近两平方公里。

官山多溪流。山上的清泉在山谷中汇聚，形成一条条小溪、小河，河水从巨石中穿越，不时形成一个个跌水瀑布。这些瀑布虽然缺乏落差，没那么壮观，却很柔美，河中不时还会形成一个个水潭，据说官山深处的溪流中还有娃娃鱼生存。潭边多巨型卵石，石上长满青苔，由于河水冲刷，在一些溪流边，还堆积着大量砂石，人可步入，似在海边的沙滩上漫步。

　　东河保护站旁边有一条较大的溪流，当溪流奔流出密林时，已成磅礴之势，在两块巨石间形成一个湍急的跌水瀑布，然后坠入崖下的山中小湖泊。保护站不大，仅一栋房屋，周边不但有溪流，而且林木葱郁，生态园中能够见到的植物在此几乎都可觅得，尤其多方竹。我们在此观鸟、赏树、戏水、静坐。官山的山泉水清澈透亮，不但孕育山中植物，且滋养了大山之中众多的动物。这里的水是可以直接饮用的，捧一把，喝上一口，绝对沁人心脾。"涧水无声绕竹流，竹西花木弄春柔。茅檐相对坐终日，一鸟不鸣山更幽"，在保护站溪边，沉浸于这寂静之中，不用坐上一日，每一刻都是神仙般的享受。

我第一次官山之旅在十月份，利用了一次国庆节假期，非常幸运的是，在攀爬途中发现南方红豆杉，且拍摄到了杉树上所结的红色果实。南方的山林多杉树，但红豆杉并不常见。这种南方红豆杉，学名称红榧或紫杉，还有一个好听的名字——美丽红豆杉。南方红豆杉耐阴、喜温暖湿润气候，一般都生长在海拔一千至一千五百米的山谷、溪边和缓坡腐殖质丰富的酸性土壤之中，所以在南方亚热带、暖温带的阔叶林中常有分布。"红豆生南国，春来发几枝"，王维诗中所指的红豆可能并非这种杉树红豆，但总能让人产生一种美妙的联想。杉树上的这种红豆，颜色鲜红透明，肉质较厚，里面包裹着呈棕色的果核，其种子皮比较厚，又称假种皮，一般情况下会处于深休眠之中。在自然状态下，这种果核一般要经过两个冬天一个夏天才能发芽，更新能力比较弱，所以显得珍稀。红豆杉的果实是可以吃的，我摘取其中一颗品尝一下，没什么味道。我让种子回归大自然，期待来年能够再生长发芽，长出一枝新苗。红豆杉树的花期在春天，结果在秋天，春华秋实，我们第一次登山，恰逢其时。四月，我们再见南方红豆杉时，此时的树木郁郁葱葱，深绿的枝叶在阳光下泛着紫色，称其紫杉，却也名副其实。

南方红豆杉，树长得高大，但每一株所能结下的果实却非常有限。我们在官山发现不少红豆杉树，但它的生长地比较分散，基本上没有成片、成林生长，有的长得高大，比较好鉴别。有一些纤细蓬生，生长在阴冷的溪边，或者在其他高大乔木的庇护下与灌木一道混生。找到这些红豆杉树并不容易，当然，能够拍摄到红果的机会更加难得，

从而证实它的可贵。南方红豆杉属于常绿乔木，叶子很漂亮，呈条形螺旋状，小枝互生。如果这时红豆点缀在叶片之上，则更加醒目，红绿相映，鲜艳欲滴。如果一棵树上结满红豆，那会令人陶醉。这种景象我曾在靖安中源的一处深山中偶然遇到过一次，让我们激动了半天。

后来查资料，果真如此，红豆杉树为中国独有，又称中国红豆杉，它是第四纪冰川孑遗植物，世界珍稀濒危物种，在地球上已生存了几百万年，可谓植物中的"活化石"。如今红豆杉树已是国家一级保护野生植物，属于优良珍贵树种。与红豆杉同科的乔木，还有穗花杉。在官山发现的穗花杉，最粗壮的一株高达十五米，胸径超过二十公分，号称"冰川元老"，是世界稀有的珍稀植物，已濒临灭绝，而官山一地，据说发现了十几处。赣西九岭山脉中南方红豆杉的存在具有广泛性，从另一个角度看，说明这里的地质形成跟第四纪冰川关联度高。

官山中部多蒿草，主要是类芦。类芦高过人头，第一次行山时，我们在向上攀登过程中只能从中小心穿越，以免被其锋芒划破脸和手脚。往上一些，是密集的杉树林，再往上，仍然是更加密集的杉树林。"苍杉拂云烟翠深"，官山的杉树长得高大威猛，树干粗壮，由于保护区采取了严禁砍伐措施，许多树木即便已经倒伏，也是自生自灭，呈现一种原生态状况，让它们重新回归大自然。我们攀爬了其中一段，抵达海拔千米左右，密林之中越来越阴森，整个山中仅我们三人，万籁俱寂。风吹拂树梢，发出沙沙声响，我们有些胆怯，山中大型猛兽可能没有，但蛇也足够让人畏惧。经过两三个钟头的攀爬，的确有些疲惫。经商量，我们决定放弃登顶的念头，返回山下。山顶草甸和巨石没能目睹总归有些遗憾，只待留给下一次了。

这是一次、二次都没有完成的徒步登山之旅。

熊猫的想象

第二次前往官山，我们选择走另一条路，从宜丰的潭山镇出发，翻山越岭来到东河保护站。这条山间公路帮助我们省去了登山的时间和艰辛，站在半山远眺，官山崇山峻岭、层峦叠嶂，游客可以直视主峰麻姑尖，以及山顶气势磅礴的巨石。

原路返回时，我们在公路边巧遇一只雌性野生白颈长尾雉。这只原本在公路边闲逛的鸟，见到汽车便钻入公路边的密林，速度之快，我手中拿着相机都没能将其拍下。这种鸟是官山常见的"雉"类之一，另一类是黄腹角雉。据介绍，官山是世界上已知最大的白颈长尾雉种群聚集地，由于它们的生活空间在深邃的密林皁丛中，不深入守候很

难见到。白颈长尾雉的长相很美，尤其是雄雉，白颈、长尾、红眼圈，每年春夏的发情期，雄雉脸部鲜红的肉垂会变得比平时大几倍，特别鲜艳，因此被誉为"谜一样的林中珍鸟"。

巧遇白颈长尾雉，对我们来说是值得庆幸的。据说这类雉类动物三千万年前就已经在地球上生存，有鸟类"活化石"之称，真难想象它们依靠什么能够存活到今天。雉类动物本是森林中的弱者，它们处于食物链的底端，有许多天敌。为了生存，这些白颈长尾雉必须练就一身躲避天敌的本领。

郑忠杰先生是位专业摄影师，为拍摄白颈长尾雉，他带领摄制小组曾多次深入官山的密林之中，前后历时十年，最终出版一本《官山白颈长尾雉》精美画册。据他介绍，白颈长尾雉一般在林中树下、林缘岩边或灌丛中筑巢生活，选择晨昏或阴雨天外出活动，晚上则会栖息在悬崖峭壁旁高大的阔叶林树干上，或许这便是白颈长尾雉的生存之道，这种环境利于隐蔽，一有风吹草动，便可迅速转移或者躲藏。

沉睡的森林

有时，它们也会显得很笨，发现天敌无处可藏时，便把头伸进草丛中，身体露在外面也不管不顾，像只鸵鸟，或许这也是它们的生存技巧之一。我没有对此深入观察、研究，无法揣测。好在官山自然保护区常绿阔叶林的面积足够大，让它们有广阔的生存空间，树高林密，又为它们提供了便于躲藏的地方。官山是一个动物的天堂，或者说，植物的繁茂，让动物有更大的生存空间，让官山成为许多动物休养生息的家园，如今的官山已是九岭山脉生物多样性保存最完好的地方。

据说，官山之中在二十世纪八十年代以前曾有华南虎生存，现在肯定没有。华南虎这一物种，过去常见于华南地区的山区，我小时候在宜春，有一次，大人们前往洪江那边的深山伐木，他们回来时，心有余悸地介绍，在山里遇上一只老虎，应该就是华南虎，幸亏老虎没有发现他们，彼此才相安无事。如今，中国南方地区已经好多年没有发现华南虎踪迹的报道了，估计这种野生的华南虎已经灭绝，但官山

仍然是许多动物的乐园。

我们知道，峨眉山是猕猴的天下。与峨眉几乎同纬度的官山，猕猴也非常多。目前官山发现的猕猴有十几个群落，工作人员说大概有六百只，它们活跃于官山保护区的四面八方，最大的一个猴群数量超过百只。这些猕猴画地为牢，过着相对独立的家族式群居生活。在这些猴群中，猕猴通过小家庭的方式得以表现，常常是父母带着各自的孩子一起活动、玩耍，其乐融融，享受天伦之乐，非常有人情味。山上山下、林间溪畔、树上树下都是猕猴们的活动空间。

冬天下雪后，山间食物短缺，猕猴就会集体下到山谷来寻觅食物。这时，林间树丛之上，就如一阵风刮过，猴群呼啦啦像秋风扫落叶一般，将树上的果实一扫而光。大多数时候，它们的吃食是树枝上的嫩叶，毕竟许多植物的果实成熟期在秋季。冬季，保护站的工作人员也会主动投放一些玉米、花生等食物。每当此时，随着工作人员"呜哦，呜哦"的一声声呼唤，成群的猕猴便会从树林深处，踩树踏枝呼啸而来，久而久之，保护站的工作人员与猕猴之间建立了一种亲密无间的关系。其他季节，气候温暖，猕猴们基本上都会在山林的深处繁衍生息。第一次登山时，我们努力向上，十分在意寻找猕猴的足迹，但始终没有发现它们的踪影，只是在保护站见到一只受伤的小猕猴。小猴在管理人员的精心照料下接受治疗。第二次来到东河保护站时，工作人员告诉我们，前一天还有上百只猕猴下山，在保护站饱餐一顿后又回归林中。的确，在一个偌大的山中，要想欣赏到集体亮相的猴群真的有些困难，这得看时机和机遇，官山之行，这是留给我们的遗憾之一。目前官山自然保护区对这些珍稀动物按海拔的高低，分核心区、缓冲区和实验区三个层次进行保护，其中的白颈长尾雉、黄腹角雉和云豹已列为一级保护等级。

　　原先，保护站有过捕获一两只猕猴关在笼中供游客观赏的先例，我觉得这种做法非常不妥。野生物种，野外才是它们生活的空间，那里才是它们真正的家园，保护它们，我们人类就应该充分尊重它们的

所念在家山

130

自由，万物皆有灵，猕猴也应该有"猴权"。好在这种现象已被杜绝。

除白颈长尾雉、黄腹角雉、云豹和猕猴外，官山其他动物还有不少，如白鹇、勺鸡、黑麂、棋盘蛇（尖吻腹），等等，它们就在那里，等待你去发现。官山鸟类也多，但不易发现，在林中漫步随时随地都可以听到鸟的鸣叫，大多是一些山雀之类，但要拍摄它们并不容易，何况我也没有长焦距的照相设备。在官山自然保护区管理处，我曾看到过一只冠鱼狗照片，这种鸟，嘴大，白腹，全身羽毛白、紫相间，均匀分布，头戴一顶大大的冠，非常神奇，令人赞叹。还有一种被称为仙八色鸫的鸟，因全身羽毛呈现八种颜色，显得异常美丽，但很难发现它们。深入官山，拍鸟之事我总是仰仗同行的朴勤大哥，他是摄影方面的资深爱好者，设备齐全。官山拍鸟，体形大一些的鸟类一般都会分布于山脉低处的湿地和水库周边，我们曾在黄昏之时守候在槽下水库拍摄白鹭，而雄性白颈长尾雉和黄腹角雉是我在官山最想遇见

的鸟,但往往是事与愿违。我始终认为,拍摄鸟类是最需要耐心的一个活儿。

　　这次,通过官山自然保护区管理处,郑忠杰先生提供了一幅白颈长尾雉珍贵照片给我——修长的小腿,胖胖的身材,美丽的打扮,像一个标准的"靓仔"。让我兴奋了许久。

两年前,我从中央电视台财经频道获悉,中国大熊猫保护研究中心发布消息,将在官山自然保护区野化放归三只大熊猫。这一消息令人高兴。这可能是国宝大熊猫第一次在四川、陕西以外的地方野化放养。按计划,三只大熊猫将择机放归。当我们今天再次来到官山,特别关注的便是这个消息的实施情况。大熊猫何时放归?大熊猫放归在一个陌生的环境后,如何生存?它们吃、喝些什么?安全如何保障?我们人类以及现有动物对它们会产生何种影响?这一系列的问题需要找到答案。

在宜丰竹文化园,如今建立了一家熊猫科技馆。这是宜丰人为迎接熊猫到来进行的一次科普预演。据科技馆介绍,在地质年代,官山地区曾经有大熊猫生存过,只是由于地质、气候变迁,熊猫的生存空间才逐渐西移至今天川西高原东部等地边缘山区。这一介绍让我有点儿惊讶,甚至有些怀疑,如果真是这样,那官山应该还是大熊猫的故土,这次野化放归意义重大,当数一次跨越时间和空间的回归。

从自然环境来看,官山的确是一个可选之地。在我看来,官山地处北纬28度线附近,气候和地质条件与四川卧龙,以及雅安碧峰峡等传统野生大熊猫生长之地基本相似,大环境适合熊猫的生存,这是其一;其次,官山植被丰富,森林覆盖率达90%以上,适合熊猫生活的地域达六千多公顷,几乎占到保护区面积的一半,足够熊猫们自由活动。生物的多样性,让熊猫在这里有各种各样的选择。高大的乔木可供熊猫攀爬,低矮的灌丛利于熊猫隐藏。最主要的,官山盛产竹子。

官山的竹类植物达十属二十八种,海拔一千米以下地区均有分布。不但有熊猫可食的方竹,还有大量毛竹、苦竹、箬竹、桂竹等。所谓方竹,是竹类的一种,在官山,方竹群落主要生长在海拔六百米以下湿润的溪边,分布地广泛。从外表看,方竹与一般的矮竹没什么区别,这种竹生长高度约两三米,较箬竹的植株稍高。方竹叶片宽大,

沉睡的森林

所念在家山

郁郁葱葱成片簇生，它的奇异之处在于手感，竹子的枝干只有用手触摸时，才能感觉到它的形状呈方形，用肉眼观察则看不出来。方竹在官山发现的品类多达三十余种，其中的竹叶、竹竿都是熊猫喜欢吃食的部分，说不定官山地里不时冒出的、野生的竹笋也能丰富熊猫的配餐。这些食物应该足以满足大熊猫之所需。官山的山泉水，水质好，纯天然，别说熊猫，人都可以直接饮用，这也成为大熊猫落户这里的一个有利因素。

众所周知，宜丰是江西的"毛竹之乡"，数量多、覆盖广、品类丰富，政府特地在县城郊区建造了一个占地面积庞大的"竹文化园"，展示宜丰底蕴丰厚的竹文化。大熊猫来到官山，来到竹乡，应该能够获得一种回家的感觉，这是一个可以尝试的选择。这次我们来到官山，重点关注了官山方竹的生长范围，这儿气候温暖湿润，横向看，半山腰呈带状生长着大片的方竹；纵向看，从高海拔直至山谷，都保留着

沉睡的森林

方竹的生存空间。在东河保护站附近，溪流湍急，溪边高大树木之下，林静树幽，竹木萧然，成片生长着绿油油的方竹。官山的植物以常绿阔叶林为主，植被生长期长，即便是冬天，丰富的植物想必也能为熊猫过冬提供一个良好的食物储备。

我觉得，还有一个好处，官山地区地质条件稳定，基本没有自然灾害，包括水灾、旱灾和山火这样的一般性自然灾害。在完成大熊猫野外环境适应性训练之后，将大熊猫有选择地迁居官山，如果熊猫能够顺利适应这里的自然环境，对这一物种来说，增加一个宜居环境，何乐而不为。美国生物学家乔治·夏勒曾经在四川卧龙自然保护区连续生活了五年。他追踪大熊猫的足迹，写作了《最后的熊猫》一书，书中详细介绍了熊猫野外生存的状态以及它们的生活习性。熊猫是一个远早于我们人类在地球上生存的物种，其适应自然环境的能力也远比我们人类想象的要强大。我对此充满期待，相信，对宜丰人来说，这也是一件乐见其成的好事。不知有关专业机构准备好了没有？

这就是官山。森林里发生的生态学故事，正是通过这一株株树木、一条条溪流、一块块石头，或一只昆虫和一种动物得以表现。1851年4月，亨利·梭罗做了他一生中最重要的一次演讲——《荒野保存世界》。他指出，人类生活与野性相符，一切美好事物都是野性并自由的。

白颈长尾雉有"鸟类大熊猫"之称，南方红豆杉有"植物大熊猫"之誉，这两个物种官山都已拥有，我希望在官山能够早日见到真正的国宝——大熊猫。来了就好，其实我们也未必一定要在实地欣赏到憨态可掬的熊猫。

在北纬 28 度

『只要放下包袱,咫尺就是家乡。』

走进赣西古村落

一种向往,山野田间有民宿

宋应星

在北纬28度

"只要放下包袱，咫尺就是家乡。"

宋代诗人黄庭坚是宜丰名士蔡曾的妻侄，一次他来看望姑父，写下《送密长老住五峰》一诗：

我穿高安过萍乡，
七十二渡绕羊肠。
水边林下逢衲子，
南北东西古道场。
五峰秀出云雨上，
中有宝坊如侧掌。
去与青山作主人，
不负法昌老禅将。
栽松种竹是家风，
莫嫌斗绝无来往。
但得螺蛳吞大象，
从来美酒无深巷。

黄庭坚的这首诗很"赣西"，描述了赣西的自然和人文风貌。北纬

28度是地球仪上一条虚拟的纬度线，中国大陆，这条线东从杭州往西，横穿南昌、长沙、重庆、成都、拉萨等多座大城市，一直延伸至西藏聂拉木边境口岸出境。在真实的地球上，北纬28度线还经过阿拉伯半岛、非洲的撒哈拉，在那儿形成大面积沙漠，而在亚洲东部，受益于太平洋暖湿季风影响，江南地区气候温暖湿润，河网密布，植被繁茂，多座名山，如黄山、庐山、峨眉山等都分布在这条线上，或该线附近。

位于北纬28度线上的赣西，区域地理环境基本相同，季风气候形成四季分明的节气，带来的生物周期性变化也基本一致，如植物的发芽、开花、结果，候鸟的迁徙，甚至自然界中非生物的变化，如自然现象中的初霜、解冻、结冰、消融等变化规律。在中国二十四节气的转换中，江南是一个显著的地方。宜春的民间谚语说："立春一日，水暖三分。""最好立春晴一日，农夫耕田不用力。"立春为岁首，此节气一到，便意味着春天到来，大地从寒冬中苏醒，植物开始发芽，树叶开始生长，孕育出一派生机。在赣西农村，农民这时就要开始准备春耕，新一年的序幕就此拉开。

这种物候变化，同样影响人文，如社会、历史，以及经历时间打磨形成的生活方式。

赣西，位于纵向的赣江和湘江两条大河之间，同时又坐落于基本横向的武功、九岭和幕阜三大山脉之间，历史上，它既是吴楚文化的交集之地，号称"湘赣孔道"，又是"吴头楚尾"，形成极具包容性，又个性化的文化。湖南与江西两省虽隔着一座罗霄山脉，却近在咫尺，山水相依，气候条件基本相同，山脉间的一些河流，如同源于武功山，东流江西的袁水，西流湖南的萍水（渌水）；同源于九岭山脉，东流江西的锦江，西流湖南的浏阳河；同源于幕阜山，东流江西的修河，西流湖南的汨罗江，不可谓不同脉不同源，但在人文方面，山脉两边却形成较大差异。有一种观点，说湖南人性格勇敢尚武、刀刚火辣，这是湖湘文化中的精神特质，典型人物如曾国藩；而江西人，在性格方面则表现温和，安于心灵中的清静，如陶渊明式的人物。这是性格文化方面的体现。在语言方面，两地差异更大，一山之隔，一边是湘方言，一边是赣方言，虽然彼此大概都能听懂，但都不会说对方方言。

赣西内部，山同脉，水同源，族群同根，差异要小很多，以袁水和修河为例，尽管河流流程并不短，但沿河流域形成的文化差异非常小。将范围扩大一些，赣江流域的江西，这种差异相较于湘赣两省，同样不怎么明显。赣西多山，前面说到的三条河，被武功、九岭和幕阜三座相对平缓的山脉阻隔，亦形成不同的方言和生活方式。语言上，江西多方言众所周知。在赣西，方言可以多到超过人们的想象，每个县市都有各自的方言不奇怪，厉害的是，一些地方同一个县域，或每个乡镇都有可能形成各自的方言，同一个乡镇，如果中间隔一座山或一条河，说话语音语调也有可能发生变化。不但表现于口语，而且还体现在文字书写。

说起赣西方言，我总会想起朱向前先生的中篇小说《地牯的屋·树·河》。在此我引用其中几段：

故事：赣西山冲里有只老屋场，地名起凤坳。屋场里两千余人，多是刘姓，大男小女都神里神气。相传祖宗为"北古佬"，是西晋永嘉南渡来的。到底人种不同，这里武有九路拳，文有七进士。单是一个地名，也有蛮多名堂。最先的可与刘备的落凤坡挂上钩，顶迟也可说到元末至正年间，本地中一进士，县丞刘伯温来作贺，取"孟学士之词宗，腾蛟起凤"辞意，写匾"起凤"，据说民国二十八年秋日本兵来之前，还有人见过那匦。可是呢，若问到后生人么仔叫起凤坳？便答：还不是咯个坳生成一只凤样。

村庄：起凤坳实在不过是一只筲箕形山窝。坳口，笔立一莼五六抱粗的古樟，老根老筋拱拱翘翘，新枝新叶蓬蓬洒洒，遮得住几亩地阴。树下砌有石桌石凳，坳外人初次过路，无论官家、商贾、脚夫，都不免在此小憩，吃烟吃茶，或讲古经，或扯卵蛋，或什么也不，光光只是歇一口气。过了樟树，便沿一条青石官道，下岭进坳，约行三箭之遥，面前哗地晃出一条小河。河床不宽，水刚盖膝。几十块形状古怪的顽石高高低低地露出水面，既当了村姑杵衣的砧，又当了众人过河的桥。过河上得岸来，这才到了屋场。

人物：这一年，地牯刚十二岁。猪婆走错路，猪仔跟脚步。冇爷管冇娘教的地牯，既有三分痞气，又有三分拗烈，还有三分悫薄。当七亲八戚嚯嚯响要卖了老屋分大洋时，地牯拈了一锉木炭，在厅门上画下四行字："此屋属地牯，莫要眼鼓鼓；炸子埋满屋，想进莫想出。"几句话杀气腾腾，几个字清清爽爽，从此满屋场的人又都不敢轻看了他。

上述节选，出现了众多赣西方言的表达，熟悉这种方言的人，自然能感受其中趣味，从而会心一笑，不知其他读者能看明白其中内容的有多少。在我看来，这是用方言描写赣西乡村故事，最有味道的一部文学作品。作者朱向前是一位土生土长的宜春人，当年创作小说时就读于解放军艺术学院，与著名作家莫言是同学。朱向前创作的《地牯的屋·树·河》与莫言的《红高粱》在写作方式上似乎有许多相似之处，充满乡土气息，把那个年代中国农村的生活写得入木三分，而且题材也基本相同。有关赣西的文学作品有不少，说实话，我偏爱朱向前的《地牯的屋·树·河》，尤其是小说中那些方言，就算我是一个地道的宜春人，会说，但未必能用书面表达，真的佩服他。

十年前，中央电视台为拍摄《远方的家》纪录片，摄制组一行沿着北纬28度线一路西行来到赣西，在宜春选择其中几个点，拍摄其中三集，如"养生福地宜春"讲述温汤温泉和药都樟树；"多样的精彩"讲述高安的乡村斗牛和万载的美食、烟花鞭炮、傩舞；还有一集则通过宝峰寺和百丈寺，介绍底蕴深厚的禅宗文化。《远方的家》很生活，有味道，至今记忆深刻。

循着纪录片《远方的家》的摄制思路，这一次我首先来到奉新，参观宋应星纪念馆，结果吃了个闭门羹，纪念馆大门紧锁，好在门上贴着一张告示，指示入园者可从旁边的冯田工业园进入。

宋应星纪念馆园区占地面积很大，我徒步走了半天，逛了一大圈，发现纪念馆室内陈列部分依然没有开放，只能参观外观，看广场周边刻意设计的一些展示，留下遗憾。宋应星是奉新县宋埠镇人，明朝万历年间，他多次参加科举考试，似乎运气总是差那么一些，后来，他来到分宜县谋得一教谕职位，教授生员。在分宜期间，宋应星潜心研究农学，写出一部重要的科学著作——《天工开物》。《天工开物》将

中国几千年来出现过的农业生产和手工业生产方面的知识和技术进行了一次系统性总结。书中大量记录了诸如机械、砖瓦、陶瓷、造纸、硫黄、火药、纺织、制盐、采煤、榨油等生产技术和工艺。农业方面，对水稻浸种、育秧、擂秧、耘草等生产过程有详尽描述，如"凡秧田一亩所生秧，供移栽二十五亩"这样的比例关系，直到近代仍广泛应用于江西的农村。在宋应星纪念园广场，专门陈列了《天工开物》一书讲到的农作物种植技术的展示牌，其中"种水稻"牌这样表述：

水稻：湖滨之田，待夏潦已过，六月方栽者，其秧立夏播种，撒藏高亩之上，以待时也。

赣西，是一个自然与人结合比较好的地方。山区的人，靠山吃山，与山中的植物、动物建立了密切的关系；平地的人，靠水吃水，房屋建在田边地头，在可耕地少的环境下，农业必须精耕细作。传统意义上，赣西是一个农耕社会，农耕文化源远流长。《天工开物》诞生于此，有其必然性，它描述了赣西袁河流域、九岭山脉谷地间农业文明的结晶。从实用的角度看，《天工开物》本身就是一部有关农业和手工业生产的教科书，从而被誉为"中国17世纪的工艺百科全书"。

如今，我们转悠赣西的广大乡村，仍能体味宋应星这一研究成果在生产、生活中的应用。

万载在赣西称得上是一个比较富裕的县，这里物阜民康，农业和手工业齐头并进。万载素有"花炮之乡"美誉，其制作烟花鞭炮的历史早在宋代就已开始，至今有上千年的历史。万载的烟花鞭炮生产得益于当地丰富的硝酸钾、杉木灰、硫黄原材料和竹子做成的表芯纸，以及传统的制作工艺。这种用黄纸制作的礼花弹，曾以缤纷的色彩，个性化造型，在北京、伦敦奥运会上大放异彩。万载百合也有几百年种植和加工的历史，宋代便是贡品。每年五月至六月，为万载白水乡最佳赏百合花的时节，微风拂过，花海一片涟漪，美不胜收，百年好合，万载不富恐怕都不行。

在分宜，陪同我们的邹永红跟我说，带你们参观一下双林镇的夏布文化馆吧，你一定感兴趣。这是一个意外之喜。宜春的袁州区、万载县、上高县、宜丰县和新余的渝水区、分宜县几个地方相邻，在农

业方面一个共同特点是盛产夏布。

　　来到双林镇，永红果真厉害，居然为我们请来了双林夏布第四代省级传承人王雨生先生。王雨生目前任双林夏布协会的会长，他带我们参观夏布文化馆，为我们详尽讲解。宋应星在《天工开物》中对苎麻曾这样记载："无土不生，其种植有撒子、分头两法，色有青黄两样。凡布衣缝线、草履串绳，其质必用苎纠合。"夏布的原料是苎麻，苗可长到过人高，每年的五、七、十月是收获季。苎麻这一植物浑身是宝，皮由含麻纤维组成，是制作纺织品的原材料，纺织成的丝，在中国古代称为"富贵丝"，西方国家则称之为"中国草"。在双林，由苎麻变成夏布，从打苎麻、梳苎麻、纺纱、梳纱到织布等工艺至今还保持纯手工制作。通过这种纯手工工艺生产出来的夏布，有"轻如蝉翼，薄如宣纸，平如水镜，细如罗娟"的特点，从而享誉全国。这种布，既可以制作成一般老百姓穿的衣服，是古代服饰的上乘面料，还可以用于刺绣。中国五大刺绣之一的赣绣，就是由苎麻纺线织就，成为中国最古老的纺织品之一。据民国《宜春县志》记载："唐建中元年，宜春郡岁贡白苎布十匹。"说明宜春夏布早在唐朝就列为贡品。宋代户部尚书赵善坚在《化成岩》中"低帽白蕉衫，跨马北岩路"两句诗，其中"白蕉衫"就是用白夏布制作的短袖单衣，它表明当时的官员喜欢穿这种布料做的衣衫。据史料统计，早在二十世纪初，在宜春城里的夏布商行就曾达数十家，仅1930年，宜春夏布产量达六十万匹，远销全国各大城市，以及美国、东亚和东南亚等国家。

赣西的农产品和手工业产品很多，夏布只是其中一个代表。目前夏布已被列为国家非物质文化遗产名录，分宜双林镇则被农业农村部授予"中国夏布之乡"。陶渊明曾在《杂诗》中称夏布"御冬足大布，粗绤以应阳"。绤，即细葛布，就是这种夏布。陶渊明说得不错，夏布制品具有冬天御寒保暖，夏天通风吸汗等特点，虽为传统手工制品，产量受限，但目前开发的诸如衣裙、围巾、袜子、枕头、坐垫、床垫、茶席、蚊帐、墙壁装饰等家庭日常产品，使用起来仍然非常舒适且绿色环保。

这就是赣西，一个农耕文明兴盛之地，这也是我所念的家山，那些方言、风俗、物产、建筑和生活方式让人很难改变，无法忘怀。我欣赏虚云大师的这句话："只要放下包袱，咫尺就是家乡。"将故土带在身边，记住乡愁，并赋予其内涵。

走进赣西古村落

"七山半水一分田，分半道路与庄园"，是对赣西山区县宜丰地貌的描述，这一概括也基本适合赣西其他的山区县。赣西的地貌从东往

西总体上呈平原、丘陵、山地过渡的特点，东部为赣江流域和鄱阳湖平原，西部总体上多丘陵和山脉。

　　我喜欢在赣西的乡村行走，踏着泥土的芳香，发掘隐藏其中的秘密。万载古城位于县城中央，古城修复采取"旧＋新"模式，即在保留原古街古巷的基础上，扩大区域，整体规划，将具有万载特色的民俗、手工制造、传统文化等元素纳入其中。万载古城规模很大，建筑复古，七街八巷，纵横交错，有公祠，有茶馆，有古玩店，有山货铺子，也有民宿客栈和充满乡土味的各式小吃店。步入其中，吃、住、游、玩均可，尤其是那些酒垆花市、茶房食肆更加让人流连忘返。万载产茶，当地人喜欢喝茶，许多茶馆鼎盛于明清时期。古城中的从泉茶馆是其中一家，茶馆之内古色古香，有戏台，有美食。据说历史上，在万载的茶馆里可以欣赏到当地著名的傩戏。在从泉茶馆喝大碗茶很有情调，这种茶，价格低廉，原材料是当地产的茶叶，再加上陈皮、甘草、干花、黄栀子等一些可食植物或中药材。泡制水是茶馆后的古井水，烧的是煤炭，用的是锡壶，坐的是长板凳，用的是八仙桌，喝着滚烫的茶汤，带给人的是一种复古情调。如果再配上一些本地特色糕点和小吃，饮茶者可以优哉游哉待上一整天。万载是座古城，"城隍庙里两长龙，恍惚合欢雌与雄"，对游客来说，古城东侧不远城隍庙路上的万佛寺亦是值得一去的地方，寺中两条龙，"隐含窗牖，乃天下之奇观"。

"水秀山清万载美，舒心何止仅宜春。"

在宜丰县石市镇石崖滩村，迄今还保留着一个自然古村落——宋风刘家。"宋风"意味着传承宋代留下的风俗。古村位于锦江边，我们开车从石市镇出发，沿着风光旖旎的锦江一路寻找，原以为仅是几栋老屋，抵达后才发现这个地方果然有料。与万载古城有些类似，刘家建筑分两部分，一部分为原有的古旧房屋，包括古代宜丰的新昌县衙。此县衙始于蔡剑四世孙，目前建筑院落保存完好，值得参观；另一部分，则是在老屋基础上仿照宋代建筑修缮而成的新建筑群，植入了许多宋文化元素，如蹴鞠场、宋风集市、宋风小院、家祠广场、古码头等，其中的"集市"复制了宋代开门迎客的历史风貌——放松夜禁，拆除临

街房屋的墙体，允许商户自由开店。

据说宜丰独特的一种米酒"节节酒"，就酿自石市刘家。"集市"中有一个专门的制酒作坊让人参观，呈现节节酒的传统生产工艺。宋风刘家始于南宋，相传南宋抗金名将、江西帅司刘如愚，在金兵南侵时，携长子、次子抵御，三人皆殉职于瑞州（今高安）。之后，刘如愚的幼子带着母亲，沿锦江上溯到此安居，娶妻生子繁衍后代，至今已有八百年历史。刘家的规模虽然不算大，但宋之韵味却很浓烈，取宋风之主旨，据说意在恢复当年古商埠之风貌。闲逛这种小镇集市，让人能够感受体验其中的雅趣。有意思的是，在刘家的一处墙壁上，栩栩如生地呈现了几幅当年人们玩蹴鞠的图画场景，给我留下深刻印象。

赣西是传统意义上的农业地区，自古就有"农业上郡"之称，除东部的丰城、樟树和高安三市，其他地域多以丘陵和山地为主，百姓世代务农，从而奠定其社会形态。

乡村传统和风貌，建筑是最好的体现。江南气候温暖湿润，降水多集中于春夏季节。与中国北方或西部少雨地区不同，赣西农村传统建筑最显著的一个特点，顶部呈倾斜式，即"人"字形设计，道理简单，方便排水。其次，受经济条件限制，农村盖房讲究实用，造价不能太高，于是就地取材。墙体多用砖石结构，梁柱用树木架设，门用木头制造，窗多为"梅花"造型，屋脊以瓦压栋，正中砌"铜鼓线"。综观赣西古代乡村民宅，我以为历史脉络大致可分两个阶段，明朝及以前，多为木瓦草架结构。家境好一些的人家，出现砖木结构，差一些的山区人家结棚而居；清朝以后，多用砖木结构，四周砌墙架木，富家建房会考虑建造马头墙，砖墙用窑烧白泥砖，山区或贫者家庭则取田泥制成土砖，或用棚板，甚至用竹篾编织糊泥隔房。结构方面，正房多为四扇三直或六扇五直，一般为两层，两侧建"披厦"，呈"一"字形，房屋内部中间开"口"字形天井，大者开"日"字形，两侧向前开厅，房屋整体呈"凹"字形，前面为晒坪。少数富家或大家族建筑则更加奢华，多建"八字门楼"，上题门楼匾额。

在宜春袁州区洪江乡，我曾在明月山下一户人家享用过一次农家餐，那是一栋标准的赣西山区传统大宅，木制门窗，墙体白泥砖结构，大门在中间，厅门凹进大约一米，厅门左右建有槽门，以防雨水，入内为厅。有些细节，让人记忆深刻，如大门之外安装一个过人高的"料哩门"。这种门由两扇小门组成，既可防止外人或家畜随意进入，又能确保厅内的采光与通风。赣西的这种民宅，厅的作用显著，一般为用餐、待客、活动的场所。经济条件好一些的人家，屋内房梁、门窗和屋檐上还会用木雕装饰，上雕人物、动物、花草或戏曲故事等图案。这种房屋接地气，通风好，冬暖夏凉，人进人出，相互交流都十分方便。如今，这种房屋已越来越少，逐渐被混凝土框架式平顶房屋替代。

行走赣西，如今的乡间还保存着许多特色建筑，一般情况下，部

分古建筑的边墙会建造马头墙，俗称"风火垛子"，有两叠式、三叠式，多者可达五叠。这种马头墙庄重、气派，兼具防火防风的功能，如分宜介桥村的古建筑大多呈现这一特色。还有，一些经济比较殷实的家庭，或同姓家族中比较富裕的大村落，则有可能形成一定规模的古建筑群，如明清风格的宜丰天宝古村。

我们这次前往靖安县中源乡，专程到船湾村参观著名的九门楼。

这是一栋建于清道光年间的建筑，年代虽不久，但特色鲜明。房屋坐东北朝西南，长九十余米，宽二十余米，我站在房屋的正门用广角相机拍摄，居然拍不全，可见房屋之大。整栋房屋为砖、石、木、瓦结构，正面共有九个门，由此得名。据说当年房屋主人生有九个子女，多的时候整个建筑之内所居人口达七十余人。我们参观时，在此住的人已不多，但房屋内部户户相通，彼此串门倒也方便。九门楼，堪称赣西农村建筑的经典。现场观摩，建筑所有的门框、门槛均由花岗岩精雕细琢而成，前墙脚亦为数层花岗岩石砌成，砖块都是标准的青砖。厅内有纳凉天井，两侧的围栏和厢房门窗，则采用精致细腻的木雕，通过浮雕、镂雕方法雕刻出来的人物、动物和植物图案栩栩如生，工艺精湛。

这些建筑是先人留下的一份宝贵遗产。

宜丰县是个清幽殷庶之地，素有"山川之胜，人物之盛"之美誉。

天宝古村是我在赣西所见保存最完备的一处古村落，它完全不像一个村落，而是一座城。从宜丰县城驱车前往天宝大约二十公里，非常方便，我每次去宜丰，有时间必定去那儿逛一逛。古村原包括辛会、辛联两村，坐落于一片沃野千顷的田畴之中，背山临水。因是目前宜丰天宝乡所在地，故统称天宝古村。

天宝集镇规模庞大，有一千八百年历史，自三国东吴黄武年间至唐朝，此地曾四次设立县治，时间跨度达四百年之久。天宝之名始于唐天宝年间，因"绿波清浪，物华天宝，驾重洛阳"得名，曾以"三街六市，内外八景，六门十三第，四十八条巷，四十八眼井，四周竹城墙，四季马蹄香"饮誉江南。至今仍保留一百余幢明清时期古建筑，村内曲径通幽，小街纵横。据说宋代建村初期，只有一户刘姓家庭在此居住，后经世代繁衍，久而久之，人口增多，规模扩大，终成一个大家族、一个大屋场，今天仍有几千人在此居住生活。幸运的是，这个古村得以基本完整保存，遗憾的是，原来街头有一座规模庞大的牌楼，上书

当年岳飞所题"墨庄"两字，后来被毁。

　　走进天宝古村，古村所拥有的那种厚重文化气息扑面而来，村中道路均由青石板铺就，房屋鳞次栉比，像个迷宫。这些明清时期建筑，仍具历史价值。这里的每一栋古宅，雕梁画栋，花门花窗，而且雕花的石柱石基，比比皆是，华美却不繁缛，其中刘氏宗祠可谓古村建筑艺术之杰作，让人叹为观止。该建筑始建于明朝弘治年间，已有五百多年的历史。刘氏宗祠最值得让人记住的是那座江南罕见、面宽三十米的巨型门楼。门楼悬山顶设计，前面立一对圆雕石狮，正楼竖四根花岗岩石柱，柱头坊上密密排列着由楠木制作的斗拱，四叠垛层层出楼檐，结构精巧。陪同我们参观的胡尉兰女士告诉我们，更神奇之处在于，历经几百年风雨，这些斗拱之间连一个蜘蛛网都不曾有过。

　　天宝古村建筑规划有序，坐北朝南，分排林立。房屋整体雍容典雅，堪称赣西古代建筑之典范。除此之外，古村内的配套设施也非常完备，有楼台，有戏台，有书院，有亭阁，有石牌坊，还有宝塔。

四十八巷,巷巷有井,其中一口井,形似"元宝",建于明朝弘治年间,已有六百年历史,为古村现存最古老的水井,是游客必游之地。据说村中的排水系统非常先进,将古村置于一个缜密的水网之中,维系村子的运转。古村中大多为青石板路面,巷弄曲折,纵横迂回,至少在路的一边规划一条明渠或暗沟,用于排泄雨水。平时路面干燥、整洁,清澈的溪流从房屋墙根流淌,下大雨时也不容易发生内涝,即便是内屋天井中的水亦能迅速顺畅排出,汇入总体水网之中。眼见为实,必须承认当时古村的这一设计与管理是非常先进的。

"绿野有秋皆稼穑,青灯无夜不读书",这是古村宝书楼墙壁上的一句话,俨然一座"以农为本,诗书传家"的文化小镇。目前天宝古村已开辟为宜丰的一处旅游参观景点。

宜丰的天宝乡和潭山镇两地相连,镇乡街道几乎不分彼此。它们建在一片广袤的开阔地带,发源于官山自然保护区石花尖山麓胡家山的耶溪河,从高处流下,在田野中流淌。这儿多古村落,村与村之间,虽然相距不远,却相对独立。这些村落点缀于田园之中,构成一幅幅美轮美奂的乡村图景。前几年在深圳,我曾与时任潭山镇书记的肖政平有过一次交流,我由衷赞叹潭山的乡野田园,他告诉我,仍在进一步规划,潭

山拟从生态角度，打造美丽乡镇。我十分期待，开玩笑说："如果春天的田里种上成片的油菜，花开之时，江西又多了一个梦里老家婺源。"

洑溪与平溪是分别属于潭山镇和天宝乡的两个村庄，先人均为延陵吴氏，北宋时由徽州婺源迁徙而来。两村相距不远，各具特色。洑溪村的历史可能久远一些，村庄位于潭山镇中心的一片开阔田地之中，洑溪河从不远的山中发源后流经此处，或许是防御洪水之需，前人在村边垒起一道坚固的麻石围堤，约有八百米长，为加固堤坝，人们在上面种上了树。据说，这条古树长廊建于北宋，时间过去千年后，如今堤坝上的那些树木非常了得，已成参天之势，而当年村民选种的树木也非常讲究，有金丝楠木、香樟树、乌桕、罗汉松、桃叶石楠、南岭黄檀、红楠、朴树女贞以及糙叶树等，皆为珍稀树种，其中一株罗汉松据说已有一千多年历史。最大的一株香樟树，需要四个人才能合围。这种古樟树富含樟脑香气，能拒蚊蝇，可抗二氧化硫等有害气体，种上几棵这样的树,整个村庄连蚊子都没有。

最令人称奇的,还是那些高大挺立的金丝楠木。杜甫曾有诗赞"楠树色冥冥,江边一盖青"。金丝楠木在中国已经罕见,这一受到国家保护的名贵树种,在宜丰被发现后曾吸引全国各地许多林业专家前来考察,同时前来观摩的游客也接踵而至。从外表看,金丝楠木之美在于树干挺拔、通直,枝繁叶茂;从材质看,它纹理缜密,材质坚硬,耐腐蚀,不易变形开裂,水不能浸,蚁不能穴。金丝楠木有叶绿、皮薄、色白、木直、纹顺、质坚、节少等特点,所以中国古代皇家建筑大多采用楠木做栋梁,是名副其实的"国之栋梁""皇帝木",素有"寸金难买金丝"之说。洑溪村中一株金丝楠木,树龄有八百多年,直径超过一米,围径达三米,非常珍稀,极具观赏价值。村民如何保护这些树?村中一户人家的墙壁上有一幅巨画,描述当年村民修堤护堤的场景,其中所订立民约告示:毁堤者沉塘自尽,伐树者祠堂示众。

距离洑溪村不远的桥西乡潭埠塅村塔前自然村,紧邻耶溪河,田园风光美如画,河岸边一片沙洲之上居然形成一条金丝楠木森林带。这些楠木与竹共生,当你步入林中,楠木淡淡的清香扑面而来。据村民介绍,这片森林大大小小有上万株楠木,纯野生,其中最大的一株胸径达一米,树龄在五百年以上,被誉为"楠木王"。我强烈推荐到宜丰来旅游的人,一定不要错过观赏洑溪和塔前的那些金丝楠木。

平溪是天宝乡的一个村庄,先祖为宋代的江西转运使吴荣辅。当我们走进村里参观时,绝大部分房屋已修旧如新,建筑既有徽派风格,也带着客家元素,当然更多的是重现浓郁江南古建筑特色的明清建筑。祠堂即村史馆,入内参观,最醒目的便是房梁上悬挂着的"进士第"牌匾,那是彰显村庄历史和荣耀的一面镜子。平溪之精彩在村后的左山,那里有一片原始森林,台地高出村庄几米,将村庄隐蔽在一片茂密的树林之中。有两条路通往密林深处,一条为青石板步行故道,古色古香，行走其中，恍若在原始森林中漫步；另一条为新路，开车可以直达树林纵深地带。密林深处保存着一处左山商周文化遗址。

　　我们走进一户人家参观，男主人老吴很热情。他家的房屋属于新建的，三层楼，顶层可观景，一面是潭山、天宝的田野风光；另一面则可欣赏后山的森林。据老吴介绍，保护村后的这片古树群落，是村

中族人老祖宗立下的规矩,已有七百年历史。这些古树中,有诸多如罗汉松、枫香、香樟、木荷、栎树等名贵树种,村民称之为风水林,同时,树林也引来像八哥、长尾喜鹊、锦鸡、白鹭、野鸡、山鹰等众多鸟类。平溪很美,像是一个根植于村边的"野生动植物园"。

老吴家旁边有自家菜园,枇杷树上结满果实,枝头直接伸入平台,我们站在三楼触手可及。我发现山边有一栋独门独户的老宅特别亮眼,旁边有一口村民仍在使用的古井,老宅两边有围墙,围墙由土筑就,高低错落,有些参差不齐。围墙边一门楼估计有些年代,顶部为挑檐式砖石结构,两侧采用厚石条做门框,门为木制。房屋正门有一个大院,里面种了一些蔬菜,有一棵桃树,还有几棵其他的树。房屋后门一开,直通森林之中。我问老吴那栋房子是谁家的,他说是他叔叔家的,叔叔前年近百岁时去世,现在房子空着,由孙媳妇照看。我很喜欢那栋房屋和院落,十分符合我的生态乡村生活之梦。我问夫人,敢住否?她说,不敢。

曾经,我陪同新华社记者宋振平先生前往万载罗城镇采访。罗城,不但有著名的美食——土扎粉,还有田园风光。年轻的女镇长带我们参观她引以为傲的麻田村高标准示范改造农田。那是一片无尽的原野,规划整齐的稻田里注满了水,在阳光的照耀下,田野熠熠生辉。远山、村落、古树、斜阳,对水和植物的娴熟运用,让这些古村落及田野在大自然的庇护下灵性凸显。

美国作家约翰·杰克逊曾写作《发现乡土景观》一书,他以历史与文化思维的视野,对乡土景观进行了概括,认为乡土景观是有关人类与生活环境相互作用而留在大地上的印记。

"烟村三月雨,别是一家春",这就是赣西的乡村,峰碧峦翠,水绕如带,村舍点缀,鱼米之乡。

一种向往，山野田间有民宿

　　山野田间里的民宿是可以开发的，许多人走出了一条新路。

　　雷鸣女士是一位曾在深圳工作的宜春人，经多年打拼，赚得一桶金后，毅然辞职回归故土。她来到宜春明月山下温汤镇旁边的水口上店自然村，租赁六栋当地农民弃用的传统老宅，连片开发，打造成一个相对独立的小屋场，取名"水口·旧舍"。为自己，也为前来旅游的客人提供休闲、住宿和文化方面的服务。如果你想或带几个朋友安静休闲一下，或者，想一家人过个世外桃源般的节假日，雷鸣的民宿或

许能让你满意。

这个地方距离温汤镇不远，一条小路，自驾绕过水口水库，驶入一个山坡即达，虽然路窄弯多，坡度也有些陡，小心驾驶，并无大碍。如果说特色，首先还是房屋，旧舍的外观是传统的，内涵却有变化。雷鸣在改造时，注入了诸多现代元素，吃、住、阅、玩、休闲非常方便。这是一个自然之家，也是一个艺术沙龙，依托良好的环境，打造出一处多业态休闲生活范式。旧舍远离闹市，环境清幽，远一些去攀登明月山，就近去温汤镇上洗个温泉澡，来个养生足浴都很方便。屋场周边，竹木葱郁，溪流潺潺。春天，拈个花惹个草，喝口山泉，挖个竹笋，乐在其中；夏天，歇脚于这样凉爽的竹海与山林之间，就像过神仙日子。雷鸣的民宿只是明月山旅游区其中的一个点，目前从宜春市区到温汤镇，从温汤再到明月山下，这样的民宿和度假村比比皆是，呈带状分布。无独有偶，吴香秀女士也曾在广东江门工作，回乡后，她来到宜丰靠近官山自然保护区的一处山谷，办起一座"卧龙山庄"，同样兼顾吃、住和休闲。卧龙山庄由一栋栋小木屋组成，分别点缀于山间幽谷的密林深处，与溪流相伴，鸟语花香中令人陶醉。特别之处在于，吴香秀刻意为自己打造了一个树上书屋，她把阅读的境界提升到了一个新高度。

在宜丰，有个双峰乡，人口很少，因为双峰林场，形成乡镇规模的集市。双峰位于九岭山脉深处，森林密布，因地势较高，夏天凉爽，是宜丰人避暑的一个好去处。我喜欢到这样的深山密林中转悠，目的性其实并不明确，只图心情舒畅。看看植物，闻闻山野气息，到山中去，随机走访拜会居住在山里的人们，或许与山里的某个动物来个偶遇，打个照面，问一声好。

这一回，在双峰林场金家湾，我们发现了罗军先生建在那里的山间民宿。罗军的民宿，其实不难找，位于前往双峰林场公路边的一片高大树林之中，只需稍加留意。这儿位于双峰水库出水口纱帽山峡谷，

峡谷与山顶间的垂直高度达百米,民宿并非新建筑,罗军将原来双峰电站的职工宿舍改造而成。民宿选址于一处半山山谷,山下为河流,背靠一座大山,下探河谷,悬崖陡峭行走不便,上行,有一条登山道,高山林密,一人独行,恐怕不行。沿着公路上行一两百米,便是呈带状延伸的双峰水库。

　　罗军的民宿区规模较大,由四栋房屋构成。中间一排房,面对山谷,背靠山脉,相当于一处联排小别墅,那是罗军刻意打造的"楼王",也是对游客的吸引力所在。小别墅设计很好,独门进出,前面一间为会客休闲室,往里,有一个休闲小院,院中种树,也用植物、盆景点缀,再往里,上几级台阶则是一间带卫生间的主卧。小别墅供一家人休闲,住上几天是个非常惬意的选择。私密性、高品质、智能化,我想这就是未来民宿发展的一个趋势。双峰的夏天气候凉爽,是个避暑的好地方。我很想在此住上几天,享受一回山中的宁静,听一听高大树木带来的婆娑风声,听一听山谷里潺潺流水的回响,听一听林中树丛中的鸟鸣虫吟,观赏一回山间林中的野花异草。可惜每次都成匆匆过客,于是我跟罗军约定,找个时间一定去他的金家湾民宿住上几天。

邹振兴,一位年轻的小伙,宜丰县潭山镇龙岗村人。这个村庄也算得上是一个古村落,特色在于,村民绝大部分都系邹姓,村中古建筑为徽派风格,斑驳的墙体浸透了岁月的沧桑。当年红军曾驻扎于此,

至今许多房屋的墙壁上还保存着当年红军留下的宣传标语。

　　二十多岁时，邹振兴曾赴云南大理经商，前几年，他回到家乡，把自己家位于龙岗村的老宅拆除，从大理请来一批能工巧匠，打造出随缘山舍精品民宿。山舍位于村子的中央，背面有大树掩盖，前面高出村道十几级台阶。仰视它，像一个完完全全的大理白族风格大宅，走入院子，照壁牌坊，红墙碧瓦，两栋连体的木结构楼房，雕龙画凤。随缘山舍规划得体，室内设计非常讲究、精致，既保留了传统白族民宅的风俗风貌，又植入了许多现代时尚元素，既美观，使用又方便。其中的柱墙、门窗、廊道均采用木雕制造，尤其是门窗上的孔雀等动植物图案，栩栩如生。邹振兴活脱脱地把大理现代民宅搬到了宜丰。聊天时，我问他民宿的造价，他说还能承受，地是自己家的，建筑加装修大概花费三百万元。打造、经营这样一家精品民宿，目前要实现盈利的确还有些困难，好在是建在自家的宅基地上。邹振兴说，就当是建了一栋自用的房子。有这样的心态便好！天时，依托乡村休闲旅游的发展契机；地利，周边及自身丰富的旅游资源，我相信小邹的随缘山舍知晓度会越来越高，客人也会越来越多。

如今的中国，城乡一体化是个大课题，也是一种发展趋势。在农村的年轻人大量涌入城市就业务工的同时，时过境迁，逆向而行，也有不少曾经的城里人开始放眼农村这片广阔的天地，步入乡村。这种双向互动，我觉得有利于资金流动和人才互补，实现城乡一体化的融合与发展。梁漱溟先生在《中国文化要义》书中指出："耕读传家、半耕半读，在中国，耕与读之两事，士与农之两种人，其间气脉，浑然相通而不隔。"近年来的"民宿热"迎合了这一趋势。

几年前，我前往中国西部旅行，发现在四川阿坝县偏远的藏族村寨神座也有民宿。自然、风光、人文、休闲、方便、价格，将这些元素组合在一块，便形成一种叠加效应，民宿这种新式的生活体验便横空出世，尤其顺应了年轻人的需求，当然也满足了部分像我这样并不年轻的人的需要。这是一种自然＋，旅行＋，文化＋。如邹振兴的民宿经营理念——喝茶、聊天、发呆。在万载古城，有一家称裕俊阁的客栈，门口挂着的牌子上写着这样一句话："在裕俊阁，简单的生活不再是奢望。这是一场安逸静谧的视觉文旅，这是生活的另一种味道。"我想，这正是人们对民宿这种新兴的旅行休闲方式，一种新的理解与诠释。

乡土与乡愁，人们常说，乡愁已经回不去了，故乡也找不回了。我要说，不用着急，乡土和乡愁仍在路上。那些捷足先登的人，他们已经获得了先机。

九岭腹地行

去中源乡避暑
三爪仑：客路青山外，
行舟绿水前
古楠村里看大鲵
在山的那一边

九岭腹地行

去中源乡避暑

  赣西，山高林密。夏天，当平原地区高温难耐之时，前往山区县则可以舒缓这一困扰，如铜鼓、宜丰、靖安、奉新等地。宜丰的双峰集镇海拔高于县城三四百米，是双峰林场所在地，生活方便，夏天凉爽。双峰人编了一首民谣："五岭三峰夹一尖，黄茅水岭在云天。看来只有三五步，爬上爬下要半天。"罗军的金家湾民宿规模较小，只能满足小众需求。从赣西整体的情形来看，避暑首屈一指之地，恐怕要算"白云深处，靖安人家"，有"小庐山"之称的中源乡。

  中源乡位于九岭山脉东部腹地，靖安县西部，与奉新县接壤，在昌铜高速公路开通之前，那里森林茂密，人口不多，默默无闻。山外的人要想进入中源地区，只能依靠一条县级公路在崇山峻岭之间转来转去，非常不便。中源多山，周边那些地名、村名似乎都跟山和坳挂得上钩，如九岭山、九岭尖、丫髻山、骑马岭、狮子岩、龙须崖、风门坳、茶坪坳等，甚至还有像杀人坳这般恐怖的名称。这些地名间接告诉你，中源之路有多么崎岖不平，有多么难走，不是上山便是下山，要么转山。

  但中源有一个得天独厚的优势，海拔较高。乡政府所在地的海拔大约在七百米，有些村庄，或住在山里的人家，海拔往往还要更高一

些，到了山巅，海拔则超过千米。正因为如此，中源成为赣西地区一处夏天难得的避暑胜地，当南昌等平原地区温度高至摄氏36—37度时，中源山区的气温往往会低4—5度，甚至更低，所以中源是个夏天无须空调的地方。高速公路开通后，南昌的一些老年朋友率先发现并发掘了这个地方。从南昌到中源，高速公路自驾只需一小时左右，于是中源成为他们的后花园，一处时光慢捻，夏天休闲避暑的好地方，多的时候每天有几百人前往中源，有的人一住就是几个月。这些"候鸟族"在那儿优哉游哉，度过整个夏天。

我们的信息源于南昌朋友的口耳相传。五年前，几位北京的朋友自驾来江西游玩，先在靖安县城住了几天，后来我建议去中源乡走一趟，吸收一下山里的新鲜空气，感受那里的野性。于是我们开车进山，漫无目的，在中源乡到处转悠，果然遇见不少外地来此休闲的大叔、

阿姨们。其实，在中源找个落脚住宿的地方非常方便，很多村庄在山边、路边开办了民宿。这里的村民很淳朴，也很友善，找民宿，只要找到自己满意的地方就行，譬如依在山水田园中的民宿。而这里每家每户民宿所提供的生活条件，吃住都差不多，特点是价廉物美。

我们很快在三坪村的公路旁找到看上去不错的一家，一栋拥有三层楼房的农户家庭，前面有一个没有围墙的院落，种植了几株桃树和梨树，汽车离开公路，沿着一条他们自建的水泥路前行大约五十米，路两边是他们家的稻田。这户农家背靠一座小山丘，屋后竹林掩盖，房前视野开阔，一派田园风光。那是一个水稻接近收割的季节，稻田里一片金黄，人入其中，就像将自己置于一幅风景画之中。农户主人姓陈，见我们到来甚是热情，带我们参观、介绍他建于山野、田园中的豪宅。果然不错，三楼可提供客人住宿，三个房间，正好满足我们之需，房间外是一个大平台，平台上有桌椅，有水池假山，休闲、聊天、观景、喝茶、娱乐均可。我们那次的中源之行虽不是夏天最热的季节，

但真的不用空调,白天有个电风扇足够。山区气候,昼夜温差大,晚上睡觉不但无须空调,还得盖被子。

农家的收费也很合理,赣西农村的价格,甚至可以说很便宜。每天每人八十元,一日三餐,包吃包住。早餐煮米粉加鸡蛋,中餐和晚餐用餐的标准,围餐,一人一菜一碗汤。江西经济的特点是自给自足,尤其在农村,一切都可以自己搞定,房前屋后是自留地,用于种植蔬菜,山里也有许多野生的植物可以食用。老陈给我们提供的菜品,荤菜有腊肉、土鸡和鱼,蔬菜从菜园里现摘。其中的腊肉用当地的茶树枝烟熏而成,香味浓郁,肥而不腻;土鸡是野地里放养的走地鸡,用砂锅清蒸,色泽金黄,鲜嫩无比;鱼,主要是自家鱼塘里饲养的草鱼

或河里捕捞的小鱼。菜虽如此定价，我们用餐时，实际上老陈还是准备了一大桌，包括各种野菜、竹笋等。酒由老陈免费提供，主要是农村自酿的米水酒、黄酒之类，白酒则需外采。这些菜品，原汁原味，老陈与我们一起用餐，边吃边聊，让几位北京来的客人大饱口福。

　　人在山中，居在福中。中源不仅可以度假，多山之地，还能进行荒野游。老陈家对面有一座高山，隐约可见上山的路，我们商量去试试车。于是开着两辆路虎攀爬，北京开来的是一辆英军军用的路虎卫士，我的车是一辆新买的柴油版路虎神行二代。卫士的爬坡能力不用多说，45度斜坡，轰隆一下就上去了，动力强悍，锐不可当。据车主老田介绍，挂北京牌照的仅他这一辆，在大街上驶过，回头率极高，老田为此津津乐道，充满自豪感。神行二代的爬坡功能也不错，这样的坡度驾驶起来并不费力，动力也足够，毕竟也是专业越野车。四年前，我曾驾驶这辆车自驾三江源，在青海玉树治多县挑战长江第一湾时，遇上一个比这里坡度更陡、弯道更多更短，极其危险的一段湿滑山路，最后成功穿越。这次试车，后来想想非常必要，为我挑战更高难度打下扎实的心理基础。

攀上山巅，夕阳西下，极目远望，中源大地，青山枕碧，天宽地阔。苍岭绵亘，秀水泛莹，竹木斗影，珍禽争鸣。高山之上，云卷云舒；深涧之间，水曲水直。

中源的山野可以探秘，店主老陈家对面，还有这样一处山谷。我们几人徒步进山，先是一片水田，再是一块块旱地。旱地过后就只剩一条登山小路，一条小溪，水从山冲深处缓缓流出。走过一段路后，我们居然在山窝深处发现两栋局部已经坍塌的土砖房屋，说明这里原来是有人居住的，估计原住户已迁移至山下，但不知是山下哪一家。从周边的环境来看，这是一处真正的世外桃源，我想象不出在交通不便的年代，当初那几户人家为何要在如此偏僻的小山冲里建屋生活。人虽然离开了，但硕果犹存，那些前人种下的果树，枝头正结满果实。此时正是板栗成熟的季节，高大的板栗树摇曳生姿。我们一行几位男生爬树，在树上摇晃，让板栗坠落，女生则在树下拾取，收获满满。更加神奇的是，房屋的前院拥有大片红豆杉林，杉树上此时也结满了红果，红绿相衬，姹紫嫣红。这些红豆比我在宜丰官山自然保护区所见更多、更直观。我们甚至还在屋内捡到了一些被农家废弃的传统农具，其中一把犁，老田爱不释手，扛到山下河边洗干净，带回北京做装饰用。

我们开玩笑说,这样一个好地方,空气清新,有山也有水,如果把这几间旧房改造一下,将院子和上山的路稍做整修,每年夏天几家人到此来度个假,像亨利·梭罗所主张的"回归自然,简单生活",放松休闲,真值得考虑。

这是一个悖论,三十年河东,三十年河西,风水轮流转,当农村人正逐渐从山里搬迁,走出大山,融入大千世界的时候;城市里的人却在走入,走进山野,走进内心,寻找自己曾经拥有,却又找不回的理想家园。

从老陈家出发,右拐上公路,百余米,过一个小山坡,再下行便是奉新县的地盘。山谷里有一个集镇,忘记叫什么名称,或许是澡溪乡的九仙汤。镇上有温泉,如文所载"一温一沸,沸可烹三饭,温能浴九仙"。此温泉小镇处在九岭山脉南麓的腹地,温泉水含有被誉为"水中软黄金"的偏硅酸和重碳酸盐,并富含偏硼酸、氡等对人体有益的微量元素。从地质角度看,这儿和宜春温汤的温泉应属于同一地质构造,甚至还可能处于同一山脉的延长线上。不过,九岭温泉的出水量不如温汤,小镇建了温泉洗浴中心,男女共同使用,浴池有两个,连在一块,一个高温池,另一个为常温池,常温池中的水由高温池引入,吸引不少附近的居民和游客。

时隔几年,当我们今年春天再去中源时,山乡发生巨变。老陈家原来那栋楼已经拆除并在建新屋,规模扩大一倍以上。中源乡周边村庄的房屋已基本民宿化,大多三层或四层,全部为新楼。最令人惊讶的是,三坪村似乎成为一个旅游景区,村庄里建有广场,广场上有戏台,周边有凉亭,有超市,有小桥流水,河边还建有绿道。小山村成为一个令人向往、让人流连忘返的地方。

如果仅仅是为避暑,中源乡每年吸引游客的季节也就夏天七、八、九这几个月,其实中源的旅游资源远不止这些,可以让游客留下更长一些时间。我们这次前往中源,时间在四月,天气比较凉爽,甚至要

穿一件羊毛衫，在那儿的九仙颐寿度假公寓住了两晚，感受了一回静谧山乡薄雾轻绕山峦、眸眼满帐霞光的好天宜景。在这两天时间内，我们神游了周边许多村庄。

中源多古树，也多古建筑，它们是一种活的、可视的自然与历史，是赣西乡土文化的典型代表。看古树，西岭村有枫香群落；船湾村有南方红豆杉、椹树和马尾松群落；古竹村有短叶罗汉松。船湾村是一个神奇的古村，雨中，我们穿越一片古马尾松林，马尾松树之多之高之大让我们赞叹不已。在一个仅有三四户人家居住的屋场边，我们找到一株树龄超千年的南方红豆杉，这株杉树高达三十米，胸围四米，冠幅近二十米，巍然耸立于田野之中，而在屋场的另一边，还神奇地生长着一株椹树，同样古老高大。村民为客家人，老屋为客家传统样式。村民很热情，据他们介绍，如果赶上果实成熟的季节，这株红豆杉树所结红果在绿叶的衬托下，格外漂亮。某种意义上，古树还是这些珍贵树种的基因资源。

在中源寻访古建筑，船湾村有一座九门楼，非常值得参观。

位于洞下村茶坪刘家的花桥，始建时间不详，碑铭记录重建于清乾隆年间。我们慕名前往，只见桥身拱起于一条山间小溪之上，"横联砌置"结构，分两层，上层为楼台，传说系仙女绣花之座。桥亭为歇山顶，重檐翘角。桥栏两厢镶嵌着浮雕石刻花板，上雕麒麟、狮、象、马、鹿、荷花等动植物图案，古朴典雅。这是一座特色鲜明的桥，估计在江西也是一座少见的亭楼式单拱石桥。观此花桥，令人震撼，我不明白，一座如此精美、工艺高超的桥梁为何会建在这个穷乡僻壤的地方。幸运的是，正因为偏僻，桥才得以完整保留。在花桥旁边不远处，还伫立着一座大约六米高、七八米宽的贞节牌坊，这也是我在赣西所见唯一的一座此类牌坊，上面长满青苔，与花桥一样，依然古老。

将山野、田园、避暑、温泉、美食、民宿，以及传统文化和交通便利性元素叠加，中源可谓发挥到了极致，成为一个人们向往的休闲、乡村游之地。近两年，中源乡开发房地产，已建成一些小型公寓房，可租亦可购，满足了许多想在此长期生活的人们所需。

"悠游九岭千里山，闲做靖安一片云"，靖安人有底气如是说。

三爪仑：客路青山外，行舟绿水前

从靖安县城开车去三爪仑约五十公里，走县道，路况很好，一路景观。那儿处于九岭山脉东麓的纵深，山高、林密、水绿，野生动植物丰富。凭借三爪仑保存完整的中亚热带基带常绿阔叶林生态系统，1994年经当时的国家林业部批复，三爪仑成为江西省唯一的国家示范森林公园。

三爪仑地位独特,介于宜春靖安县与九江武宁县之间,位于靖安中源乡的九岭尖为九岭山脉最高峰,海拔接近一千八百米。而且,九岭尖还是环鄱阳湖周边的最高山峰,高度超过庐山,地形地貌复杂,其地质形成源于晚白垩纪地壳运动过程中罗霄山脉的隆升与断裂。

发源于宜丰县潭山镇的南潦河,自西向东流经奉新、靖安等县。北潦河,又称北河,源于三爪仑国家森林公园腹地,由北往南流,两河在靖安仁首镇交汇后经安义县再往北流,注入永修县境内的修河,成为修河的一条支流。潦河之水,用碧绿、青翠、恬静、妖娆这样的词汇似乎都无法形容它的美。河流无与伦比,超凡脱俗,尤其是北潦河,堪称靖安风景一绝,河中水面如镜,两岸绿树葱郁,"水清石出鱼可数,林深无人鸟相呼"。据说北潦河还是江西省唯一荣获"长江经济带最美河流"称号之河。徽州古谚说:"自古秀山,多出灵草,江南湿温,尤宜种茶。"这句话用于靖安似乎也很贴切。靖安盛产白茶,而靖安的白茶种植园则主要分布在北潦河两岸及盘龙湖的周边。在我们这次前往三爪仑的途中,还专门停车,盘桓于半人高的茶树间,漫山遍野、郁郁葱葱的茶园有如一个超级迷宫。这种白茶如果将时间追溯至千年前的宋代,可是一种宋人喜欢的"入汤轻泛""茶沫乳白如瑞雪"的顶级茶品。

"北潦河水漾双溪,汨汨溪流淘不尽。"三爪仑名称的来源,源于九岭山脉中呈"爪"字形的三条支脉。这一地区群峰耸翠,河水夹流,林海苍茫。春觅山花,夏漂溪流,秋尝鲜果,冬沐温泉,一年四季总相宜的三爪仑,是人们避暑纳凉、休闲观光旅游的好地方。

前几年,我与朋友曾去过一次三爪仑,但没有走入纵深,只是从靖安县城出发到神仙河口,那里是神仙河漂流的终点,景致优雅,开发了大片高端商品房。北京来的老田,一眼就相中了这个地方,靖安之地,实在安静,这里距离昌北国际机场约七十公里,距南昌高铁西站也不足六十公里,全程高速,交通方便。在现场,他看中了北潦河边的别墅，房子一面靠河，一面背山，自然环境独特，且别墅只建一层楼，带院落，宽敞舒适，我们参观了其中几栋，爱不释手，可惜那些别墅已经售完。虽然房没买成，后来，老田带父母一道专程从北京飞来江西，在此居住了二十余天。看得出，他是真的喜欢这个地方。将来，南昌至靖安的轻轨建成后，只需半小时即可抵达。靖安，这一赣西天然氧吧，相信将会获得更多游客的关注。

目前，三爪仑国家森林公园已成国家AAAA级旅游景区，拥有诸如北潦河、盘龙湖、白水洞、观音岩、虎啸峡等景点。我们此次前往三爪仑，由于时间紧，只安排一天时间，选择了森林公园中相对集中的几处景点，算是一次走马观花吧，游玩重点则在虎啸峡和知青小镇。

三爪仑地区供漂流的地方有多处，其中森林公园中的神仙谷漂流名气最大、最具人气，可惜四月份天凉水冷，我们无法体验。三爪仑国家森林公园占地面积庞大，生态资源呈多样性，涉及森林探险的景

点比较多。白水洞是一个以自然山水与森林探险为题材而开发的景区，同时蕴含丰富的人文元素，这里曾是中国工农红军湘鄂赣犁壁山苏维埃政府所在地。观音岩景区与白水洞有些类似，位于三爪仑林场茅山片区。它与骆家坪既可视为三爪仑林场同一片区，也是一个单独景区，区域面积近千公顷，森林几乎达到全覆盖，有"大自然基因宝库"和"天然氧吧"之誉，如有可能进行山中穿越，山的那边便是九江武宁县的神雾峰景区。观音岩之称谓，源于峡谷深处剑门峰上一形似观音的巨型岩石，高度近百米，崖隙中逸斜出的古松，苍劲刚毅，松萝挂云。此景为观音岩的地标，可惜我们没能走完全程，也没有欣赏到剑门峰上的观音岩。

"山水情景菩提路，生态人文观音梦"是当地打造观音岩景区的主题宣传语，特色仍是原始森林，山谷之中瀑布成群，林密水沛，尤其是植物种类繁多。据统计，观音岩景区的维管束植物达两百多科，近千属。这里的森林分布呈现层次性，以海拔八百米为线，之下多为樟科、茶科等常绿阔叶林以及竹林；之上为黄山松林和常绿落叶阔叶林；山脊之上则分布着杜鹃、交让木等为主的矮林和灌木。山中的珍稀树种有南方红豆杉、伯乐树、香果树，甚至拥有八角莲、华榛等濒危物种。

观音岩峡谷动物物种也非常多，在景区入口，管理处建了一个动物标本室，陈列各种动物标本。体型大一些的有貉、花面狸、豹猫、豪猪、食蟹獴；小一点的有乌梢蛇、黑眉曙蛇、华南兔、远东刺猬、鼬獾；鸟类比较多，有赤腹鹰、雉鸡、白鹇、戴胜、山斑鸠、灰背鸫、黄眉鸫、黄胸山雀和黑尾蜡嘴雀等，林林总总上百个物种标本。如果你想享受清新的空气，关注珍稀动植物，或欣赏瀑布，行走观音岩是一个不错的选择。我们的观音岩峡谷之行，大概走了半程，因时间不够，要转往白水洞景区。事实上，白水洞我们也没有完成全程，又迅速赶往虎啸峡和知青小镇。观音岩景区动物标本室就有如此多的物种，如不身临其境，不在山中长时间静候、观察，就难饱这样的眼福，仅此我就十分满足了。

　　虎啸峡，位于三爪仑腹地璪都镇，作为国家森林公园，其旅游开发相对成熟。虎啸峡为一条深邃的峡谷，呈S形。峡谷内，沿着河道修建了供游人徒步的木栈道，亦开通了景区小火车。我们抵达虎啸峡景区时已近中午，售票小姐告诉我们，小火车要下午两点才开，我们购买两张进入峡谷的单程票，在景区广场转悠等待了近两个小时。

　　清明刚过，虎啸峡景区处于淡季，上午游客多一些，有个旅行团，到了下午，游客中心仅剩我们两人，将要开车时，又赶来五位老人家，我们几位一道乘小火车挺进峡谷。抵达终点后，那几位游客在火车终点站附近参观了一下，即乘车返回。与他们挥手道别后，此时的大峡谷里只剩我们两人，于是我们开始沿着栈道前行，走出山外，全程大

约六七公里。

　　虎啸峡峡谷，总体呈现柔美与含蓄的面貌，青山如黛纤巧，绿水如蓝秀雅。在这样的峡谷中穿行，骄阳似乎也变得温顺。峡谷中的森林主要为原生常绿阔叶林，峡谷两边山势陡峭，山岭切割剧烈，没有山道可供攀登。巨大的花岗岩垒起一座座山峰，峡谷底部古树参天，山花烂漫。麻梨树是我们在沟口看到的一种高大乔木，此时花开当时，枝叶繁茂，洁白如雪。

　　我们之所以选择虎啸峡峡谷行，除了它的知名度之外，主要是因为峡谷之中修建了栈道，徒步行走可免去爬山之苦。峡谷的栈道比较平缓，由于距离河岸地势稍高，人行其中像是在树梢上穿梭。小火车终点站也是栈道的终点，但并非峡谷的终点，再往里去，峡谷如故，沟壑纵横，咆哮的急流依然。游客如果想继续深入，就相当于探险了，终点处立了一块石碑，上书"九岭山自然保护区界碑"。我没看明白界碑所指，估计不是行政区域的划分，而是往上游延伸的河流，不再属于九岭山自然保护区的范围。另一个我没弄明白的是峡谷中部耸立的一块巨石。据说，虎啸峡峡谷中有"八景"，如虎跳石、虎头岩、虎穴、虎啸长潭等，都跟景区刻意打造的"虎"元素关联，虎啸峡名称由此而来。但"八景"在哪？我猜想，此巨石"虎跳石"应是首景。远看，巨石像是一尊形如虎头的天然造型；近看，该石表面图案也有似虎之形，景区工作人员用红色油漆涂描后，形态更加逼真，酷似一只咆哮之虎。这是一块镇峡之宝——虎图腾。巨石上写着一连串石刻文字"山兽之君从虎，虎足象人足，虎之属皆从虎"，我捉摸了半天，有些象形，但没有搞懂。这里的每一块石头，似乎都携带着天地间久远的秘密，充盈着原始野性的气息。

峡谷里空气清新，崖边的树，生出嫩枝，长满新叶。深谷半山，花团锦簇。据说虎啸峡里多动物，尤其多猕猴和松鼠，估计这会儿它们正在午休。偶尔能听到一声鸟鸣，一路走过，我用相机拍到的也仅是一只在水边飞翔觅食的鹡鸰。

我们两人在峡谷中独行，此时的峡谷是一个寂静世界，只有河水带来灵动和声响。在我看来，虎啸峡令人心动的还是那条急流，它属于北潦河分支，或许还是北潦河的源头。河流在此虽没形成大瀑布，却存在一条长约百米的瀑布，叫彩虹跌瀑。其实，此瀑布属于人工引水而成。彩虹跌瀑的奇妙在于夏天，据说上午当阳光照射之时，瀑布会幻化出五彩斑斓的七彩色。虎啸峡河水丰沛，在水流平缓的区域，潭中碧绿澄澈，水平如镜，而在一些山崖逼仄河段，形成的激流汹涌咆哮，蔚为壮观。在明月山我们尝试了一次"坐着火车去探险"，夏季里，如果你有幸到这里来再体验一回"坐着火车去漂流"，可以想象，那种感觉肯定非常刺激。据说虎啸峡漂流，号称为全国独有的自然水域四季漂流之地。果真如此的话，不知冬天是否有人勇于下水挑战一下。

峰峦起伏的峡谷，天暗得早。在青山如黛、空蒙的山色中，我们的虎啸峡之旅用了大半天的时间，天色已晚，峡谷之中也无他人，寂静幽暗之中自然让人产生一些胆怯和不安，甚至畏缩。虽然今天距离相传马祖道一禅师在虎啸峡降服猛虎的时间已过去千年，但被山上跑下来的猕猴骚扰却存在可能。

我们不能再深耕森林河谷中的其他秘密，赶紧走出峡谷，驾车驶往中源乡。

古楠村里看大鲵

中央电视台《远方的家》节目，曾专门介绍过靖安娃娃鱼。

众所周知，娃娃鱼的生长需要二十度左右的山泉水温，这是一个客观条件，符合这一要求的地方不多，目前娃娃鱼的生存地，主要分布在中国南方的几个省市区。赣西的武功山、明月山等山区的山涧溪流中也有娃娃鱼，而靖安，位于九岭山脉东南麓，在三爪仑国家森林公园的庇护下，空气含氧量高，水质自然纯净，于是成为中国著名的"娃娃鱼之乡"。目前，三爪仑的虎啸峡、观音岩、神仙谷等许多原始森林中均有娃娃鱼生存，一些生活在大山深处的人捕获娃娃鱼后，会在家中饲养，或统一在村里繁殖。据我们所知，在虎啸峡的峡口，景区就专门建立了一个娃娃鱼野生放养基地。

靖安的潦河流域是中国第一个建立娃娃鱼自然保护区的地方。野生的娃娃鱼有个习惯，白天休息，只有傍晚或夜间才会出来觅食，所以我们一般游客要想目睹野生娃娃鱼的风采很难。《远方的家》节目播出后，我曾经慕名专程去靖安县娃娃鱼生态园观赏。娃娃鱼，学名中国大鲵，而在靖安，则被称为"靖安大鲵"。顾名思义，因娃娃鱼的叫声像婴儿的哭声，故称"娃娃鱼"。它像鱼又不是鱼，属于两栖动物，因为食肉，又被称为食肉动物，而且它还是现今世界上最大的两栖动物，与三亿年前的恐龙同时代，有动物"活化石"之称。平时在水中，娃娃鱼会捕捉小鱼小虾之类作为食物，在生态园，工作人员除买来鱼、虾、蛙、蟹等水生动物作饲料，有时也用一些禽畜肉类喂养。娃娃鱼虽然看上去是一些平时懒得动的家伙，但如果你敢于挑战，它绝不会客气，会咬人的。所以一定意义上，娃娃鱼可视为一种凶猛的动物。

　　娃娃鱼具有喜阴怕风、喜洁怕脏、喜静怕惊的特点，对光线、水温、水质的要求近乎苛刻，野生的娃娃鱼常年穴居，或生存于水流湍急、水质清凉之处。有时它们也会上岸休闲，还能爬树。我第一次参观靖安娃娃鱼生态园，由朱春如兄安排，靖安税务局的朋友带着去的。很幸运，我们见到了长达一米多、重二十公斤左右、生态园里最大的

那条娃娃鱼。上岸后的娃娃鱼显得比较温顺，在草地上爬行了一阵子。其他的娃娃鱼有大有小，养在室内光线阴暗的水槽或水池之中，所用之水为山间泉水。

这一次我们前往靖安，总惦记着观看娃娃鱼。靖安娃娃鱼生态园其实并不对外开放，想参观得有当地熟人介绍。不得已，我电话咨询书店经理余飞先生，他回话说，生态园已搬迁至稍远一些的罗湾乡了。过一会儿，他又来电话告诉我们，在高湖镇古楠村养了两条娃娃鱼，他无法肯定下雨天娃娃鱼是否会从石缝中钻出来。于是我们毫不犹豫驾车直奔古楠村。进村之后，见到一个村民，便询问哪里可以观赏到娃娃鱼，他说，跟我来。原来娃娃鱼就饲养在村后的一片树林之中，巧合的是，他就是娃娃鱼的饲养者。村民告诉我们，你们真是来得巧，我不在的话，即便来了你们也未必能见到娃娃鱼。没听懂他这话的意思，我们来到一个由鹅卵石堆砌的、长长的水槽养殖棚，上面掩盖着一张大网，点点日光映在水面，水深约三十公分，但水下什么都看不清。于是村民朋友带着我们顺着石壁寻找，果然发现一条尾巴露出来的娃娃鱼。他找来一根小木棍，轻轻拨弄一下，娃娃鱼便慢悠悠、很不情愿地退了出来，好大的一条，足有四五十公分长。这条娃娃鱼形似鲶鱼，背部多棕斑点。过了一会儿，我们又找到另一条。原来如此，不是他的帮助，我们真有可能找不到。村民告诉我们，不止两条，我们这儿共有六条。我好奇地问，平时娃娃鱼吃些什么，他说，投放一些小鱼小虾之类的食物，这种娃娃鱼饲养在清凉的水中，生命力极强，即便两三年不进食也不至于饿死。那你们露天养殖也不怕人偷去？我好奇地问。他哈哈大笑，说这种事情从来没有出现过。

娃娃鱼是中国特有的珍贵野生动物，其价值几何？资料介绍，娃娃鱼有"水中人参"之誉，富含优质蛋白质、丰富的氨基酸和微量元素，营养价值极高，同时它还是一种传统名贵的药用动物，人也可食用。如今这种人工养殖的娃娃鱼除作为物种科研，也会提供一些供应市场，端上人们的餐桌。从生物进化角度看，娃娃鱼是水生鱼类向陆栖动物演化的一个过渡类型。目前，野生娃娃鱼属于濒危物种，面临灭绝。所以，那些野生的娃娃鱼严禁捕捉买卖才好，要下决心保护好它。

"有一种生活叫靖安"是靖安县刻意打造的一个城市休闲生活品牌，他们有理由，也有条件这样做。靖安靠近南昌，鄱阳湖平原近在咫尺，这样一个地方，形成一片原始森林区，保持着原生态动植物的多样性，这是靖安之福，赣西之福，也是江西之福。

在山的那一边

靖安和武宁两县一山之隔,观音岩与武陵岩两个景区直线距离仅十余公里,据《靖安形胜说》记载:"靖安古海昏地,汉属建昌。"也就是说,在汉代,靖安属于建昌管辖,而建昌管辖的范围,包括今天的永修、武宁和靖安一带。

按原计划我在游览奉新、靖安之后,绕道安义和永修,到山的那边去看看。后来我们决定改变线路,直接从宜丰县出发,自驾走一段大广高速,再转永武高速,先造访庐山西海北边,然后攀爬永修县云居山,再从庐山西海的南边前往武宁县。没能从靖安到武宁,却围绕庐山西海绕了一圈,将庐山西海纳入我这次行程之中,同时参访云居

山真如寺，多花了一天时间，增加了两个地方。

　　云居山是江西一座佛教名山，三十多年前我曾经去过一次，这次仍然怀着虔诚之心登山。云居山可当作九岭山脉东延的末端，也是抵达这里后最后一座海拔近千米的高山，山脉东边就是烟波浩渺的鄱阳湖。云居山又是一座相对独立的山，它与西边的九岭山脉有些隔断，与北面的庐山，亦间隔了一道河谷平原。"一山飞峙大江边，跃上葱茏四百旋"，汽车盘旋而上，云居山类似庐山，弯多路窄，公路两旁森林茂密，多松树和杉树。山不在高有仙则灵，云居山之灵气，源于真如禅寺，源于虚云禅师。真如寺建于唐朝，已有千余年历史，是汉传佛教三大"板块丛林"之一，寺庙秉承"农禅并重"祖训，以古朴的修行方式，赢得"世界坐禅中心"美誉。走入其中，禅风浩然，香火鼎盛。

　　十九世纪中叶，虚云大师决志离俗，二十岁在福州鼓山涌泉寺受具戒，后发愿全国各地寺庙，曾赴东南亚缅甸、泰国、马来西亚等国朝礼佛迹，以强大的定力苦行，草衣木食，弘扬佛法。九十岁时，虚云大师回福州住持鼓山涌泉寺。1944年，前往广东曲江乳源等地重建曹溪六祖道场，抵云门山大觉寺兴祖庭。一百一十四岁的虚云大师自京南行庐山时，闻云居山真如寺被日军焚毁，遂发愿重修。晚年，虚云大师成为真如禅寺住持，一身兼挑禅宗五家法脉，兴云门宗，延沩仰、法眼两宗。据说，大师的中外皈依弟子逾数十万之众，影响深远，乃当代禅宗泰斗。虚云老和尚是一位高寿僧人，圆寂时年一百二十岁。如今他的"虚公塔院"建在云居山真如禅寺大门外左侧，成为瞻仰者必去之地。

　　武宁县距离云居山不远，地理位置优越，"两山夹一水"，幕阜山脉横亘在北，九岭山脉逶迤于南，八百里修河贯穿东西，且拥有"千岛落珠"的庐山西海。西海湖面百里，绿岛如莲。我们从云居山下来，沿着九岭山脉和修河、庐山西海之间的狭长地带，对武宁的杨洲、罗坪、长水等乡镇一路景观盘点。武宁人说，这是他们的"十里画廊"，我说，这是武陵岩下的桃花源。的确，南面高耸的九岭山脉发育了一道道峡谷，峡谷又孕育一条条溪流，清澈奔流的溪水，滋润着山麓的湿地与田园。

"十里画廊"是武宁的鱼米之乡，目前这个山麓地带多种果树，我们驾车一路穿越，赏心悦目，一边是修河与西海构成的湖光水色，一边是将军峡、桃源谷等形成的磅礴山景，公路两旁到处是果园、民宿

和餐馆。每年时节一到，田园里瓜果飘香，民宿中人头攒动，特色美食让人流连忘返。

　　将军峡，为九岭山脉间多道峡谷中的一条。峡谷深邃，自然之貌以植物、动物和怪石见长，人文方面以三国东吴文化体验为主，据说当年孙权曾驻扎将军峡。武宁虽小，历史却很悠久，商代时，曾是江西最早的侯国——艾。秦汉时设艾县，东汉建安四年被吴国孙权统领。武宁之名，相传为唐武则天所取——武则安宁。如今，汽车沿着溪流边公路可深入将军峡谷几公里，之后就得依靠体力徒步攀高。而在峡谷口，则形成了一段"西海漂流"河谷，是夏天游人趋之若鹜的地方。

　　将军峡旁边的桃源谷、武陵岩和神雾山为武宁的另一经典景区，它们分布于同一峡谷之中的不同层次。神雾山在纵深，在高处，需努力攀登才行；桃源谷在沟口，与武陵岩形成一个整体。此峡谷开发成熟，也具规模，内有宾馆，有小木屋。春天，这里桃花盛开，溪流奔涌，可以接待旅游休闲的游客。我们在此转悠许久，赏花观水，原本计划

所念在家山

在此住宿一晚，由于没有其他游客，过于清冷，我们只好连夜赶往武宁县城。

这次，我们挑战的主要目的地是神雾山。

神雾山，地势高耸入云，北边紧靠亚洲第一人工土坝湖泊——柘林湖，即庐山西海，与庐山隔"海"相望，素有"小庐山"之称。我们驾车从杨洲乡省道公路出口拐上一条乡村公路，穿越几个庐舍点点的村庄，大约十公里后抵达山脚下。

这里，山即神雾山，水乃桃源谷，还有一岩，即武陵岩。神雾山主峰太平山，与明月山主峰同名，为九岭山脉最高峰之一，海拔超过庐山，为九江市第一高峰。景区山门上写着一副对联"半山上下分晴雨，一岭东西判楚吴"。恰如其名，神雾山是个多雾之山。山中腹地，森林葱郁，多常绿阔叶混交林，遍布松杉、阔叶林与藤萝。我们开车沿着山谷盘旋上行，山势迂回曲折，低海拔处多毛竹、阔叶林和灌丛，纵深生长着大片原始森林。越往上行雾越大，山脉逐渐被云遮雾罩。我们开车上行至景区登山道入口时，已达半山腰，云生脚底，浓雾迷漫，能见度极低。森林宾馆正在修缮，由于没有游客，大门无人卖票值守，可以随便进入。我们沿着山道行走了其中一段，还未穿越竹林生长上线，便打道回府，不是不敢，而是一二十米之外什么都看不到，"不识庐山真面目"。

返回景区管理处，我们并不甘心就此离开，于是找人聊天，这种天气反正大家都在闲着。雷仁金先生是工作人员之一，他告诉我们，这是常态，神雾山一年之中有两百多天处于浓雾之中，云雾让神雾山的千山万壑变得弥漫四合，变幻莫测。

据介绍，深入神雾山景区徒步一个来回，大约需要三四个小时。于是我们只好请雷仁金讲山，我们听山。神雾山的特色，体现在山巅多峰，群山耸翠，若拱若揖，山色空蒙。山体主要由花岗岩和变质岩构成，岩石嶙峋，断崖万丈。雷仁金说绝景只有登顶才能欣赏，而且还需好天气。登山之道，"山高人为峰"，登顶才是硬道理，我深谙此理，此刻却无可奈何。我喜欢拿山脉进行比较，找它们的不同点。九岭山脉南坡与北坡具有这种可比性，北边，森林覆盖率和降水量显然不如山南三爪仑，但受庐山西海湖水的调节，依然温暖湿润。我们四月初来到神雾山，感觉舒适，这边年平均气温14℃左右，比山南略低一些。"雾神、石怪、树奇、竹秀"为神雾山"四绝"，亦是主要看点之一。

神雾山动植物丰富，动物有金钱豹、猕猴、獐子、大灵猫、穿山甲、七彩山鸡等；植物有红豆杉、水杉、银杏、古樟，以及灵芝、黄连、竹节人参和半边莲等。景区广场有古树，能领略香槐的风采。神雾山植物另一特点，多"瓜源杉"。这是一种名贵树种，以瓜源之地命名，其实它也是杉树的一种，因内心红色而著名，据说该树木曾用于建设人民大会堂。在神雾山景区广场也能欣赏到这种瓜源杉，杉树粗圆笔直，高耸挺拔入雾中。

雷仁金告诉我们，站在神雾山顶，山南靖安那边的山水风光可以尽收眼底。这一景象值得期待，我们从那边来，变换一个角度，看同一个风景，或许会获得另一种感觉和收获。如今我们站在山的北边，虽然行进在雾中，走马观花，感受体验一下也觉得新鲜。神雾山中那些奇石和动植物极具诱惑力，下次有时间一定要再来探究。仁金老兄深知我的好奇心，从手机中找出一堆神雾山照片微信转发给我，奇山异石惟妙惟肖，山中珍稀的兰花更加惊艳。

神雾山之旅，是我的一次独特的旅行。

从地质角度看，庐山是一座地垒式断块山，抬升于白垩纪"燕山运动"，形成于第四纪，过程中经冰川剥蚀，最终形成崔嵬突兀、俊

逸伟岸的面貌。同理,与庐山相距不远的九岭山脉,形成机理也一致。庐山与九岭两山之间呈现一片凹陷盆地,于是有了庐山西海。如今的庐山西海,原湖面并非今天这般烟波浩渺,只是一处低洼地,经修河经年累月冲刷、切割,才让洼地蓄水成湖。

我曾经站在三面环湖的武宁县城边跨湖大桥上观景,微风吹拂,柳絮花飞,水面浩瀚,碧波万顷,令人感慨。武宁依托九岭山脉和庐山西海的滋润,成了一个美丽的山边湖畔小城。"武陵渔子入花源,但见秦人不得仙",集自然与人文于一体的武宁,或许还是江西最美丽的县城之一,"一座人在画中的城市"。身临其境,我想,如果武宁将来与南边靖安之路打通,与东边永修云居山风景区连片,再依托庐山的旅游资源,这个山水之城、娇媚之域、无忧之地必将成为江西又一个旅游休闲的好地方。

唐朝诗人王周在云游武宁后写下一首诗:

行过武宁县,
初晴物景和。
岸回惊水急,
山浅见天多。
细草浓蓝泼,
轻烟匹练拖。
晚来何处宿,
一笛起渔歌。

我们一早驾车离开武宁,有点儿依依不舍,远处的九岭山脉一派朦胧,身边的庐山西海水波浩荡。武宁真的很美。

寻找桃花源

秀溪,"渊明故里"行
山中桃源谷,流水袅旭时
桃源里,青山村,清辉照衣裳
流淌的修河

寻找桃花源

秀溪，"渊明故里"行

漫步宜丰县城南的南屏公园，耶溪河水环绕流淌，公园两端有一园一塔，上是古南园寺，下为"崇文塔"。这是一个山明水秀、人文荟萃之地。诗云："屏山耸翠伴耶溪，宝塔凌空栈道迤。陶令诗书添馆誉，佛家广福悟禅机。"公园内有一处精致的湖泊，称渊明湖。湖畔还有一个院落，称"陶渊明故里园"。园前广场建一座门楼，后面矗立着陶渊明塑像，门楼之上刻着几副对联，其中一副上书"田园鼻祖尊五柳，文宿星魁第一人"。素有耕读传统的宜丰，崇尚自然，崇尚文化，亦崇尚陶渊明。宜丰人坚信，东晋诗人陶渊明"始家宜丰"。

故里纪念馆中的文字这样介绍陶渊明：

过去，人们一直以为东晋时期的伟大诗人陶渊明是浔阳柴桑人。其实不然，首先应当肯定，陶渊明作为浔阳陶氏始祖——陶侃的曾孙，其祖籍为浔阳确凿无疑。但是，这祖籍并不等于本人的故里，何况是在动荡不安的晋宋时代。所以《晋书》删除了《宋书》《南史》中关于陶渊明是浔阳柴桑人的说法，《太平寰宇记》更有明确记载："渊明故里，《图经》云：渊明始家宜丰，后徙柴桑。"

从此以后，南宋的《舆地记胜》和元、明、清三朝的《一统志》以及《江西通志》《瑞州府志》，和相关县志都坚持以《太平寰宇记》的记载为史实，肯定陶渊明故里是宜丰。浔阳陶氏各个支流的族谱，包括九江彭泽的《定山陶氏族谱》也都明确记载着，陶渊明"始居"或"少居宜丰"，后徙柴桑。由此可见，陶渊明虽为浔阳陶氏，其本人故里却在宜丰。我县澄塘镇的黄坪、故村、秀溪一带俗称"故里团"便是因此而得名……

据《明一统志》记载："元亮故里在新昌县东二十五里。《图经》云：

元亮始家宜丰，后徙柴桑，暮年复归故里。宜丰，今新昌也。"上述《明一统志》中的解释要比《太平寰宇记》详细一些。

　　《太平寰宇记》作者乐史为北宋文学、地理学家，他直接引用《图经》所载，也就是说，陶渊明"始家宜丰"之说，最早源于《图经》。而《图经》又是一部什么样的著作？这是记载古代地理志的书籍，如《冀州图经》《幽州图经》等，《宜丰图经》只是其中之一。可见，乐史所引证的《图经》为古宜丰《图经》，故宋代编纂地方志时称《新昌图经》。到了明朝，《重修新昌县志序》中说："盖自县宜丰时，已有《图经》之传。"表明自宜丰三国东吴时期建制之始，《图经》就已存在。对此，南宋刊印的《新昌图经序》中这样解释："自汉晋以来，先贤遗躅，如梅（福）之尉山，陶（渊明）之故里，皆在境内。高风千载，人益嘉尚。邑旧有《图经》，兼举而并录之，宜也。"有研究者说，萧统的《陶渊明集》广泛收集陶渊明遗文，唯独缺二十九岁入仕前的诗文，亦为

所念在家山　　　　　　　　　　　　　　　　　*200*

陶渊明"始家宜丰"留下伏笔。针对此现象,清史学家、广东道监察御史胡思敬则认为:"靖节居宜丰时,年尚少,未知名,地又极偏,即有可传之事,载笔者无从知之,故史传所载于柴桑匡庐事独详,处址不同,理固然也。"笔者以为,胡思敬的分析有一定道理。

"渊明故里"之学,历代研究层出不穷,争议始终未止。宋绍兴十四年的《新昌靖节祠堂记》指出,宜丰乃陶渊明"未为江州祭酒时栖隐之地""良以家弊,始东西游走,强颜漫仕",最后"归休役老于浔阳"。淳祐四年,靖节祠堂重修,在《重修陶靖节祠记》中再次提到"先生本宜丰人,中年迁浔阳,晚回宜丰,有石洞、遗像,父老喜其复归,乃其号曰故里"。到了近代,清末进士、学者、藏书家胡思敏先生出版《盐乘·陶渊明传》,书中对"渊明始家宜丰"有比较详细的描述。

(陶渊明)始家宜丰,筑室南山延禧观侧,博学善属文,颖脱不羁,任真自得，为乡邻所贵。尝著五柳先生传以自况。晋太元十八年，以家贫亲老，起为江州祭酒，不堪吏职，少得自解归，州召主簿不就，遂留居柴桑，躬耕自资。……（义熙）十二年（公元416年）携少子佟还宜丰，葺南山旧宅居之。是时宋已篡晋，（宋）武帝永初二年辛酉留佟居南山，复就子俨于柴桑。

胡思敏在研究陶氏族谱后，进一步强调：

考秀溪家谱，晋武帝太元十五年庚寅，公始构庐南山之阳延禧观侧；十八年癸巳起为江州祭酒；安帝义熙元年乙巳应辟为彭泽令；四年戊申柴桑被火徙南村，即栗里……十二年丙申与妻翟氏携幼子佟还宜丰，……是年葺南山旧宅居之；宋武帝永初二年辛酉留佟南山，往视子俨于柴桑；元嘉四年丁卯卒。

至此，陶渊明"始家宜丰"各家之言脉络似乎清晰。

上述文字写起来有点儿枯燥，但我更想眼见为实。于是电话联系原宜丰县政协主席李和平先生，请他陪我去澄塘看看，他邀上宜丰县陶渊明研究会会长、《陶渊明研究》杂志主编李仁兴先生一并前往。在澄塘镇，王雪华镇长又陪同我们冒雨来到"渊明故里"秀溪村。

所谓秀溪，字面理解，即秀美之溪。现实中，秀溪村的确有条溪，水流清澈但不宽阔，从田野经村庄流过。这是一个山清水秀的地方。目前村里建有村史室、靖节祠、陶氏祠堂，还有一处专门为陶渊明所建的"原翁祠"，其中靖节祠，据介绍已是第八次修缮。陶渊明最著名的"采菊东篱下，悠然见南山"诗中出现两个地名，"东篱下"就位于村子旁边，那儿耸立着一株高大的古樟树，据说"东篱下"是当年陶渊

明赏菊之地,而"南山",也确有这个地方,今天仍称"南山村",村庄距离秀溪稍远一些,曾称陶家坪。如今的秀溪村,村民以陶姓为主,村主任陶爱萍,据族谱记载,已是陶氏家族第四十九世。陶爱萍带我们在村庄四周转悠,介绍村容村貌。

秀溪村之美,在于田园风光。这里山少田多,村子周边绿树成荫,溪水长流。雨天,我们走入田间地头,一派烟雨朦胧,基本上没见到耕作的人。稻田中,散养的鸡、鸭、鹅自由觅食,我们惊喜地发现其中还有鸽子,一幅美轮美奂的田园图景。此情此景,让我想起陶渊明那首《归园田居》。

少无适俗韵,性本爱丘山。……羁鸟恋旧林,池鱼思故渊。开荒南野际,守拙归园田。方宅十余亩,草屋八九间。榆柳荫后檐,桃李

罗堂前。暧暧远人村，依依墟里烟。狗吠深巷中，鸡鸣桑树颠。

  这是让许多中国人魂牵梦萦的生活理想。抛开其他的不说，就诗中所描述的那些旧林、故渊、南野、园田、桃李、墟里、桑树，以及鸡犬相闻等符号，在秀溪村都能一一还原。其中"墟里"的表述，为赶集之地；"颠"，通"巅"，"上面"之意，均为宜丰特有方言。如果真的如此，这里为陶渊明儿时，或归隐故里后的生活之地，就存在可能性。

  山中有溪，溪边有田，田旁是村，烟火气息浓郁，这便是秀溪。不仅如此，陶渊明在故里的日子，并没有闲着，他需要下地劳动。在接下来的《归园田居》其三中，他"种豆南山下，草盛豆苗稀。晨兴理荒秽，带月荷锄归。道狭草木长，夕露沾我衣。衣沾不足惜，但使愿无违"。田间劳作，其实也是一项技术活，陶渊明干农活，不敢恭维，"草盛豆苗稀"，肯定没有他写诗得心应手，但态度不错，算是丰富一次下

基层的生活体验吧，有了好心情，有了灵感，才写出如此好诗。即便今天，我们来到秀溪，依然能欣赏并体验到陶渊明笔下那幅美轮美奂的田园图景。归隐田园并将自己融入其中，对那个时代的陶渊明来说，或许是他崇尚自然之心，获得心灵平静与精神愉悦最好的选择与归宿。对后人来说，则是一种寻梦，寻找陶渊明笔下的"桃花源"，寻找那种

寻找桃花源

融通、共享的普世价值取向，一种人生安顿与超越的生活方式。

在村委会议室，陶爱萍搬出《陶氏族谱》让我们阅览。《族谱》中有一幅陶渊明画像，陶氏家族视渊明为一世祖先。翻阅《族谱》，其中明确记载的二世祖为陶渊明的第五个儿子，即陶渊明《责子》诗中所说"通子垂九龄，但觅梨与栗"中的那个"通子"——陶佟。《家谱》中对陶佟这样记载："渊明第五子，母翟氏，居宜丰之故里南山……"接下来的记录为，陶佟之子为"季直"，之孙为"夒"，曾孙为"霍"……陶氏家族其中的一支就这样，在宜丰澄塘镇秀溪村一带，一代又一代繁衍生息，至今天的第五十一世。据说陶氏家族在宜丰新庄镇还有一支，为陶渊明大儿子陶俨的后裔，亦有《家谱》记载，由于没去查看，无法进一步介绍。

就澄塘陶氏家族的繁衍来说，千百年来他们并不仅限于秀溪村这一个地方，一开始定居于南山的陶氏，其后人的居住地逐渐向周边扩散。据《盐乘·氏族志》记载，到"宋绍兴时，其后子孙繁衍，又陆续迁居洋湖、辛居、安城、楼湾、袁家等地……别有西溪一支，出自通第三子暄……"这些地方距离秀溪村都不太远。如今，在澄塘镇的不少村庄，据说有很多当年陶渊明留下的痕迹。靖节祠，据史料记载，在南宋绍兴年间，时任筠州知府赵廉命新昌知县谢子由着手建造。当初的靖节祠建在澄塘观下村，是一处读书堂，后改为澄塘，再后迁至秀溪村象形山下，到目前为止，靖节祠已多次重建。"故里"，或"故里桥"之称谓，还是一处地名，位于今天澄塘镇陶家园村，故里之名并非后人所取，据说是因为陶渊明年老后回乡而得名。"故里桥"是个真实存在，清嘉庆年间进行过最后一次重修，后来重修的桥倒塌，但"故里桥"三字牌匾却保留至今；柳斋，据说曾是陶渊明的栖隐之地，《瑞州府志》记载："柳斋在秀溪上流，柳荫四围。"《舆图备考》中则记录："新昌义钧乡之七里山，有元亮读书台、洗墨池、藏书墩，遗迹尚存。"

所念在家山　　　　　　　　　　　　　　　　　　　　　　*206*

查看资料，记录、讲述陶渊明在宜丰故里生活的遗迹或故事还有很多，但大多数只是书中之说、后人之说，真正的遗存已难寻觅，毕竟它已是一千六百余年前的一个故事与传奇。

漆跃庆先生是目前宜丰陶渊明研究会副会长，他另辟蹊径，从陶渊明的诗文中发掘其中的民俗特征，如《归去来兮辞》中的"或植杖而耘耔"，为宜丰古时耘禾时男女老少下田，人人手持一根竹竿或木棒作支撑，用脚踩、搅方式给禾苗培土的农事场景描写，而柴桑一带并无这种劳作方式。再如，对《归园田居》的解释，多数注释为"回到田园中居住"，但按宜丰古习俗，"居"并非"住"，而是指居住的场所，如秀溪村的"原翁居""亦可居"，故村的"安乐居"等，那么，"园田居"当为陶渊明在故里的房宅名，整句应为"归隐故宅'园田居'"的意思。这些研究的切入点似乎有些说服力，这样的例子漆先生还列举了不少，希望他能继续深入下去。

我们听着陶渊明的故事走入秀溪，行走澄塘，其中的体验总是令人心情畅快。漫步在这样的乡间田野，感悟自然与人物的沧桑变迁，仿佛把我带入到一个悠远而又超然的境界。

山中桃源谷，流水绕孤村

在此我先做一个假设，如果"渊明故里"真的在宜丰，那么，我的一个问题是，他如何走出这个地方？

想象中，中国古代人外出无非是步行或乘船等方式，或许那时还会有牛车、马车，或骑驴"仗剑走天下"。宜丰这个地方从地理位置来看，它位于九岭山脉腹地，比较偏僻，别说千年以前，即便今天，在

高速公路开通之前仍相当不便。当年从宜丰北去浔阳柴桑，九岭山脉是一道屏障。我猜想，凭陶家当时的经济条件，步行应是最可能的选择，或许还可以乘船走一段水路。

这一次，我对如何走出宜丰的大山做了一次尝试，不是徒步或乘船，而是自驾。我选择了两条路，第一条，直接往北，宜丰到铜鼓，再到修水。这条路名义上要过九岭山脉，但无须翻越，逍遥山中有条古道，三国时期就已存在。抵达铜鼓后，沿定江北行可直达修水。抵达修水后，乘船或步行沿着修河去浔阳柴桑，一帆风顺。

铜鼓的定江，风景如画，有"小桂林"之称。江边立着一块著名的"铜鼓石"，附近有许多丹霞地貌形态的巨大岩体，其中一处题刻着前人留下的诗句"有山有水真栗里，半村半郭恍桃源"，这是对陶渊明的纪念。曾有铜鼓学者撰文，说陶渊明乃铜鼓人氏，我们在此姑且不论，但至少说明陶渊明有可能到过铜鼓，并留下印迹。铜鼓与修水两地山水相依，历史上，两地在行政管辖上曾经分分合合，几乎不分彼此。据《义宁州志》记载，宋代时铜鼓就曾归属修水管辖。铜鼓通过定江水路往北，抵达修水非常方便。这条故道，陶渊明是否有可能行走，我以为完全可能。

在今天修水县城以北不远的四都镇，有一片喀斯特石林。那里怪石林立，岩石边，野生桃林遍布，似一处世外桃源。据当地人介绍，石林区域占得几座丘陵，范围宽广，走入其中犹如迷宫，多石山，也多溶洞。四都人自信地认为，当年陶渊明曾到此处游览，名篇《桃花源记》的写作灵感就源于此。修水人亦愿陶渊明在这片土地上留下足迹，或许事实也是如此。定江为修河的支流，汇入修河后，江水一路东行，最终注入鄱阳湖。

我们开车沿着修河继续东行，九岭山脉东部北麓的武陵岩是我们探秘的一个重点。这个地方距离如今九江市柴桑区、星子县（今庐山市）近在咫尺，即便在古代，徒步、乘船或马车大概也就一天的路程，当年生活在柴桑的陶渊明来此游览，应无须怀疑。在《桃花源记》中，开篇第一句便是"晋太元中，武陵人捕鱼为业"。如今的武陵岩是否是《桃花源记》中所说的"武陵"，我没有深入考证，因为号称"武陵"的地方有多处。此武陵岩风景区，属于今天九江武宁县杨洲乡范围，位于九岭山脉向北开的一个峡谷，与神雾山连为一体。据说陶渊明当年还真去过这个地方，据《话说武宁》一书介绍，陶渊明当时从柴桑雇了一条船，沿鄱阳湖南下，到修河口永修吴城镇歇了一宿。第二天，船入修河，溯江而上，来到瓜源河口时停船用餐。当纤夫告诉他，这里便是吴王峰和武陵源时，陶渊明决定进山看一看，于是便有了《桃花源记》。

武陵岩峡谷中有一个桃源谷。"缘溪行，忘路之远近。忽逢桃花林，夹岸数百步，中无杂树，芳草鲜美，落英缤纷。"这是陶渊明在《桃花源记》中写下的文字。这个地方，《武宁同治志》曾这样记载："有石缝尺许，望之隐隐篱落村舍，不可入，如武陵桃源，故名。"陶渊明曾在《丙辰岁八月中于下潠田舍获》诗云："扬楫越平湖，泛随清壑回。郁郁荒山里，猿声闲且哀。"这是晋安帝义熙年间陶渊明在田间辛勤劳作后

所念在家山　　　　　　　　　　　　　　　　　　　　　　　　　*210*

的心情描写。此情此景，与武陵岩峡谷何尝不似曾相识？历史上，曾有不少文人墨客在武陵岩留下诗句。明朝时任江西巡抚林俊诗云："欲往桃源寻遗迹，小舟闲坐武陵仙。"参政王纶诗曰："尘容自惹山禽笑，莫向桃源问古仙。"到了清代，文林郎余善世则赋诗："春到山窝识得无，花开红树草平铺。桑麻陇外闻鸡犬，依旧桃源古画图。"今天，我们开车驶入武陵岩桃源谷，依然是"缘溪行"，汽车下省道后，还需沿着绿树环抱的村庄行走十公里左右。峡谷之中，溪流、桃林如故。"杂树""荒草"已被园林景观替代，依然"落英缤纷"，一个现代风格的"桃花源"。

据史书记载，武陵岩山中有"八十八个包（山峰），九十九条槽（沟壑）"。峡谷内水急浪高，林密石奇，洞幽山险。在这个深邃幽静的峡谷中，古朴原始的森林，一帘一潭的瀑布，九曲十八弯。来到杨洲武陵岩，我忽然觉得，这真是一块人杰地灵的风水宝地。生活在武陵岩下的山民、耕农或渔民，"东邻西舍浑相似，半是渔人半是樵"，这是否就是陶渊明《桃花源记》中所描述的，以捕鱼为业的武陵人？我只能想象。曾经在柴桑生活多年的陶渊明，春游，或者秋天到九岭武陵岩来走走是方便的，百余里地对古人来说不在话下。今天的武宁人借古喻今，正发掘桃花源这一主题。桃花源水利风景区就是这样一个地方，名字虽不太时尚，但很实在。杨洲乡规划的这片区域，包括东起吴王峰，西到武陵岩，南至横岩（神雾山），北达修河（庐山西海），几乎涵盖所有自然与人文元素。风景区规划了旅游接待、休闲度假、登山探险、冲浪漂流、西海游览、禅林静养、生态培育等多种功能，许

多周边村庄也陆续办起民宿。如果加上那一片片桃林，活脱脱就是一个个陶渊明意象中的桃花源。

在杨洲乡紧靠修河的公路边，有一家"饭是钢"农家客栈，周边是一个个桃园或其他果园，田园景致优雅。我们停车在那儿午餐，房子为小木屋，所用之水为山泉，菜为田间地头种植的蔬菜、修河中捕捞的棍子鱼和翘嘴白鱼，酒水有本地产黄酒。那种就餐意境，仿佛把我们带回陶渊明所生活的那个年代。据说当年陶渊明乘船到此瓜源河口，还真的品尝过修河中的翘嘴白鱼和本地产黄酒。据《武宁明清旧志》记载，当陶渊明抵达瓜源河口后，下船徒步进山，看到的是这样一幅景象。那里"田野绣错，庐烟相望，有弦诵之风。独其源口巉岩峭壁，关锁甚固，劈石锤险乃得通焉。……岩巅奇峰怪耸，其旁有穴如筒，可窥修江，……两山牙错如闭户状。忽闻翠微歌鼓自水中出，篙师乘木筏，纵横自如，倘所谓桃花流水杳然者耶。……复入，有村落田亩，别一洞天。……小径曲折入，参差多庐舍，云中鸡犬繁，屋角桑麻亚，两岸夹桃花，一溪缘源乍，桃落复桃开，何事骋尘驾"。

欣赏此景之后，据说陶渊明当晚就创作了《桃花源记》。

另一条路，从宜丰步行东行，经过今天的上高、高安，抵达奉新后再往北行，或在奉新乘船沿着潦河水路北行，经永修抵达鄱阳湖后便海阔天空。这条路，一路风光，陶渊明一行不必马不停蹄，可以一路观光游览，或许写下几首诗。如《始作镇军参军经曲阿作》："眇眇孤舟逝，绵绵归思纡。我行岂不遥？登降千里余。目倦川途异，心念山泽居。"当然，还有一条水路也是选择之一，即从宜丰的耶溪河直接乘船，通过锦江，过上高、高安、奉新等地入赣江，再进鄱阳湖。宜丰盛产竹木，耶溪河的运输功能，借助水路清江放排，运送竹木，直到现代还在发挥作用。借道水路，在当年存在这种可能性。如渊明《杂

诗》"掩泪汎东逝，顺流追时迁。日没星与昂，势翳西山巅"所述，诗中"东逝""顺流"两个词，指示出行的"方向"和"方式"，而"西山"一词，所指可能为地名，如新建区的"西山"。此地介于锦江与南潦河之间，距离两条河都不远。

这一次我们开车抵达奉新、靖安后，再反方向西行，沿着南潦河上溯探源。南潦河源头在何处，我咨询当地人，他们说，奉新吧，或靖安吧，模棱两可，其实大家都不甚清楚。我告诉他们，源于宜丰。于是当年陶渊明之行多了一种可能性——沿南潦河前往浔阳柴桑。

南潦河之源很神奇，那个地方属于百丈山腹地，我们过奉新县甘坊镇后继续向西挺进，过牛头岭，便达源头区域。这个地方山涧有溪流，多瀑布，山虽不高，却群山连绵，称逍遥山。逍遥山曾是唐朝盛极一时的禅宗道场所在地，建有太子寺等多家寺庙。古人曾形容逍遥山"岚光飘渺翠欲流""风弄竹声作江涛"。其神奇之处还在于，源头点区域位于奉新西塔、宜丰找桥、铜鼓匡洲和修水祥云山四县四村交界的弹丸之地。宜丰潭山镇找桥村由南至北，形成一个狭窄空间，所占面积很小，却成为南潦河之源。千万别小看这个找桥村，此地自古便是南方通荆楚的要道，也是一个千年驿站，东西向奉新至铜鼓、南北向宜丰至修水之路都必须经过这里。此处原先有一界碑，上刻"古艾屏藩"，其中的"艾"指古代修水，于是历史上的找桥村便有"赣西北边贸明珠第一村"之美誉，如今的找桥村居然还保留着一条明清时期留下的古街。南潦河之源，逍遥山之八叠岭是九岭山脉中的一个小分支，山脉呈南北走向，却成为众多河流的分水岭，并将南潦河的源头留给了宜丰。

陶渊明的东行之路是否需要经过此处，当然不必，最大可能性还是从宜丰澄塘往东，在奉新地域进入潦河流域北行。

桃源里，青山村，清辉照衣裳

唐朝时，赣西涌现出两位有一定影响力的诗人，一是盛唐时的刘慎虚，另一位是晚唐的郑谷。刘慎虚是哪儿人，学术界有些争议，一种说法是奉新（新吴）人，另一说法是靖安人，当然还有嵩山、江东、建昌（永修）等地之说，无论如何，奉新和靖安在赣西本是两个相邻的地方。在此我姑且不做探究。

作为盛唐诗人，刘慎虚的诗寄意自然之美，虽然创作水平很高，但遗存下来的作品却非常少。《唐诗鉴赏辞典》仅收录了刘慎虚一首《阙题》诗。

道由白云尽，春与青溪长。

时有落花至,远随流水香。
闲门向山路,深柳读书堂。
幽映每白日,清辉照衣裳。

我喜欢刘慎虚这首"寄情山水,性好恬淡"之诗。的确,意境上,很"赣西"。据说,刘慎虚的这首诗还有一个名称,叫《归桃源乡》,这是后人研究得出的结论。这首诗描写的是赣西的自然与人文之景,准确地说,是刘慎虚故里靖安水口桃源的乡村意象,有陶渊明诗歌的味道。寻找桃花源,有必要对此深入探究。于是我驾车来到刘慎虚故居所在地——靖安县水口乡桃源村。在桃源村我们见到村委漆传文副主任,他告诉我们,刘慎虚故居在隔壁的青山村。原来,在刘慎虚生活的那个年代,这里有个好听的名字,叫桃源里,而桃源里又分上桃

源和下桃源两个地方。我们所寻觅的地方为刘慎虚所生活的上桃源，即现在的青山村。

　　我们驾车抄近道穿越一片田野，直奔"诗画小镇"青山村。这是一个美轮美奂的地方，村庄里屋舍俨然，南潦河边的一块石头上刻着"水韵青山"几个大字，青溪之水缓缓从村中流过，周围群山环绕，绿意盎然，田间地头白鹭飞翔、觅食，占尽了大自然的造化与垂爱。当年，陶渊明是否乘船经过此处，我无处考证。在村委办公室我们见到了村主任，他安排村干部漆家利先生带我们参观刘慎虚纪念馆。

　　青山村规模不大，但规划极好，干净整洁，古韵流芳，村子中央还建有一个文化广场。村庄的正中为一方静静的池水"灵福泉"，里面漂浮着一片片睡莲。"灵福泉"中建有一座百诗亭,四周雕栏玉砌,广场将刘慎虚的诗歌作品一一呈现。据记载,青山村的历史已有千余年,是一个文化古村落。目前,村中保留着许多古树、古建筑,高大的椤木石楠是其中之一,深柳读书堂据说为刘慎虚亲自构筑。如今这里已成一个以熊姓家族为主的自然村。这个家族为后来者,明朝正德年间才从靖安县城迁移至此,后历经多代繁衍,才发展为一个村落,并以姓氏为村名,沿用至今,村中保留着"江陵世第"熊氏家族牌匾。熊氏家族晚于刘慎虚来到上桃源,说明当初这儿人烟更加稀少。刘慎虚本质上是一个性情淡泊、超然物外的隐士。他寄情山水,向往一种与僧为伍、挂冠隐居的清闲生活。熊氏家族的确具有前瞻性,依托刘慎虚这一品牌,逐渐将家族、将村庄做大做强。

刘慎虚的祖籍并非青山村,当年,其父任洪州刺史,他省亲游历至桃源里,见山水秀美、民风淳朴便寄情于这山野田园,落籍定居。刘慎虚的一生,与陶渊明有诸多相似之处,他的诗,情幽兴远,苦思语奇,说不定陶渊明就是他尊崇的一位前辈。刘慎虚曾官至洛阳尉和夏县县令,壮年时毅然辞官南归,晚年"桃源高卧"隐居于"孝悌乡"之桃源。刘慎虚在青山村寄意山水,著书自娱,并构筑深柳读书堂。在文学方面,刘慎虚与同时代诗人孟浩然、王昌龄等相友善、互唱和。曾著《鹡鸰集》诗五卷,可惜已失传。他真正流传下来的诗作并不多,《全唐诗》收录其中十五首,其主要文学成就在于倡导盛唐时期"乐府"之先声,被誉为"自南朝永明年间以来江南一带杰出诗人"。《全唐诗》评价他"不永天年,陨碎国宝"。

刘慎虚晚年来到青山村后,再也没有离开,桃源里秀美的自然风光和淳朴的民风带给他心灵抚慰,他永远属于这片土地。刘慎虚的人生经历与同时代的山水田园诗人兼好友孟浩然相似,他顺其自然,将自己回归故土,隐逸于山林乡野,如陶渊明一般,怡然自得地生活。

去世后，刘慎虚选择葬在青山村旁的云山垴。参观青山村后，我们想着去瞻仰刘慎虚墓，车在山前转了几个来回，经询问当地人才找到墓茔所在地，一条青石板路，逐级上升通往杉树密林的深处。刘慎虚墓碑上镌刻着晚唐礼部侍郎刘允章所写《题赞》，"公登黄甲，博学宏词；盛唐乐府，先生倡之；杰立江表，谪仙并驰"等文字。目前刘慎虚墓已列为江西省重点文物保护单位。

当年，刘慎虚看中这片山清水秀，俗美化淳之地，他可能做梦都没有想到，千年以后的青山人围绕着自己，将村庄打造成一个充满自然与人文气息的美丽诗画小镇。

桃源里很美，真心祝福它绿水长流，青山永驻。

流淌的修河

修河是修水人的母亲河，这条河位于幕阜与九岭两大山脉之间的一片开阔地域，水网密布。主干东津水发源于铜鼓县大沩山，渣津水之源与湖南平江县的汨罗江源头不足十公里，北津水的源头则靠近湖北通山县。九岭山脉对修水似乎特别关照，开了几处山口，让源于铜鼓的东津水、定江等河水纷纷北流，注入修河。在洋洋洒洒八百里流程中，修河将流域面积的七成留给修水，滋润这片沃土。修水是九江最偏远的一个山区县，人口规模近百万，修河给修水带去了活力，带去灵气。或许，正是东岭石林的桃花启发了陶渊明的遐思与想象。王勃在《滕王阁序》中说，这里"物华天宝，人杰地灵"。行走修水，我关注黄庭坚和陈寅恪这两张修水文化名片。

高峰屹立，修河长流。修水县城空气清新，干净整洁，自然与人

文气息浓郁。"萦纡一曲抱流潺,晚纳斜晖拂照间",修河在上游汇入众多的河流后,抵达县城周边时,变成一条宽阔、安静的大河。修水是黄庭坚的故乡,城中有黄庭坚纪念馆;这里还是陈寅恪故里,城中竖立着"陈门五杰"雕塑。修水人自豪地说,修水是一个诞生文化奇才的地方。在修水黄沙镇韩雪书记安排下,我们入住汤桥修河温泉度假酒店,面朝幕阜，背靠九岭，在绿树林荫庇护下，心旷神怡，享受富含偏硅酸和重碳酸盐温泉的浸润，感受修水悠久的历史文化。

"陈门五杰"故里，位于距离县城不远的宁州镇竹塅村。我们在许高峰先生的陪同下前往参观，那是一个值得我们肃然起敬的地方。所谓"陈门五杰"，是指陈氏家族的五位杰出代表陈宝箴、陈三立、陈衡恪、陈寅恪、陈封怀。这个家族在修水，乃至中国都是非常独特的一

种文化现象。吴宓先生曾评价"陈门五杰":"故义宁陈氏一门,实握世运之枢轴,含时代之消息,而为中国文化与学术德教所托命者也。"

前往竹塅村之路为一条乡间公路,汽车在一片山区和丘陵中七拐八弯行进。故里所在地为一个叫桃里的小山冲,只有将车开到跟前,才能发现它的豁然开朗。背靠一座小山,前面是一块开阔的田地,一排江西典型的四水归堂式砖瓦结构房屋,就是"陈家大屋"。大屋旁边还有一座独栋小宅"桃里山居",更远一些的地方,有一座陈宝箴当年所建读书楼——四觉草堂。其他村民的房屋则建在田地对面的另一山边。"陈家大屋"取名"凤竹堂",大门两边写着一副对联,上联"凤鸣精神思想已成百代楷范",下联"竹荫人品学问养就一门清风",对"陈门五杰"及其风范进行概括,让人感受到它的历史与文化气息。这座建筑的主体建于清乾隆五十七年,迄今已有两百多年历史,里间的规划与布置让人感觉舒服,后人对它进行过精心修缮。

"陈家大屋"是当年陈宝箴和陈三立的故居,其他几位并未在此长期生活,但屋内的陈设却对"陈门五杰"有详细介绍。陈宝箴是一位非常了不起的人物,曾官至湖南巡抚,成为晚清一位有魄力、有建树的封疆大吏。而我们更加熟悉的,则是当代著名历史学家、清华百年历史上"四大哲人"之一的陈寅恪。"陈家大屋"用了两个房间介绍陈寅恪的生平。关于陈寅恪,让人难忘的是他1929年在纪念王国维先生碑铭上,提出的"独立之精神,自由之思想"之学术精神与价值取向那句名言,虽然所指为王国维,却也是他自己学术思想的体现。陈寅恪为中国现代史上的思想大家,对中国文化的发展脉络,他前瞻性勾勒:"华夏民族之文化,历数千载之演进,造极于赵宋之世。后渐衰微,终必复振。"后来,傅斯年先生这样评价陈寅恪:"陈先生的学问,近三百年来一人而已。"

修水陈氏是一个特殊的家族,他们并非本地人,两百年前,家族

先人从福建上杭迁至修水偏僻的山中落脚,在经历了棚民之家、耕读之家和官宦之家之奋斗历程之后,完成文化积淀,终于走出世外桃源般的大山深处,成为中国近现代史上的文化贵族和文化世家。

行走修水宁州竹塅村,让我们深深感受到陈氏家族这种底蕴深厚的文化传承。

在修水,如果说"陈门五杰"是从小山冲里走出的大家的话,那么北宋著名诗人、书法家、江西诗派始祖黄庭坚却是地地道道的修河孕育的一代风范。

黄庭坚故居坐落于修水杭口镇东部杭山下双井村。这个地方距离县城仅五公里左右，位于风景秀丽的修河北岸，从县城出发，驾车十几分钟就能抵达。"仰瞩杭山面面遮，三峰秀削浑无暇""骑牛远远过前村，吹笛风斜隔岸闻"。畅游双井，我了解到，杭山脚下满目青翠的双井村是一个非常牛的村庄。所谓"牛"，包括两方面，一是物华天宝。宋代是中国茶文化的鼎盛时期，"夫茶之为民用，等于米盐，不可一日以无"。这个在宋代便已存在的村庄，迎合了兴盛品茶的时代之需。双井村依山傍水，茶园遍野，茶汤飘香，"少妇采茶三月艳，鬓云斜插一枝花"便是对双井妇女采茶的描写。

我们这次走进村庄，第一个落脚点是"双井茶馆"。在茶馆，我们幸会双井村的村支书姜伟先生。一个气清景明的时节，姜伟非常热情，请我们喝双井明前茶，一边品茶，他一边给我们讲双井的故事。修河流经双井村的这一河段有"十里秀水"之称，相传河床下有紧密相连的

两口井，江深莫测，只有秋冬季节才水落石出。河水流过双井，泥沙不入，水质特别好，"辄取水烹茶，清冽异乎泉"，当地人取来泡茶，滋味果然不同寻常，于是有了这个村名，也有了双井茶。

这是一个茶甘酒美、鱼肥稻香的地方。关于双井绿茶，姜伟很自豪，他告诉我们，村里种植双井绿茶，已有千年历史，早在宋代就声名远播。宋代点茶制作，先将茶碾成粉末，调制成茶膏后，再注入沸水，讲究击拂茶汤，制造泛起在茶碗的沫饽。这种泡茶方式很讲究，技巧也烦琐。我是个怕麻烦之人，喜欢今天的沏茶方式，简洁方便，喜欢透明玻璃杯中叶片在沸水中翻腾、上下沉浮的视觉享受，喜欢品茗过程握杯闻香时的那种温暖和浓郁甘醇的茶香味。不过，我还是希望双井村能将宋代人的那种沏茶、品茗方式作为一种文化传承下来，增加茶客的体验感。

作为百草英华的茶叶，当年，黄庭坚、苏东坡、欧阳修等文豪们都曾雅集修水，品茶吟诗，留下有关双井茶的诗歌达百余首。黄庭坚的《双井茶》说，"山谷家乡双井茶，一啜犹须三日夸。暖水春晖润畦雨，新枝旧柯竞抽芽"，他为家乡茶做了个免费广告，经典永流传。欧阳修也曾来修水，在《归田录》中，他写道："自景祐以后，洪州双井白芽渐盛，近岁制作尤精，囊以红纱，不过一二两，以常茶数十斤养之，用辟暑湿之气，其品远在日注上，遂为草茶第一。"评价盛高。苏东坡与黄庭坚亦师亦友，故事说，黄庭坚曾茶赠东坡，赋诗《双井茶送子瞻》："我家江南摘云腴，落硙霏霏雪不如。"苏东坡收到茶后，以《鲁直以诗馈双井茶，次韵为谢》诗回赠："磨成不敢付僮仆，自看雪汤生玑珠。"一来一往，彼此唱和，成为汴京城里一时的佳话。就这样，宋茶，像一座桥，在文人雅士，甚至贩夫走卒之间形成沟通的渠道，形成一个个"江湖"。今天的双井村还有一种宁红茶非常著名，销量亦非常大，影响力甚至超过双井绿茶。品茶之妙在于养心、养性，在双井

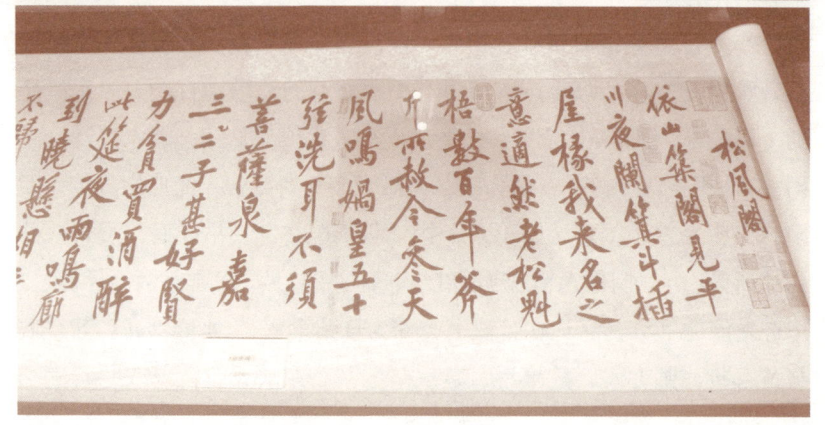

茶馆，茶馆姑娘替我们沏茶，双井和宁红左右开弓，就像是一次品茶盛宴。

双井村自然环境优雅，经过精心规划后，已成修水县一个著名旅游景区。在人文方面，村中有黄庭坚故居，有进士园，还有一座高峰书院。当年，黄庭坚被贬宜州，去世后移葬回双井。黄庭坚墓始建于宋徽宗大观三年，2005年在纪念黄庭坚诞辰960周年时进行过一次重修，园内松柏常青，伫立着黄庭坚像，并命名为"山谷园"。我们瞻仰时正值清明时节，前来园区祭奠的人络绎不绝。

二是人杰地灵。可以这样认为，黄庭坚撑起了双井文化的半边天。苏东坡之后，宋代学者陈师道盛赞黄庭坚为"今代词手，惟秦七黄九耳"，"秦七"指秦观，"黄九"则指黄庭坚，他在家族中排行第九，故此称呼。双井的黄庭坚故居是一座仿宋、砖木结构建筑，包括园林占地近千平方米，规模、气势、藏品的丰富性不逊于修水城中的黄庭坚纪念馆。参观黄庭坚故居令人倍感亲切，故居建筑设计接地气，中间一个大天井，室内陈设采用典型的宋式家具，风格简约清朗、素雅高洁，人物蜡像栩栩如生，充分展示了黄庭坚日常生活起居、读书习字、孝亲会友情景，记录了黄庭坚的年谱，再现了一代文豪鲜活的生活细节与故事。这其中，我特别喜欢黄庭坚的书房，大约二三十平方米，有桌椅、书架、书案和笔墨纸砚，还有休闲待客空间，重要的是，书架上可以存放不少书籍。这是黄庭坚的私人空间，他在此舞文弄墨，诗情勃发。

"桃李春风一杯酒，江湖夜雨十年灯"是黄庭坚《寄黄几复》诗中的两句，有点石成金之妙。苏东坡曾评价黄庭坚的诗——瑰玮之文，妙绝当世。的确，凭借"奇崛拗峭，命意深刻""清丽脱俗，独树一帜"的诗意，黄庭坚终成"江西诗派"祖师。黄庭坚故居展示了黄庭坚不少书画墨迹，书法作品中有楷书、行书、草书等多种体裁，令人叹为观止，尤其是飘逸的行楷，如题《松风阁》诗。他的字体"清瘦秀拔，苍劲有力""龙蛇飞劲，舒展自如"，与苏轼、米芾、蔡襄并称"宋四家"。用欧阳修的话说，这是宋代书法"学书自成一家之体"的写照。凭借"诗书双绝"，黄庭坚终与苏东坡齐名，并称"苏黄"。故居中展示的黄

庭坚画作不算多，主要为写实山水花鸟画，"格物致知"，延续了其诗的表达风格。黄庭坚故居丰富的书画作品陈列让人看得如痴如醉。苏东坡字体扁肥，黄庭坚字体清秀，一个有趣的故事说，苏东坡曾经调侃黄庭坚的字如"树梢挂蛇"，意思是说字体又瘦又长，像挂在树梢上的蛇，黄庭坚立马反驳，学士之字好，倒像是"石压蛤蟆"。

黄庭坚故居充满个性化，生活气息浓郁，是一个能让人静下心来仔细观摩、浏览的地方。

双井村拥有"华夏进士第一村"美誉。不由得你不信,一个村诞生近八十位进士,其中仅宋代,村中黄氏一个家族就产生进士四十八位,这是一个登峰造极的数字。更令人惊叹的是,黄庭坚祖父辈十兄弟先后全部中进士,号称"十龙"。欧阳修曾称之"黄氏世为江南大族"。如有"书香门第之乡"牌匾授予双井村,我以为乃当之无愧。在黄庭坚故居旁,建有一个广场,广场正中央竖立着一块大牌坊,上书"双井进士园"。进士园占地规模庞大,从山下广场一直延伸至杭山之巅,园中有双井堂、进士堂、集英殿、群贤阁等建筑。广场牌坊后还立着一座用石材筑就的"进士碑",碑铭上刻着大宋治平四年那一年全国录用的进士榜单,包括许安世等第壹甲赐进士及第,第贰甲赐进士出身,第叁甲赐同进士出身名单,共三百六十位。

行走双井,令人愉悦,也让人感动。寻找桃花源,在江西,在赣西这样的山野田园和村庄目前仍多,虽然形态不同,各具特色,但总让人感到欣慰和惬意。如果说青山村是刘慎虚的一个微缩桃花源样板,那么陈氏竹塅、黄氏双井村就是一个理想的生活范式。宋代曾有这样一首《题渊明祠》诗。

松菊漫三径,钟鼎等一毫。
风流有斯人,清与秋天高。

陶渊明的一生,风流谈不上,清苦与恬静却时时相伴。自陶渊明写作《桃花源记》伊始,那个桃花源便成为中国人心目中的一个印记,一个美好的愿景,如诗人在《桃花源记》中所言"芳草鲜美,落英缤纷""土地平旷,舍屋俨然,有良田、美池、桑竹之属"。千年以来,人们始终找寻,希望自己成为那个武陵人,希望自己幸运地走入那个诗与远方。

"春来遍是桃花水，不辨仙源何处寻。"其实，我们今日追寻陶渊明是哪里人已不再重要，正如陶渊明在《五柳先生传》中所说："先生不知何许人也，亦不详其字……"本质上，他是一个"幽居者"，并不愿意后人知道自己的身世，自己是谁？源于哪里？那我们就应该充分尊重他。或许如今散存于长江流域的诸多陶氏族人中，其中相当一部分乃陶渊明后裔，我们有陶渊明留下的这些诗文，就足够了。今天，陶渊明的诗文已成我们人文理想中的一个符号，这是一笔无价的、丰厚的精神遗产。"三月桃花天，鱼台丝袅袅"，在今天赣西，甚至更广泛的地域，"桃花源"镜像虚实相生。

宜丰县石市镇何家村的官家洲种植着百亩桃树，我曾专门到那里去感受观赏。"夹岸数百步，中无杂树"，春天一到，桃园里桃花盛开，姹紫嫣红。它带给我一种新奇却又超然物外的感受，或许这就是陶渊明的向往和追求，回归乡野、躬耕自给、饮酒吟诗、卓然超绝。循着陶渊明的理想，今天我们寻找桃花源，希望找到的便是他这种田园式的生活方式和精神的家园。

陶令不知何处去，桃花源里可耕田。

家在田园中（附二篇）

唯农：两个『农场主』
唯实：一对老农民
唯真：南桂的故事

家在田园中

唯农：两个"农场主"

春哥，其实年龄并不大，才三十多岁，因大家都这样称呼他，感觉很亲切，我也跟着叫开了。他真实的姓名叫李春林。

在我的心目中，春哥是个有为青年，曾经是一个就读于中南大学的高材生。大学毕业后，走南闯北，他前往湛江、广州、深圳打拼了几年，做商业，做外贸，适合自己做的都干过，拓宽视野，积累了一些管理经验。春哥也是一位孝顺的人，因父亲多病，为照顾老人，他毅然辞去自己心爱的工作，回到家乡。

回来后能做些什么，这个问题曾让他纠结了一阵子。他的家在农村——宜丰县桥西镇。他家所在的那个小村庄，有山也有水，一个自然生态环境优越的地方。他不想捧着金饭碗没饭吃。于是，他开始打房屋背后那片山水田园的主意，何不把它开发出来，搞成生态农庄？主意拿定，说干就干。资金不够怎么办？ 他上北京，下广东，找同学，找朋友，寻找合作伙伴。一圈下来，他居然筹得一笔大资金，引来一位北京的老板投资。于是与村里洽谈，租下村后一片山林、一大块土地和一座水库，"手把青秧插满田，低头便见水中天"，开始拓荒之旅。

我第一次去春哥的农场参观是受朋友之邀，当时并不在意，只当是到乡村山野里走走，欣赏田园风光。当一踏入那块土地，其规模，

其环境，还是让我大开眼界。这不就像是陶渊明笔下的桃花源吗，几栋简易小屋、几个正在耕作的农民和一些端坐在水边垂钓的人。那是一幅有山、有水、有树、有草、有田地的完美山野图景，浸透了田园的气息。

农场距离宜丰县城不远，往潭山镇方向，自驾大约二十分钟车程，沿着公路前行，快到农场时，往左拐，驶下一条两边水田的机耕小道，几百米后抵达山边，往前穿越一段高大树木掩盖的乡间小路，再翻越几处小坡，拐几道弯，便抵达地势较高、相对封闭但并不偏僻的农场，此时，眼前景象豁然开朗。

这是一个三面环山的谷地，或者说是一片台地，山上生长着高高的杉木林，谷地中间，一边是平地，一边是水库，农场和水库面积各占大约两百亩，平地的另一边还有一处小一点儿的水塘，生成一块湿地，泉水从地底涌出。平地之中有水田，也有旱地，种植水稻或其他一些农作物；右边的水库，水面开阔，没有名称，我一时想不出叫什么好：水塘、水库，或者湖泊，都可以，表达似乎都不准确，它像个葫芦，北宽南窄，水面浩荡，一直延伸至农场尽头，山脉的深处。神奇的是，湖对岸，杉树生长至水边，对岸湖边无路可走，湖水中有野鸭游动，好一个原生态静谧的湖。好啊！这是亨利·梭罗的瓦尔登湖，我眼中的瓦尔登湖。

在农场，我第一次见到春哥。他的长相有些粗壮，皮肤也有些黝黑，看上去就是个精明能干的小伙，他人很随和，也很友善。此时的农场，规划才刚刚起步，建设尚未开始，原村里遗留下来的建筑物，有一排凹字形简易工房，三四间房屋，一个厨房，春哥将它作为临时的办公场所。农场深处还有两栋简易棚屋，点缀在田野之中，用于养鸡、养鸭。这就是春哥农场创业时的全部家当，当然也包括那片有待规划、开发的荒地和一片宽阔的水域。

　　在春哥的心中，他已早有盘算，旱地种水果，水田继续种植水稻，湖中搞养殖，养鱼、养鸭、养鹅，俨然一个立体生态农场的雏形。几栋房屋，还有将来可能规划建设的房子，拟办农家乐、中小学生研学实践基地，供城里的孩子体验乡村生活，学校组织春游、秋游，城里机关单位来此开会、休闲，等等。我开玩笑说，那你在湖边树下留一小块地给我，我建一栋小木屋，像亨利·梭罗在瓦尔登湖畔所建的那种小木屋，将来退休后就在你这儿生活，做个农民，做个山里人，像梭罗那样，每天在湖畔神游，在地里垦荒，实现诗人海子的理想，做一个幸福的人，喂马，劈柴，面朝大海，春暖花开……

春哥哈哈大笑，理想与现实，感性与理性契合在一起。

三年后，春哥的农场真的有模有样了。

水田，种上了有机水稻；旱地，栽种了许多果树，柑橘、柚子、火龙果、桑葚、草莓，还有无花果，如果前往农场的时间凑巧，或许还能品尝到其中丰盛的果品。去年五一假期，我们再次来到农场，正值草莓、桑葚成熟的季节，此时的桑葚树已过人头，枝头结满了暗红色的桑果。我问春哥，桑葚长势如此之好，收成如何？他说，主要供应

本地，各单位上门来采摘一些，节假日接待城里来此游玩的朋友与客人，还未真正走向市场。走进桑葚园，游客随意采吃，充满乐趣。我们也看到，由于采摘不及时，许多成熟的桑果坠地，有些可惜。春哥倒看得开，他说没想到第一年桑葚结果如此之多、之丰，就当是一次开年利是吧。

为避免损失，后来农场把多余的桑葚制作成桑葚酒。这是一种桑葚味道的甜酒，香甜爽口，味道真的不错，可储存较长时间。宜丰原本是酒乡，本地人酒量也大，在喝酒这件事上，我在宜丰吃过亏，后来也就不敢较劲儿。宜丰生产的酒，原料主要依靠当地物产，大米、水果等，以大米为主要原料的，有谷酒、米水酒，如天宝罗酒；以水果

为主要原料的果酒，有野生猕猴桃酒。酒，对春哥的意义，它将种植桑葚和猕猴桃的成果保留了下来，制作成酒，为水果转化赢得时间，同时也增加了商品的附加价值。水田，也已开始种植水稻。宜春的优质大米，广告已做到中央电视台，无须多说。春哥种粮，面积不算大，产量不算高，于是采取差异化策略，种有机大米。不仅水稻，春哥农场的其他种植作物都是有机的，不用化肥，只采用有机肥料和农家肥。这是他创办农场时的初心，是对自己的约定和承诺。这是他的生产之本，也是他的经营之道。春哥农场生产的优质大米目前已上市销售，效益不错，一定规模后，农场也取了一个正式的名称——五斗米农场。陶渊明当年不为五斗米折腰，春哥倒好，呵呵，为"五斗米折腰"。

如今，春哥最大的收益来源可能还是那个偌大的湖，湖面成了鸭和鹅的游泳场，每天一大早，成群的鸭子和鹅"扑通，扑通"地跃入湖中，开始一天的漫游；傍晚，在养鸭人的一声声招呼下，又成群结队地回归棚屋。这种野生环境下饲养出来的鸭和鹅，又肥又壮，产下的鸭蛋、鹅蛋又大又鲜，其中一些双黄鸭蛋，品质出众，受到市场追捧。

养鱼，是湖泊所能贡献的一大产业，春天将鱼苗放入湖中或稻田里，秋天水稻收割、湖中干塘之时便是一次大的收成。

"满山秋稻熟，遍野晚烟熏。咸知山笋嫩，众说土醪醇。"这就是李春林的五斗米农场。靠山吃山，靠水吃水，大自然总是这样呵护勤劳的人们，总是这样奉献出自己的无私。五斗米农场，名字好听又好记，此后我每次去宜丰，都会到农场去参观，去田间地头、湖畔林间走走看看，虽然帮不上春哥什么忙，却能给自己带来恬静和快意，真的喜欢那个地方。或许在春哥那儿建座房子居住有点儿理想化，不太现实，但我至少可以在那里种一棵树，见证树的成长，以及五斗米农场的发展历程。

春哥是个聪明的人，又是一位勤快的人。农忙时节，耖田耙田、扯秧栽禾、割禾打禾，他总是亲力亲为带着大伙一块儿干。在大自然中，他收获丰硕的果实，也收获了自己的心情。

无独有偶，和春哥的经历有些类似，唐启义先生也是一个心系农业开发的"农场主"，一个非典型农民。

前几年，同学朱春如陪同唐启义来深圳考察小镇和生态园区建设，我们彼此相识，后成为朋友。经过几年努力，他在宜春与萍乡接壤处，西村镇的一处荒郊野岭，开启他的农场庄园之梦。去年我回江西时曾去他的农场参观过一次。这次我专程再去参观他的庄园，看看时隔一年后有什么变化。从宜春市区出发，驾车沿着当年修建沪昆高速铁路时留下的一条辅助公路，直插庄园的腹地。

我第一次去唐启义的"和顺庄园"在去年（2020年）5月，那是一个草莓、桑葚成熟的季节。在农庄几处温暖的草莓大棚里，低矮的枝头结满硕大的草莓，果实累累；他的桑葚园，规模很大，占得几个山头。桑葚园里，桑树成行成排种植，稀疏分布，树接近人的身高，漫山遍野，郁郁葱葱，汽车可以直接开入桑葚园中。

此时，每株果树的枝头结满果实，颜色有暗红色的，也有白色的。暗红色的桑果与春哥五斗米农场我们所看到的为同一品类，品尝其中一颗，味道也差不多。白色品种的桑果我是第一次见到，味道更甜，水分似乎也更加饱满一些。在唐启义规划开发的农庄中，当时所能看到的种植作物，也仅仅是草莓和桑葚这两种类型。据唐启义介绍，未来还将拓展橘子、杨梅、蓝莓、枇杷、沃柑、葡萄等水果品种。到那时，才是一个具备规模的果园种植基地，非常值得期待。

初战告捷，唐启义显然对自己的阶段性成果很满意。他说，一期规划，大概流转的土地面积在两百余亩，主要安排果树和其他苗木、农产品作物种植。宜春有句俗话，叫"千松万杉，百万富家"，还有一句，称"山上冇有树，水土保不住"，老唐深谙其中的哲理，选择从种树开始。他的第二期规划目前还未启动，正在力争纳入政府扶持项

目计划，除休闲观光农业项目外，他还将涉猎景观园林、绿化、花卉、种苗，以及康养、民宿、文化旅游等更加高端一些的民生项目。农业开发，并与文化、民生、旅游等项目相结合，看来，老唐的视野极具前瞻性，一个大手笔。眼见为实，我们完全有理由相信，几年后，"和顺庄园"将成为一个生态环境优美，集户外赏景休闲、学生科普研学、四季果蔬采摘、家庭朋友欢聚、特色生态餐饮、绿色民宿康养为一体的郊野田园式综合示范基地。

拿"和顺庄园"的康养项目为例进行分析，从中国人口老龄化趋势看，将来的康养事业必定成为一个大产业。在与老唐的交谈中，作为同龄人，我们感同身受。尤其是像我们这些二十世纪六七十年代出生的一辈人，下一代基本上都是独生子女。我想，我们这辈人将来年迈之后，要想依靠子女在身边照顾，基本上没有这种可能。那个时候，一对子女需要照顾四位以上的老人，对他们来说，压力之大毋庸置疑，况且，由于人口流动，如今年轻人就业趋于大城市，他们是否能留在老人身边都是问题。

譬如深圳，这是一个典型的"候鸟"城市，年轻人到此开创事业，立足之后，再回归的可能性不大，将老人们接来一起生活，四位老人如何共处，住房如何解决，离开故土的老人们到一个陌生之地是否习惯，是否幸福都很难说。交流时，我曾开玩笑说，我们这一辈人，将来养老最大的可能，是兄弟姐妹，或朋友之间抱团取暖，彼此之间，在城市选择、购房上尽量靠近，或选择一处可以共同生活的地方，只有这种方式还存在可能性。老唐筹划中的康养中心，应该是未来可选方式之一。目前，依靠民间力量创办康养机构，仍然会遇到不少问题，如资金和土地投入；如医疗设备和专业医护人员的投入与许可；如医保的统筹、个人费用分担比例以及人们的经济承受能力等。显然，如果这些全部依靠国家投入，或由项目开发企业投入，或个人自行承担，

都将是沉重的负担。因此,康养项目有必要得到政府的扶持,走社会化之路,才有可能将这样的好事办好。

从另一个角度看,城里人下乡,将资金、知识和项目等"软实力"引入,走进乡村,通过"企业+农户"合作模式,构建相关利益共同体,挖掘乡村中得天独厚的创意产品与元素,对推动农业经济的转型与发展,农民增收,以及支持国家乡村振兴战略,培育乡村新产业、新业态,都将是一种有益的探索。

这只是我在参观"和顺庄园"后的有感而发,据说早在二十年前,这种乡村创业模式就已经有人开始了尝试。2015年,全国乡村创客峰会将其定义为"乡创",或"乡村文创",其实这些举措与国家倡导的"乡村振兴"战略非常契合。就目前推进的实际效果来看,唐启义开展的这些项目,已拉动农村就业人口近四百人,季节性用工上千人。

"不经一番寒彻骨,怎得梅花扑鼻香"。其实,农村的问题很大程度上就是土地问题。奥尔多·利奥波德在《沙乡年鉴》中,曾对土地及其保护过程中的伦理进行了着重讨论。他说,土地的价值是一个美丽、完整与稳定的生命共同体,我们人类应该实现与土地的和谐共存。从这个意义上说,我佩服唐启义这种开拓创业的精神,以及他先行一步的魄力和胆识。

附二篇

唯实：一对老农民

辉明姓欧阳，思华姓孙，本是同母异父的兄弟。他们都是宜春市袁州区的普通农民，一辈子的庄稼人。目前他们的年龄，一个在七十岁以上，一个在七十岁以下，中间相差几岁，辉明为兄，思华是弟，随着光阴流逝，他们都已逐渐步入老龄阶段。除了务农，不同之处在于，他们各自有各自的手艺，他们的经历，一个前半生经历坎坷；一个后半生过得不易。

辉明，性情温和，做事踏实，是个不越雷池半步的人。作为农村人，他却喜爱读书，虽然文化程度不高，只读到初中，但不断充实自己。初中毕业时，辉明曾去县剧团报考过舞蹈演员，并且被录用，后因家庭成分不好，几年后又回到村里务农。这是二十世纪五十年代发生的故事。

辉明家所在的村庄靠近袁河，当时的河流，水域开阔，水流丰沛，河中不时有帆船驶过。村庄里绿树成荫，周边为广袤的田地，村舍点缀其间，一派田园风光。村里种植的农作物，与赣西其他地方差不多，基本为水稻和油菜等。那时，河边建有水车、碾米房和榨油房。水车将水从河中输送至碾米房，用于带动碾盘碾米、茶子、菜籽或花生，成为一道乡村景观。浙赣线铁路和320国道从村旁山边穿过，方便了

村民的出行。这个地方称得上是江南的一处鱼米之乡，除个别年份袁河涨水，洪水可能上岸淹没良田外，一般年份农民的种植收益比较稳定，衣食无忧，算得上是一个富庶之地。当年，回到村里的辉明，农忙之余，与其他村民一道经常到河中捞沙作为副业。辉明是个勤快之人，虽然没能在县剧团扎下根，获得一个稳定的工作，但村庄毕竟是自己的家，能够与大家庭成员一块儿生活，虽不太富裕，却也其乐融融，得以一时安定。

　　辉明的变故，发生在多年前。起因并不大，只是一件小事。辉明干活勤奋，捞沙量往往要比别人多出不少，却遭工友妒忌，于是一封匿名举报信寄达当时的公社，说其有海外关系。一个当时年龄才二十出头的农村年轻人，哪里见过如此阵式，经受得住如此打击。于是，在获悉事件严重性后，他开始逃亡。先是在山里躲藏，后又逃至亲戚家，但亲戚家毕竟也无法久留，他就逃往城里流浪，东躲西藏，没有吃的就去拾别人的残羹剩饭，过着乞丐一般的日子。最后，亲戚们还是在城里一家饭店的角落找到了他。此时的辉明已经神志不清，精神状态出现了一些问题。

  这一故事已过去多年。后来，辉明的状况有所好转，结婚生子之后，安心成为一个踏实的庄稼人。改革开放改变了他，也改变了他的家庭。二十世纪八十年代以后，他凭借着自己的勤奋，以及对水稻种植的钻研与执着，成了镇里的种田模范。这是对勤快人的回报和肯定。

如今的辉明，儿女们都已成家立业，三个儿子，大儿子在他身边从事农业生产，小儿子进了县城务工，二儿子走得最远，在深圳找到自己的事业，一个女儿则出嫁九江，生活状况都不错。年过七旬的辉明和老伴在农村过着幸福平和的晚年生活。即便这样，他并没有闲着，下田的重体力活交给了下一辈，自己每天种菜，侍候果树，依然忙得不亦乐乎。这几年，他家的房前屋后的果园里，种植了上百株脐橙，还尝试引种了橙柚、沃柑等果树新品种。他培育出来的果树苗，专门供应周边的农村，一些外地客户甚至还专门前来求购他培育的果苗。这些果品除自己家人吃外，他也会卖一些，或送给亲戚、朋友，以及村里的左邻右舍。

闲暇下来的日子，辉明依然喜欢读书，他阅读历史小说，最津津乐道的也是其中的历史故事，或许是阅读给了他力量，让他能够面对各种困难，创造自己的新生活。"扁担是条龙，一生吃不穷"是宜春的一条俗语，对农村人来说，这是一个朴素的真理。

勤劳致富，知识改变命运，我觉得，不仅在农村，不仅针对辉明，在任何地方，任何环境下，对任何人，其实都是这个道理。

思华与辉明虽为兄弟，也生活在同一个乡镇，两家相距还是有十余里地。平时各忙各的，相互之间走动不多，只有过年过节时，思华才会到兄长这边聚在一块儿，拉拉家常，吃个饭。思华也是一个勤快的人，闲不住的时候喜欢跑来跑去，串个门，交个朋友。然而，他做事静不下心，也不专一，我甚至概括不出他有何突出的优点。重要的是，他不读书，或者说缺乏读书细胞，从小学习成绩不是很好。

从生活经历来说，思华与辉明大相径庭。上半辈子，思华的生活平平淡淡，乏善可陈。种田这种活，对赣西的农民来说是生活之道，生存之本，对思华来说，估计他没有什么领悟和心得。虽然生在农村，

总体上，那时的日子也不富裕，但他在几个兄妹中年龄最小，自然也不需要有什么责任和担当，有时还会得到多一些关照。不过，在二十几岁时，通过拜师学艺，他掌握了一项独门绝技——捕捉甲鱼。

这门技术，他父亲曾经拥有，但没有传授给他。靠着一点儿小聪明，以及嘴甜，通过别人，思华居然能够学有所成，并熟练掌握。抓甲鱼，在当时赣西的农村，可是个大能耐，的确是一种技术活，不会的人，哪怕是跟在他旁边观看也学不会。那时的袁河水深面阔，河中各种野生鱼类比较多，包括甲鱼。野生的甲鱼是个稀罕物，市场价格是一般鱼类的几十倍，这价格一般市民阶层可望而不可即，享受不起。思华就这样一心一意抓甲鱼，居然收入不菲。有时，他自豪地说，我只要在河边一站，水中冒个泡，我就知道是不是甲鱼，如果是，只要下水就一定能将它逮着。那时的他，充满自信。

后来，能够捕捉到的甲鱼越来越少，估计那时河中的甲鱼被他，包括其他人抓光了。于是他就开始将捕捉甲鱼和其他鱼类一并进行。捕鱼，在赣西，渔民大多使用网，一网下去，没有，再来一网，这种活儿需要敏锐的眼光和经验。这时，思华又耍起了"小聪明"，他没有常规捕鱼者的耐心，而是偷偷用雷管做成炸药，非法捕鱼。捕鱼时将雷管点燃，投入河中，炸药燃爆，将鱼震晕，然后下河将鱼捞起，便大功告成，付出不多，收获满满。这是国家明令禁止的非法之举，也是非常危险的做法，他没有顾及后果。在一次炸鱼过程中，点燃雷管后没有及时出手，炸药在他手边爆炸。

全身血肉模糊的思华被村民送达医院，经抢救，命保住了，但失去了右手和右眼。一次意外"失手"，使他永远失去了右手。从此，思华成了一个残疾人。对一个孩子尚小的家庭来说，主要劳动力失去工作能力，在农村可谓一场大灾难。从此，残酷的现实改变了思华，同时也改变了他的家庭。这次付出的代价，可是他的下半辈子。没过几年，老婆也不幸去世。

总之，思华仍是一个生命力极强的人，治疗、养伤、调整，经过一年多的适应，他认识到，要有生存的勇气，要活下去，必须重新面对生活，改变自己。

如今的思华，尽管失去了一部分生理机能，但上天眷顾，他幸运地保存下来了双腿，能够自由行走；保存下来了一只眼睛，能够看见这个世界；保存下来了一只手，生活仍能自理。为了这个家，为了自身的生活与生存，他必须继续出去干活。于是，他到处找建筑工地，

家在田园中

主动请求做一些力所能及的事情。他的这种处境,最终博得许多人同情,他终于找到一份在工地看场子的差事。从此,他辗转赣西各县市的各类建筑工地、施工场所。他无从挑剔,有事做即可,能够养活自己并补贴一点儿家用就干着,哪怕一年三百六十五天没有休息他也欣然接受。就这样,三十年如一日,一直坚持到今天。事实上,他也适合做这样的事,一个"独臂侠",一个"独眼龙",面目狰狞,别人见他都敬而远之,哪里还敢去碰他值守的东西。

  一次,春节期间,工人们都已放假回家,在温汤镇上一个河道整治工地,我特地去看望他。电话联系后,我一路开车寻找,远远看见在一个偌大空旷的工地上、河畔堤岸上孤零零站着一个人,那就是思华。我走进施工场区,周边摆满了各种机械设备,他告诉我,自己的任务就是每天二十四小时看住这些设备和机器,春节如此,平时亦如此。而他的所住或生活之地,也仅是一个能容纳一两个人、一张床的铁皮房。我关心地问他，春节如何过？他说就在这里。有什么吃的？在镇上买了一点儿，儿子、女儿来过，送了一些年货。有没有休息时间？他说，工人们在的时候，如到镇上购物或办事，可以让人临时照看一下。我离开时，他居然送我一袋笋干，我问哪里来的，他笑着说，休息时自己在旁边山林中挖来切片晒干的。

我一阵心酸，无法在他那儿久留。开车驶离一段距离后，我停车回望，只见河岸边，身影变得细小的思华还在那儿张望、挥手。

唯真：南桂的故事

温汤因温泉而出名，是个山清水秀的地方。

在温汤小镇的最西头，原来有一个菜市场，平日里每天人头攒动。常去菜市场买菜的人，大都认识每天坐在大门C位卖菜的一个老太太。老太太姓黄，原名菊桂，后来办理身份证，阴差阳错变成了"南桂"。知道的人尊敬她，否则，敬而远之。

南桂今年九十岁，如此高龄，还能上街卖菜，由不得她不出名。卖菜的时候，有时她还有些霸道，市场管理人员想收她的管理费，想都别想。她说，如果你们不让我在这里，我就坐到大街中间去卖，令人无可奈何。久而久之，大家也就随她去了。其实，她每天到市场卖菜，所卖东西并不多，几个鸡蛋，加上一些山货，仅此而已。她不缺钱，上街卖菜，纯粹是一种在家无事可做、无人说话的消遣。她卖的是寂寞。南桂是温汤镇上著名的五保户，丈夫二十年前去世，没有生育儿女的她，从此便一个人孤独生活。几年前，镇里考虑到她年纪大，无人照顾，动员她去镇上敬老院生活，她住了两天，不习惯，就闹着回家。她宁愿一个人在小山村里住着。

这就是南桂，一个非常有个性的农村老太太。

南桂的家，距离温汤镇不远，大约七八里地。那是一个有山有水的优雅小村庄，叫毛立山。从毛立山前往镇上，需绕过一个山坳，翻越几处小山坡。对年轻人来说，谈不上道远，但对年迈的南桂来说，却是一条并不容易的路。不过，能够每天坚持在这条路上来回走一趟，而且几十年如一日，对她来说，却是一种非常好的锻炼，所以她身体结实，非一般老年人可比。这是一条她走了一辈子的路，山这边是

温汤，温汤的那边便是家。她出生于毛立山，长大后，就地结婚，也嫁在毛立山。温汤之外，她没有什么亲戚，出过的远门，顶多也就是二十公里外的宜春城区，或者再远一点儿的萍乡市。

　　毛立山是个四面环山的小山村，在不通公路的年代，是个封闭之地，只有一条小道通往山外。那个时代，除了村里人进进出出，基本上没有其他人会进到那个地方去。自给自足的小山村，人们安逸自在，像一个世外桃源。当时的村民，所住房屋均建在半山腰，房子掩映在高高的树木和竹林之中。那里多果树，野生的李子树、橘子树、柚子树、板栗树，还有枇杷树、杨梅树，品类繁多。野生花卉最多的是映山红，也有木槿等。村里最大的一株枇杷树，生长在南桂家用围栏围起来的菜园中，枇杷黄了，她就招呼大家去摘，而最大的一株李子树长在前屋场，李子成熟时大家可以随意爬树去摘，板栗树则分布于屋场周边，树太高，果子成熟后，人在树下摇晃，或用竹竿做一个长长的钩子，钩住树枝，让板栗往下掉，人在树下捡。对村里的小孩来说，每当这个季节，便是最开心快乐的时候。

村庄的南面有两座山，中间隔着一个小山坳，村民都集中在南山居住，北山则是长满荆棘的丛林。长久以来，毛立山的村民主要为两姓，或者说是两个家族，大家和谐相处，共享一片山林与田园。南桂的娘家在西山，黄姓，后来，她嫁至东山这边的肖家，两个屋场其实相距只有一二里，也算肥水没流外人田。我想象不出当年他们是怎样谈恋爱的，估计无须媒人介绍，两人站在各自的家门口，天长日久就对上眼了。

山下是一片水田，农民种植水稻、黄豆，还有菜蔬。田港中间有一条清澈的河流，为清沥江，河水源于西部不远处明月山上的山泉溪流。自然的，原生态元素，应有的似乎这里都拥有。温汤的温泉滋润了当地的百姓，去温汤泡个澡，洗洗脚，成了大家的生活习惯。人的寿命延长，让毛立山成为一个长寿村，也就变得顺理成章。

1969年，我父母因干部下放来到温汤。当时父亲留在温汤公社工作，母亲则到距离公社再偏远一些的社埠小学任教。一年后，母亲不愿当老师，申请下到村里，甘愿当农民，于是一家人来到陌生的毛立山。在一家房屋相对宽敞的人家中，村里安排一套独门房子供我们居住。

房屋有四间大房，中间大厅带着一个天井，后面靠山的一边有个小院，估计面积在两百平方米以上。今天看来，绝对的一座豪宅。但墙是土筑的，和村里其他村民的房屋一样，属于传统的赣西农村民宅。我家距离南桂家，中间只隔了两户人家，几十米远，彼此很快就熟悉起来，当然，也包括其他村民，但与南桂最亲近。这是一个民风淳朴且人很热心的村庄。我们一家先后在此生活了三年，之后，与村民们成为一辈子的亲戚与朋友，五十年过去，仍保持来往。过年过节，我们去小村庄，他们也会到城里来看望我们。

我们一家下到村里后，生活并不宽裕，甚至还不如那儿的村民。父亲虽在公社工作，工资不高，经常出差后每月所剩无几。母亲下到村里后，不会农活，被安排在村里养猪，依靠工分计酬，年底分红，平时没有什么现金收入。这时，我们得到了村民们的诸多帮助，大家将自己家种的蔬菜，还有其他生活用品、劳动工具送来，帮我们解决实际困难。让我们刻骨铭心的是，一次，弟弟一人在一个水塘边用竹筒吹泡泡玩，不小心掉进水塘中，幸亏被村民财宝叔看见，跑过去将他拎了上来；还有一次，晚上天降大雨，引发我们家后背的山坍方，泥石流推倒了一扇后墙，幸亏我们提前一天换了房间睡。最终还是村民自发组织，将我们家倒塌的墙修好。这种恩情我们一家永远都不会忘记。

虽然当时生活困难，慢慢地，我们家的生活也逐步走上正轨，与村民之间的交流也更融洽。我和弟弟每天徒步大约十里地，仍在社埠小学念书，同路也增加了村里的一些小伙伴。那时的农村，小孩放学后是需要干活的。我年纪尚小，干不了重活，就向村里申请放牛，一头小黄牛。放牛的时光最惬意，在田港，在山中，在河边，牛吃草，我玩耍、游泳。后来那头小黄牛死了，我伤心了许久。当时家里还曾养了一只我非常喜欢的大狗，狗很温顺，除了上学，每天都跟在我身边，成为我的保护神。后来，狗也死了，从此我拒绝吃狗肉。我喜欢游泳，常在河里抓鱼，清沥江，号称为江，其实只是一条小河，河不宽，水也不深，但水流湍急。河中有鱼，但长不大，基本为两三寸长，村

255　　　　　　　　　　　　　　　　　　　　　　　　　　　　　　　　家在田园中

民捕鱼靠网,我靠双手抓,在河里追鱼,鱼没有游过我,便束手就擒。后来,我还学会了用茶树枯饼,或让父亲买来鱼甜精做药引,增加了捕鱼的技术含量和手段,成为捕鱼高手,解决了我们家的荤菜问题。如今在温汤小镇上的市场里还有这种小鱼干出售,炒辣椒是一道美味。有时,我还会在河中捞一些水生植物,挑到温汤卖给公社的食堂喂猪,一担一角钱,可买五个馒头。

当年,南桂姨与财升叔结婚后,未能生育后代,成为小两口的一块心病。后来,小叔子家第二胎生了个男孩,他们便将女儿焕枚抱过来带在身边。从此,小两口将焕枚视为掌上明珠,一家三口其乐融融,下田干活也时常将她背在背上。焕枚与我基本同龄,小一岁,在村里,我们一块儿玩耍,一道上学。那时,我爸出差时常会买一些小人书回来,老妈曾是语文老师,便将一张汉语拼音挂图挂在墙上,辅导大家学习,于是家里成为一个小朋友的乐园或读书俱乐部。那时,老爸出差时也经常买回一些蔬菜种子教村民种植,如辣椒、西红柿等。现在,毛立山成了温汤镇上的蔬菜供应基地之一。老爸当时还建议大家一道出力,修建一条出山的乡村公路,路修好后,逐步改变了村里的面貌,现在那条土路变成了水泥路面。

焕枚也有出息,中学毕业后,成了一个有文化的人,进了公社工作,由于体制原因,始终没能转为正式编制。如今,她已是温汤明月山维景国际大酒店旁边大布村的一位村干部,平时也在酒店帮忙务工。

南桂的家位于屋场的西头,一栋土砖筑就的房子,正门前是一个宽敞的院子,侧门出去建有一个高高的土筑台子。南桂性格泼辣,让人记忆深刻的是,走路、干活总是风风火火。她与老实、敦厚、勤快的财升叔性格迥然不同,财升叔一副典型的老农民形象,身体壮实,喜欢光脚出门,头上扎一条"士林布手巾"。他们家分工明确,穿蓑衣戴斗笠，下田的活，基本上被财升叔包干，屋内之事，则由南桂张罗。南桂是个大嗓门，每次叫焕枚回家吃饭，站在厨房外的台子上，一声吆喝："焕枚女娌，吃饭啰！"全村、全港都能听到。与南桂一家，我们走得很亲近。那时才六岁的弟弟，常去她家"骗吃骗喝"，在村民的怂恿下，称南桂为"丈母娘"。有时吃饱喝足了，临走时还真的不忘说声，"丈娘，我走了"。南桂的勤快，还体现在她的家里总是一尘不染，不管你什么时候去，总是干干净净，即便今日亦如此。在半山居住时，

她家门口晒坪外有一片斜坡地，是她家的大菜园，里面种满了各式蔬菜和栽种的果树。早年，毛立山的村民是不卖菜的，一切自给自足，自己吃，或用于养猪、养鸡，做饲料。

现在的毛立山正发生变化，清沥江北岸，以及河南的大片土地被天沐温泉度假村收购。度假村所建的商品房占据了原村里大部分土地，村中修建了一道长长的围墙，将村庄与度假村隔开。村民的稻田已无，南边山下逼仄的一点儿土地用于种菜。村民们千百年来的家园逐渐被蚕食。

几年前，在半山腰居住的人家，南桂家是最后一个"匈奴"，其他人家早已经搬迁至山下，土墙屋也全部置换成新的水泥结构房。后来，镇政府专门提供一笔资金，为南桂在山下择地建造一栋小屋，解决她住宿和出行的问题。今年四月，我电话告诉焕枚，说要陪同老妈去毛立山看望南桂姨。一见面，南桂就大哭了一场，嘴里不断叨念着，以为再也见不到你们了。前段时间，她去镇上探望一位病号，结果自己摔了一跤，导致骨折无法下床，日常生活只得依靠焕枚弟弟照顾。九十岁的年纪，南桂显然已经老了。

如今，毛立山半山腰的那些土砖房已经逐渐倒塌，成为一堆断壁残垣。

禅是一枝花

马祖建丛林,百丈立清规
禅都在宜春,仰山第一叶
五叶护一花,临济多弟子
慧南创『三关』:生缘、佛手和驴脚

禅是一枝花

马祖建丛林,百丈立清规

不到宝峰山,空为靖安客。

这是前人述说靖安宝峰寺的一句话。赣西,多寺院,禅宗之地,宗教文化源远流长。来到靖安,赣西禅宗之源头,宝峰寺是必去之地。我曾几次参访宝峰寺,这一次,我们赶了个大早,从靖安县城出发,上午九点宝峰寺开门即入,成为当天踏入寺院的第一批游客。宝峰寺在赣西十几家寺庙中,规模不是最大,但影响深远。

《续传灯录》卷十五,曾收录洪英禅师"宝峰高士罕曾至,岩前雪压枯松倒。岭前岭后野猿啼,一条古路清风扫"一诗。根据诗中所述,古代的宝峰寺为一个偏僻蛮荒之地。今日宝峰寺依山傍水,山为宝峰山,背靠太师椅状高山;水即北潦河,从三爪仑的崇山峻岭中流淌而出,悠然清澈,风光旖旎。

经不断建设,如今宝峰寺周边已成一座小镇。寺院掩藏于山脉纵深,"马祖道场"门楼广场,建有一个偌大的"放生池",池中多鲤鱼,中央立着一块巨大的照壁,正面书写"南无观世音菩萨"几个大字,背面是一尊九龙壁浮雕。北宋书法家米芾所题"第一山"石刻,原在寺内,现已移至寺院大门广场左侧,镶嵌在围墙之上。

踏入宝峰寺"石门古刹"大门,抬眼便是天王殿,殿内梵音缭绕,

令人肃静。后院为一个碧澄清澈的莲池称瀚月池,中间石径为瀚月桥。再往上还有一个小广场,东侧有鼓楼,西侧为钟楼,两旁古木蓊郁参天,正中便是大雄宝殿。大雄宝殿是宝峰寺的核心,建筑古朴典雅,气势恢宏。这一砖木结构建筑,歇山式屋顶,覆盖着中国皇家园林建筑中普遍采用的黄色琉璃瓦,双重复檐。目前,江西佛学院设在寺院西面,院寺一体,可以互通。以上所述就是宝峰寺的主体部分,如果不仔细察看、体验,一圈走下来也就半个小时。

公元772年,禅宗六祖慧能的嫡系门徒,号称禅宗八祖的马祖道一,在南岳衡山师从禅宗七祖怀让,在江西观察史路嗣恭敦请下,到洪州(今南昌)开元寺开设道场,聚徒讲授佛法,培育弟子,创"洪州宗"。马祖道一原本与宝峰寺并没什么关系,他是四川什邡人,一次回什邡,途经靖安石门山泐潭寺(宝峰寺前称),感慨此地环境清秀,林

壑幽美，便嘱咐弟子"吾朽质之日，当来归于兹"。是年，马祖大师圆寂，弟子尊其意愿，将舍利安放于泐潭寺。此舍利塔迄今尚存，为北宋年间重建。当年，北宋书法家米芾也曾到此参游，并留下"第一山"墨迹，后人将其雕成石刻一并立于舍利塔旁边，于是，宝峰寺便与马祖道一建立起密切的关联。公元856年，唐宣宗赐额该寺为"宝峰"，后来寺名改为"宝峰寺"。

马祖舍利塔位于大雄宝殿背面，我们参观马祖塔时未见一个人，整个后院静悄悄，让我们体验了一回"无"中背后之"有"。塔亭旁有

一株桂花树，高约十米，据说已有千余年历史。寺院再往后山深入，便是幽静的山林，林中长着高大密集的枫香和成片竹林，枫声竹韵，清亮纯粹。马祖塔旁边立着一块"选佛堂记"石碑，开篇第一句："夫佛道者，乃佛所证悟之道，盖宝峰马祖者，终其一生，观其言行，可谓深得其法，故以即心即佛，心外无别佛，佛外无别心……"其中"即心即佛"所言，为马祖道一的禅观主旨，亦是他弘扬佛道的思想精髓，强调佛法在人心的方寸之中，人所接触的现实皆为佛法之体现。故事说，曾有一次，大梅法常禅师初参马祖，问如何是佛，祖曰："即心即

佛。"师大悟。纵观马祖的言语，他提倡心性本静，佛性本有，觉悟不假外求。本质上他宣扬的是"自心是佛"，讲究"息心养神，随顺自然，一切皆真"，他认为这样便可进入佛的境界。马祖道一的这一系列观点，成为后来沩仰宗和临济宗的传宗家风。

马祖道一的这一核心禅观如今被提示在宝峰寺大门两边的墙壁上，右边"即心即佛"，左边"佛非心非"，异常醒目，让人过目不忘。将这两句话反过来念，佛即心即，非心非佛，我觉得同样说得通，充满禅意。后来，这种禅观被马祖的弟子怀海和尚引入百丈寺。

后人用《宝峰寺》一诗描述记录它的历史。

马祖道场孤塔见，唐人文字一碑传。
双峰环寺千峰拱，半夜珠光别有天。

悟性卓绝、垂范后世的马祖道一被誉为"唐代最伟大的禅师"。宝峰寺自马祖归真后,寺院顿时成为马祖入室弟子们的重要道场,各地宗主络绎问法宝峰,门叶繁盛,影响盛广。今天,在寺院西边的江西佛学院已成众多佛家弟子聚集、求学之地。

赣西为中国宗教的兴盛之地,极具包容性,先是道教,后是佛教和儒学,甚至基督教。宝峰寺开启了佛教禅宗在赣西地区传播、发扬光大之先河。胡适先生曾说:"禅宗道家自然主义的成分最多,只有到了宜春、到了道一门下才终成正统。"

怀海和尚,当年师从于马祖道一,是马祖的高徒之一。后来,怀海来到靖安的邻县奉新创办百丈寺,成为百丈寺开山之祖。

从宝峰寺驱车至百丈寺,车程一个多小时。我们驾车先在靖安中源乡休整两天,然后前往"有山峻极,可千尺许,号百丈欤"的百丈寺。汽车在大山中不断盘旋,忽然出现一片开阔的山谷,掩藏在深处的百丈寺便映入眼前。如今的百丈寺场面恢宏,占地面积过千亩,可谓规模之大。百丈新寺重建于2009年,与宝峰寺红墙黄瓦不同的是,百丈寺采用仿唐式建筑风格,棕灰色格调,内部回廊如一条纽带,串联各殿,环绕整个寺院。放生池建在寺外正门广场前,亭台楼阁,小桥流水,水中多鱼,亦有龟等其他水生动物。

我们这次前往百丈寺,去之前与寺院的悟参法师事先有个约定,抵达时,他已在"百丈古刹"大门处等候。随后他带着我们逐一参观、讲解各殿,观看"临济传灯"古牌匾。从建筑角度看,百丈寺仿唐风格彻底,尤其是大雄宝殿,虽然没有宝峰寺那么富丽堂皇,却建在大理石砌成的十几级台阶之上,殿前十根大理石立柱,雕龙画凤,舒展大气。宝殿斗拱硕大,两层飞檐高挑,形成两边对称的优美抛物线造型,翘角之上,每一条都点缀着七只神兽,乃神来之笔,简约中蕴含包容

之美，仅此建筑就堪称经典。悟参法师说，百丈寺是真正的仿唐建筑，不是"仿仿唐"。

当年，怀海大师来到百丈寺，住持寺院修行，他研佛经，究禅理，强化禅林的组织和规则。他以百丈寺为依托，"建丛林，立清规，定次序，安职位"，为禅宗确立新的规式，这便是著名的《百丈怀海禅师丛林要则二十条》，或称《禅门规式》或《百丈清规》。

怀海在《百丈清规》中提出诸如"朝参夕聚，饮食随宜，示节俭""行普请法，示上下均力""不立佛殿，唯树法堂，表法超言象"等一系列规约，将禅宗各寺建立祖堂、供奉祖师的"祖统"进行规范，

其中"普请""上下均力"之意,强调僧众共同劳作,自给自足,体现丛林内部的平等、开放的关系。《百丈清规》的出台,不仅让百丈寺声名大振,香火兴旺,吸引四方僧人纷纷前来朝圣学习,而且对沩仰、临济、黄龙、杨岐等禅宗各支的产生,起到推动作用,后世称"天下清规出百丈"。唐宣宗登基时,特地给怀海大师御赐"大智寿圣禅寺"匾额。在大雄宝殿门口,如今这套《禅门规式》用镜框装裱后挂在墙壁上供人们阅读、了解。

百丈旧寺目前仍保留着,在新寺旁边,但规模很小,其中的一尊汉白玉佛像,为当年从泰国运来,弥足珍贵。百丈新寺的建设得益于当年

深圳弘法寺本焕长老所筹亿元善款，建成后于2011年8月开光。

当年，唐书法家柳公权所书的"天下清规"四字，刻在旧寺后山竹林中的一块巨石之上，字体结构严谨，骨力遒劲，成为寺院的镇寺之宝。而怀海大师"灵光独耀，迥脱根尘。体露真常，不拘文字。必性无染，本自圆成。但离妄缘，即如如佛"这段禅意幽远的偈语亦刻在旁边。为躲避战乱，唐宣宗曾落难至此，为百丈寺留下著名的"仙峰不间三春秀，灵境何时六月寒。更有上方人罕到，暮钟朝磬碧云端"一诗，其中"碧云"两字也被后人镌刻在"天下清规"石刻旁，那里还

有一块"龙蟠石",据说为当年唐宣宗打坐禅静时所用。

时至今日,百丈寺仍保持着当年怀海大师开创的"禅农并重"传统,寺内有大片茶园。游客参观百丈寺,千万别忘记品尝一下这里出产的茶。既然天下清规出百丈,茶也是在怀海倡导下所种植,自然,品茗百丈之茶也会有特别的讲究和规矩,特别的味道。茶禅,作为百丈寺僧人参禅时一种静思助修的方式,久而久之,逐渐演变成一种禅宗文化。在百丈寺,寺庙茶堂是僧人们用功的场所,不允许女众进入。茶禅时,禅堂规定不能说话交流。品茶时,强调右手接茶,左手喝茶,并一口喝完,这叫"龙含珠"。寺庙还规定,喝茶参禅,不能"打妄想"。时过境迁,百丈寺这种独创的、远离尘世如世外桃源般的生活,吸引了越来越多出世静修之人,而这种禅宗文化也由此逐渐发展兴盛并推广开来。

行走百丈,清新雅淡,让人感慨,我曾几次前往这座藏于山脉深处的寺院,时光易老,睹物思人,记住了百丈寺元肃禅师这首"上堂偈":

春去秋来始复终,花开花落几时穷。
唯余林下探玄者,了得无常性自通。

禅都在宜春,仰山第一叶

"禅",源于印度梵文"禅那"的音译简称,为"静虑""思维修"之意。禅即禅定,原本是一种瑜伽术,古代印度人将其转化为一种佛教修持的方法。禅宗以南朝梁时在洛阳嵩山"面壁"的达摩为始祖,黄梅四祖道信为真正的奠基者,盛于六祖慧能。慧能时期,南禅列"五家七宗",即沩仰、临济、曹洞、云门、法眼五家,并临济门下衍生出黄龙宗和杨岐宗。在发展过程中，南宋以后，其中的沩仰、云门、法眼三宗法脉衰微不振，后得永修云居山真如寺虚云大师接脉兴复，得以续传。目前，禅宗以临济、曹洞两宗僧众为多、为盛，随缘任运，将禅门修行融入人们的生活方式和思维习惯之中，寺院遍布中国和亚洲各地。钱穆先生曾指出："禅宗如早春寒梅，一枝绝娇艳的花朵，先在冰天雪地中开出。禅宗的精神，完全要在现实人生之日常生活中认取，他们一片天机，自由自在，正是从宗教束缚中解放而重新回到现实人生来的第一声。运水担柴，莫非神通。嬉笑怒骂，全成妙道。"

十年前，高雄佛光山寺开山宗长、临济宗第四十八代传人星云大师来宜春寻根问祖，挥毫写下"禅都宜春"四字。的确，随着马祖和怀海对禅宗思想的弘扬与推广，赣西地区的佛教，尤其是禅宗文化得以兴盛，拥有两个名寺、三大祖庭、十大寺院、上千座佛塔。时任中国佛教协会会长的一诚大师曾题："宜春是禅宗圣地。……号称五百里禅宗祖庭长廊、江湖行脚参禅要道。千年以累，祖师辈出，禅法之盛，无出其右。"胡兰成先生曾写作《禅是一枝花》一书，将禅宗喻为一枝花。这枝花经过初祖菩提达摩所传禅法，落叶生根，长成一棵根深叶茂的参天大树，从此，此禅宗之树长出的五叶，沩仰宗、临济宗以及曹洞宗祖庭深根赣西大地。"三峰定慧，寺庵同茂；宏愿寓仙，堂宫共荣"，其中沩仰宗落户宜春市袁州区，临济、曹洞宗则诞生于宜春市宜丰县，所涉及的寺院遍布各地。

前几年，宜春市在袁州区东北市郊建立了一座"宜春禅都文化博览园"，向人们展示历史悠久的赣西禅宗文化，成为宜春一处新的文化景观。我以为，前往宜春旅游的客人，如果没有时间深入到各地的寺庙去参观，那么到"禅博园"里走一走，对于了解博大精深的禅宗文化同样直观便利，它是目前全国首座"禅文化"主题博览园。

宜春"禅博园"，规模宏大，占地面积几千亩，园林建筑设计讲究，

唐风禅韵，风格仿唐，将禅宗元素与中国传统文化结合表现得淋漓尽致。园中分观禅、悟禅、品禅、修禅四个区域。为全面了解，这一次我中规中矩，按景区规划的线路行走。因不是节假日，游客稀少，我一人行，独享其间的静谧。

观禅区建有七十二级经幢步道，两侧立经幢十二座，充满仪式

感。禅心广场呈圆形，近看如星空浩瀚，当你深入宽阔无边的广场中心，会让你有一种走进深邃宇宙的感觉，也会让人越发觉得自己渺小。穿越禅心广场后，有一道近五百级台阶的禅天梯直通山顶，天梯分层级，中间镶嵌着十三块丹陛石，意寓"佛教十三经"。而山顶的五叶坛之巅，则伫立着象征佛祖释迦牟尼手持金色波罗花，拈花微笑遍示大众的雕塑。站立在五叶坛前的小广场，

往山下观看，偌大的禅心广场一览无余，广场正中雕刻着一幅巨大的似花禅心图，寓意禅为一朵花，旁边点缀着八座佛韵莲池，莲池与广场边缘的八正亭和六合门一一对应，而亭、门之间则用长廊连接，寓意禅宗的凝聚力、开放性和包容的态度。

山顶五叶坛为一座仿古建筑，室外雕塑了几位禅宗人物，室内为禅宗文化历史博物馆，既可观看视频，也可以坐下来听梵音缭绕的禅音，还可以观看由花岗岩或铜雕等制作的禅宗历史故事。

由于第一次我是乘坐景区观光车抵达山顶的，并没有感觉累，此次徒步攀登，几百级台阶快步走下来感觉有些吃力，然后我一人又从东边丛林中步行下山，基本走遍园内所有的景点。

东边悟禅区山道上，有问禅道、诗园、故事雕塑园、佛手法器长廊，以及楹联碑廊等禅景观。如果你时间足够，可以细细品味这里呈现的禅

文化。虽然"禅博园"为一处城市之中的主题公园,园内却充满浓郁山野气息,植物保持原汁原味,精准体现了禅宗所倡导的思想主旨。

　　半山腰建有一个"默然亭",亭被树木环绕,在这里坐一会儿,可以静思。亭碑记示,默然为禅宗的一种修持方法。山道上的禅楹联碑廊足够长,入道之径,内虚外静,通过一座座门楼,将一幅幅禅宗楹联精彩奉献。而山下的品禅区,则有禅意生活馆、禅茶阁、邀月潭、梵呗音乐厅等。在此,你可以坐下来品一品禅茶,听一听梵呗禅音,体验参禅的意境。五叶坛之北是正在建设中的"崇圣禅寺",那儿是僧人们平时生活的场所。在崇圣禅寺的旁边,有一间观音庙,庙前有一处幽静小湖泊,在那儿散步,是一种享受。

　　宜春禅都文化博览园,一个充满禅意、尽显禅机的地方。

　　唐朝时,袁州长史李德裕游览仰山,写下《夏晚有怀平泉林居》一诗:"密竹无蹊径,高松有四五。飞泉鸣树间,飒飒如度雨。"

　　关于仰山,宜春旧县志称之"府之镇山,周回数百里,高耸万仞,

可仰不可登"。的确,这是一座需要人们仰视的山。

仰山寺是禅宗五家七宗中第一家沩仰宗的祖庭,位于如今宜春市袁州区洪江乡,即明月山集云峰下。从宜春城区驾车前往,大约三十公里,我这次是从明月山下山后直接前往,路程近了许多,赶在中午十二时前入殿。我们在寺内一圈转下来未见一位僧人,估计是用餐的时间。这样也好,我们可以安静地在寺院里参观、浏览。

仰山寺依地势而建,五进大殿,层层高耸。宋代徐谊《游沩山》诗云:"上有参天松,下有漱石流;群峰拱梵宇,层层阒清幽。"仰山寺全称为仰山栖隐禅寺,"栖隐"两字为唐宣宗所赐,原称"太平兴国寺"。唐会昌元年,即公元841年,慧寂禅师从湖南郴州王莽山移居至此,"诛茅伐木,构棚结庵"建寺。慧寂秉承灵祐心印,升堂说法,主张"悟境与功行事理并行",开创一家禅风,即"沩仰宗"。宋元时期,仰山寺香火旺盛,达到鼎盛,建筑群多的时候有殿、堂、楼、阁等近三十座,殿宇轩昂,"阿弥陀佛"木鱼之声回荡山野林间,影响力一度远播高丽、日本等地。清道光年间,寺院因火灾几乎被毁,仅剩一间小小古刹勉强维持。目前的新建寺院规模庞大,2004年,在沩仰宗第十代传人一诚长老推动下,仰山寺开始重建,当地政府、民众与文化人士聚沙成塔,用时八年,于2011年9月建成开光。

走近仰山寺,我们被寺院恢宏的气势感染。新建筑整体风格为明清样式,外观布局高低错落,通过长廊连接,形成一个相对闭合的空间,地面采用花岗岩石材铺就。入内之后,有一个莲池,可见"方圆默契"四个大字,旁边有一株古银杏树,据说与寺庙同龄,为慧寂禅师亲手所植,已有一千多年的历史。古树曾被火烧,主干上部已枯萎,接地部分重新发芽生长,历经风雨更显苍劲挺拔。

大雄宝殿高高在上,建在最顶层,大门匾额"心佛不二"为南怀瑾先生所题。仰山之地,乃风水宝地,自东汉以来便以祭拜山神闻名。晋代，医药大师葛洪曾在此炼丹，唐时任袁州刺史的韩愈也曾到此祈雨祝福，并写下《祈雨告仰山神》，如今新建的祈雨台位于寺院东边。郑谷，唐朝末年袁州本土最具影响力的诗人。他晚年辞官来到仰山，在此建草堂一间，隐居休闲，过着"得句胜于得好官"的日子。宋明以后，一些著名的文人，如黄庭坚、范成大、辛弃疾、朱熹等先后造访仰山，他们吟唱泼墨，诗寄禅意，留下不少佳话和故事。"我行宜春野，四顾多奇山"就是朱熹来到仰山后的有感而发。由于偏爱仰山胜迹，难舍此处的人文之盛，后来，朱熹干脆在仰山四藤阁开坛讲学，一时士子云集。

清代诗人刘长发诗云：

大仰接青天，群峰势若连。
瀑珠飞作雨，岚气结成烟；
雾里山容失，云中塔影悬。
仙踪何处是，丹灶火犹传。

沩仰宗为南禅"一花五叶"中的第一叶。唐朝时，灵祐禅师先是在百丈寺师从怀海大师究明心法，后到潭州（湖南宁乡）的沩山构梵宇传法。慧寂为灵祐禅师的弟子，后师徒两支合二为一，形成沩仰宗之源起。

沩仰宗的特点，主要传承马祖、怀海大师"理事如如"之精神，主张万物皆有佛性，若明心见性，即可成佛。沩仰禅风，不尚强辩，注重细节，小处着眼，以小见大，幽香暗度，通过识心、净心、悟心、明心契悟人人都具有的佛心，从而受到根机深厚、品性内秀温厚之出家人的追捧。而"禅七起七"，则是沩仰宗主要的日常修行方式，至今仍被众弟子拥戴。所谓"禅七起七"，即以每七日为一期，称"打禅七"。

用虚云禅师的话说："打七就是为的开悟，为的求智慧。"

"禅农合一"为沩仰宗一贯倡导的务实风格。在今天寺院外的右侧，建有一座"仰山农禅园"，寺院通过作物种植解决部分日常所需。与宝峰寺、百丈寺一脉相承，仰山寺也种茶，仰山禅茶"茶质青翠，汤嫩味甘，和顺圆融，质香奇幻"。参观寺院，我们阅读到"仰山禅茶赋"中许多关于茶的金句："禅茶一味，道人无言，仰山赏积雪，茶舍听流

禅是一枝花

泉。""茶香云雾里,禅心天地间。"

> 品禅茶启智,得佛道静观。
> 众心若水,万物皆禅。
> 偈云:吃茶去!

此"吃茶去",源于禅宗史上一桩著名的公案——赵州吃茶。"相逢相问知来历,不拣亲疏便与茶",意思是说,在参禅悟道路上,不要论亲疏远近、贫穷富贵,那真如佛性的获取与领悟,都只能靠你自己,谁都无法替代,就如饮茶,不亲口品尝,怎知其中滋味。"吃茶去"所说之理,即事必躬亲之义旨。预示佛道与茶道苦而后甘,回味悠长的相通之理。

2020年10月,在沩仰宗第十二代传人大正方丈主持下,仰山寺在寺右边的后山,为虚云、一诚两位长老举行舍利入塔仪式,从此,为沩仰宗续传法脉的两位大师永驻仰山。

沩仰宗创立之后,禅宗其他几个流派,临济宗、曹洞宗、法眼宗、云门宗等相继涌现,从而形成中国佛教天下寺院"十寺九禅"格局。

五叶护一花,临济多弟子

临济宗的成分有点儿复杂,衍生出来的寺庙亦多,仅称黄檗寺的就有几处,在国内,一处在福建福清,一处在江西宜丰。宋代时,日本僧人荣西和俊芿来华习佛,将临济宗传入日本。清顺治年间,日本长崎兴福寺再邀福清黄檗山万福寺住持隐元大师东渡弘法。隐元在京

都建寺，并将寺庙命名为黄檗山万福寺，并创立日本黄檗宗。最多的时候，日本临济宗的门徒多达五百万人。

　　临济宗祖庭位于如今宜丰县黄岗镇黄檗山下的一处山谷。据《新昌县志》记载："黄檗寺，唐名灵鹫，断际禅师道场也。"其中的灵鹫即黄檗山。唐时称鹫峰，相传早年有西域僧人云游至此，见山形如天竺鹫峰，于是肇基建寺，寺名"鹫峰"。"黄檗去无踪，清流出涧中""灵鹫峰头一万杉，覆盂山下木参天"所指，即为林木葱郁、溪流纵横的黄檗山。据《新昌县志》记载，断际禅师就是希运禅师。希运本为福建福清人，于是也就有了福清黄檗寺。

　　唐开成年间，希运禅师在百丈寺师从怀海大师，得怀海"放舍身心，全令自在，心地若空，慧目自现，内无一物，外无所求"传心印后，来到鹫峰建寺弘法，并将山名改为黄檗山。怀海传法于希运，希运再传法于弟子义玄，义玄再传法于自己的弟子……这样临济宗的传播便

所念在家山

逐渐扩散开来。于是，宜丰黄檗禅寺成为临济宗之祖庭，迄今已过千年。

希运禅师创办黄檗禅寺后，大力弘扬洪州宗风，倡立"无心"之说，即"立处即真"自悟观，首创"当头棒喝"之法，从而确立"我心即佛"新宗旨。临济宗的特点是方法灵活，形式多样，核心思想是启迪心智，获取心灵感悟。其教义认为，佛就是自己，自己以外的佛，无论财富如何多，一切皆束缚。如今的黄檗旧寺旁有一口古井，故事说，一天，希运在殿中正给弟子讲法，忽然一只猛虎从山上跑入，弟子们吓得乱成一团，而希运则不慌不忙，用手一指，将倒在地上的香案变成一块大石头，将猛虎压在下面。从此，猛虎在大殿的大石下，每天听希运讲经诵经，久而久之，虎亦被感化。希运圆寂时，那猛虎突然从大石下翻身跳出，一头撞死在寺院墙边的佛塔上，而那块石头下涌出清泉，长年不断，泉池后来被人称为"虎跑泉"。虽然这只是后人编的一个故事，但充满禅意，如临济宗启迪心智，获取心灵感悟，人人均可成佛的性善论禅学思想。

相传，唐江南西道观察使裴休曾与希运禅师交好，他邀请希运赴洪州龙兴寺讲禅法，遂成《黄檗山希运禅师传心法要》一书。后来裴休为书作序《传心偈》，偈云："心不可传，以契为传；心不可见，以无为见。契亦无契，无亦无无。……即心即佛，佛即无生。"《传心法要》刊行后，影响广泛，开启禅宗文字记录各宗派禅法之先河，被收录各种大藏经版本。

希运继承师傅怀海，乃至马祖道一的"棒喝教法"，严课徒众，座下法筵常盛，弟子法嗣多人，义玄便是其中最出色的一位。义玄在黄檗寺禅习多年后，前往河北正定临济院创立临济宗。自希运后，黄檗禅寺一直被奉为临济祖寺，晚唐时极为兴盛，有僧众千余人，小庵堂十多座，田地上千亩。到宋代，临济宗再度发展，分出黄龙和杨岐两家，后来，据说黄龙宗在宋代末年失传，故后来的临济和杨岐不再区分，合二为一。

杨岐古寺，位于今天萍乡市上栗县，早在唐开元年间就已存在，名称广利寺。宋时，曾师从临济宗楚园和尚门下的方会和尚来到杨岐，自创新支，称杨岐宗（派），成为禅宗"五家七宗"中的一宗。"杨岐无异路，到者皆省悟"，后来杨岐宗影响日渐，并传入日本，成为日本全国有名的禅林，有"傍山千间屋，腾空百尺楼"之称。再后来，杨岐寺改名为普通寺，并沿用至今。

2011年，星云大师来到黄檗山寻祖，他由衷感叹"临济儿孙满天下"。据说如今全球的出家人，每十人中就有七八人为临济宗的徒子徒孙。的确，杭州灵隐寺在十二世纪初曾由临济宗信徒住持；庐山东林

寺原本为晋代慧远所创净土宗道场,后改为临济宗"东林太平龙兴禅寺";峨眉山中的多座寺院住持,如今均为临济宗信徒。

黄檗禅寺距离宜丰县城四十余公里,我们用手机导航,开车过去十分方便。目前的黄檗新寺位于黄檗山下一处开阔山谷之中,在台湾慈光禅学院惠空法师资助、纯一大师主持下正处于新建之中。新的黄檗禅寺占地面积和建筑群规模庞大,红墙碧瓦的外观类似靖安宝峰寺,整体建筑造型又类似奉新百丈寺,或许设计的初衷就是为了借鉴两者风格,珠联璧合,体现其传承关系。

黄檗禅寺的建设,我们这次参观时处于停工状态,天王殿、大雄宝殿、传心殿等大部分主体建筑已现雏形,但寺内地面杂草丛生,建筑物之间的连廊和室内装饰均未完工。我们走入其中,偌大的寺院空旷无人,想入庙宇之内参观不太方便。大致浏览一下后,我们正准备离开时，见寺院后不远处有炊烟升起，想必那儿应该有人，想想，黄檗旧寺应该还在，于是我们驾车沿着寺院旁边的庄户人家一路询问，旧寺果然尚存。非常不起眼，两栋两层楼建筑连为一体，里面彼此相通，一栋为庙堂，一栋为僧人居住的宿舍。旧寺唯一可以识别的，是墙上写着一个大大的"佛"字，房屋旁边有一口古井，即虎跑泉。

目前的黄檗禅寺，庵堂里只有一位僧人在此住寺，这就是本来无一法师，释称心空法师。心空见我们到来，非常热情，跟我们介绍黄檗禅寺的情况，并领着我们从侧边进入新寺工地参观。大雄宝殿外观已初具规模，开门入内，只差地面尚待完工，其他的，如佛像和佛具等均已就绪。我们问本来无一法师，何时到黄檗寺这边来的，他说已有几年时间，原出家地在洞山，那里是曹洞宗祖庭。从本来无一法师个人的经历来看，赣西地区虽然佛教派别较多，但彼此间并无门户之见，不仅禅宗内部，禅宗与其他佛教宗派，甚至道教、儒学之间都能相安无事，共生共存。至于新寺何时能竣工开光，法师告诉我们，时间尚未确定。他说，如果你们有兴趣，开光庆典之时，邀请你们来参加，一定非常隆重，于是我们加上微信，期待那一天的到来。

除此之外，我们此次所见，与本来无一法师在一起的，还有一位俗家弟子欧阳胜坪先生。胜坪为萍乡人，黄檗禅寺与杨岐山普通禅寺均为临济寺庙，两地相距不远，本为紧密的一家，所以欧阳先生有空就两边往来。他对临济宗的相关教义非常熟稔，我们彼此之间的交流也很愉快，从他们两位身上，我了解到黄檗寺的现状，以及有关临济宗的相关知识。自古以来，黄檗山的祖山、祖庭、祖塔为天下临济的三大圣景，如今经过当地的保护与修复，祖师希运禅师等高僧的灵塔也得以完好保存。前些天，欧阳胜坪微信告诉我，他于2021年4月获庐山东林寺所授戒牒，法名：净胜。阿弥陀佛，经过多年努力他终于修得正果。

如今的黄檗旧寺非常简陋，仅存一间不足两百平方米的庙堂，正门悬挂着一幅由方丈纯一居士所赠"黄檗禅寺"牌匾，室内陈设着菩萨和观音塑像，以及供僧人们参拜用的各式禅具。正面大帆布上书赵朴初所题"佛教名寺古刹：黄檗山黄檗禅寺"和一诚大师所题"黄檗禅寺""黄檗禅师传心法要""临济宗祖庭黄檗山黄檗禅寺"等字幅。右边墙上张贴着佛像，和建设之中的黄檗禅寺规划图，左边墙上则张贴着"临济宗的创立与发展""临济宗始祖希运禅学思想"，以及"始祖希运、义玄"两位先祖的介绍和"禅宗传法表"等。寺庙虽然简陋，有仙则灵，简单的介绍，让我们对黄檗禅寺以及临济宗有初步了解。

清光绪十八年，禅宗泰斗虚云大师受临济宗衣钵于妙莲和尚、受曹洞宗衣钵于耀成和尚。至深圳弘法寺本焕长老时期，临济宗派已传承四十四代，到星云法师已是第四十八代传人。黄檗禅寺，自宋代伊始就香火不断，地理位置虽然偏僻，但声名远播。

黄檗禅寺原本种茶，称黄檗禅茶，诗云"中州绝品旧闻名"，为贡茶。茶圣陆羽在《茶经》中曾记载："瑞州黄檗茶号绝品，士大夫颇以相饷。"宋代苏辙在筠州（今高安）任职期间，曾多次到黄檗禅寺参访，与聪顺禅师结下深厚之谊。苏辙曾陪同其兄苏轼前来黄檗礼祖参谒，一路走过，苏轼留下"我亦坐念高安客，神游黄檗参洞山"诗句。聪顺禅师圆寂后，苏辙也曾专门为之作《逍遥聪禅师塔碑铭》，可见他们交往之深。对黄檗禅茶，苏辙赞不绝口，写下"黄檗春芽大麦粗，倾山倒谷采无余""细嚼花须味亦长，新芽一粟叶间藏"等诗句。如今的黄檗禅寺是否还种茶我不得而知，忘记问，但本来无一法师在此的生活却是自给自足的。我们离开时，法师送我们几包寺庙自产制作的竹笋干和杨梅干，包装袋上写着：性即是心，心即是佛，佛即是法，见性成佛。在做功课或寺庙日常看护的同时，自食其力，本来无一法师倒是真没有闲着。

慧南创"三关"：生缘、佛手和驴脚

宋代是禅宗发展最为兴盛的时期，至于相传在宋末失传的临济黄龙宗（派）是否属实，我们决定到其祖庭所在地，今天修水的黄龙山进行一番探究。

黄龙山所在地比较偏僻，为湘鄂赣天然屏障，靠近湖南平江和湖

北通山，自古有"一脚踏三省，一山见两湖，一水发三江，一山藏两教"之说。我们的黄龙山之行请上许高峰先生陪同，现已退休的他曾是修水当地的一位领导，熟悉那儿的情况。我们一早从修水县城出发，八十公里后抵达黄龙乡，之后许高峰又邀请黄龙乡纪委杨亚儒书记一同前往，直奔黄龙山崇恩禅院。

黄龙寺犹存，位于一个空旷的山谷之中，看上去显得简陋，甚至有些破落。黄龙寺为一座千年古刹，始建于唐朝，因黄龙山而得名。唐末宋初时，该寺因三次被朝廷旌表，故有"三敕崇恩禅院"之称。在禅宗"五家七宗"之中，黄龙宗是禅宗最后的收宗派，也是迄今为止唯一没有建新寺的一家。目前的黄龙寺由两栋相连相通的一层平房构成，寺庙不缺乏人气，在此出家的僧人不少，寺内干净整洁。杨亚儒带我们参观观音阁等处，并介绍我们认识仁奉法师。黄龙寺虽小，但藏品丰富，底蕴扎实，不愧为黄龙宗祖庭。从创办初始推算，该寺历史悠久，唐乾宁二年（公元895年），古刹创始祖师青原超慧来到这里，感慨黄龙山"凝三山之灵秀，蓄九泉之源流，九关十三锁，真佛境也"，遂创黄龙寺。北宋治平三年，身参云门、法眼、曹洞、临济四宗的慧南禅师在黄檗山积翠庵弘法十二年后来到黄龙山，并开法黄龙。后来，黄龙五世祖慧南禅师"传石霜之印，行临济之令"，设"黄龙三关"接世度人，推进丛林"话语"运用，促成"看话禅"的产生，从而奠定本宗地位。

该宗虽衍生于临济，却终成一派，慧南遂成黄龙宗祖师。此后，在慧南禅师的努力下，黄龙宗在完成禅宗"儒学化"、催生宋明"理学"、开拓海外道场方面产生重要影响。

今日黄龙寺遗存散存于寺庙周边各地。观音阁中保存的"箭锋妙法"为光绪六年的木刻禅匾，虽历经磨难，终得保存。仁奉法师带我们参观"黄龙崇恩禅院"，那里迄今保存着慧南禅师的舍利，这是寺庙最珍贵之物，其中还有一册乾隆年间纂修的《黄龙崇恩禅寺传灯宗谱》，记录了寺院发展的历史。黄龙寺近年来发掘的其他牌匾、石狮等物品众多，可谓典藏充栋，秘籍汗牛。黄庭坚是修水人，当年常来黄龙寺，与寺院的关系密切，如今这里保存的大小匾额多为当年黄庭坚留下的墨宝，弥足珍贵，其中一幅元祐十四年山谷碑刻，上书"看黄庭有味，笑白发无间"，为黄庭坚书法作品。在寺院周边的山野田间，还有诸如"三关""法窟""灵源"等摩崖石刻，均出自黄庭坚之手。不仅书法，他还留下诗词多篇。

山行十日雨沾衣，幕阜峰前对落晖。
野水自添田水满，晴鸠却唤雨鸠归。
灵源大士人天眼，双塔老师诸佛机。
白发苍颜重到此，问君还是昔人非。

这首诗写于黄庭坚晚年，或许是他最后一次来到黄龙寺，充满感慨，也充满悲怆，更充满向往与憧憬。诗书相合，看得出黄庭坚对黄龙寺寄托了无限的情感。如今黄龙寺周边那些散存的诸如三关桥、法窟亭、灵源桥等古建筑，浸润着历史的沧桑。

所谓"黄龙三关"，是指慧南禅师当年为维护"不立文字"的禅宗正脉，对抗文字禅所开创的"话头禅"之举。"三关"即慧南的教引"三转语"，一曰：人人尽有生缘，上座生缘在何处；二曰：我手何似佛手；三曰：我脚何似驴脚。示问三十余年，学者莫能契旨。何为"佛手"，慧南诗云："我手佛手兼举，禅人直下荐取。不动干戈道出，当处超佛越祖。"意思是说，佛法无二、冤亲平等，禅悟之道最怕亲疏内外之别，事实上世间万物一律平等，所不同的只是外表，是事物表现形式的差别，其内里实质是一样的，因为世上佛性如一无二。"三关"之

学，其义旨，主要是教人不要生吞活剥、死于句下，它强调触机顿悟、触目而真。"生缘断处伸驴脚，驴脚伸时佛手开。为报五湖参学者，三关一一透将来。"由于其形式新颖，内涵丰富，机锋无限，又直承祖印，直指人心，慧南禅师"三关"之学因而犹如一面旗帜，"天下有志学道者皆集南公"。于是黄龙一时"法席之盛，堪比泐潭马祖、百丈大智"，寺被称为"天生狮子之窟，不二旃檀之林"的"法窟"。后来，经广泛传播，黄龙嗣法弟子"横被天下"，黄龙一系也顺理成章被史家称为"黄龙宗"。

黄龙宗为禅宗七宗之尾，主张特色鲜明，包括四个方面：以非心非佛"性空"立宗，强调圆融自在"无碍"修行，以心印心"无字"传法，通过运水搬柴"日用"悟道。最终形成有沩仰之默契、曹洞之细密、临济之峻烈、云门之高古、法眼之简明，兼收并蓄，纵横捭阖之禅风。这种兼容，还体现在对儒道佛三教的融合方面，黄龙宗坚持"以佛为体、以道为质、以儒为用"理念,既是其特征之一,又是它的一个贡献,促进并推动了中国宗教、哲学、思想和文化史的融合与发展。正如宋代理学家周敦颐所说:"吾此妙心,实启迪于黄龙,发明于佛印。"

观音井位于黄龙寺不远处的一个山坳,仁奉法师带我们参观,我们品尝清澈的泉水,那是甘甜清爽之水,带着禅味的山泉。而黄龙已故高僧的灵塔则散布于后山和周边各处,据仁奉介绍,灵塔有三百余座,在国内仅次于嵩山少林寺,我们没有时间一一参拜,只瞻仰了寺庙旁边一座山腰上的李过墓。李过为明末农民起义军领袖李自成之侄,当年,李过率大顺军余部进驻黄龙山地区,兵败后出家黄龙寺为僧,一度做过寺院的住持,圆寂后便葬于此。墓碑上镌刻着李过《清闲杂记》书中《老僧》诗一首,表露了他年老之后的心境:

半阴半阳越蓬户,遁向空门作隐居。
避俗免教时论及,参禅远兴世情疏。

耳根懒听莲花漏，佛座常翻贝叶经。

夜半老僧心入定，心中明月耀空虚。

我无法知道，四百多年前那场轰轰烈烈的明末农民起义还会有哪些遗存，但黄龙山中的李过墓却是一个真实存在，成为那段历史的见证。陪同我们的高峰和亚儒两位先生说，当年，起义军兵败之后，许多士兵散落于幕阜山民间，这一带出美女，素有"白岭女子不用挑"之说。

历经千年的黄龙宗到清末民初，逐渐式微衰败，但并未失传。仁奉法师为广东东莞人氏，我问她为何会到江西来出家，她说随慧真心廉师傅而来。心廉大师现为黄龙寺住持，十一岁剃度出家，十七岁时因缘具足在云居山真如禅寺一诚大师座下受三坛大戒、三具足戒。二十岁受广东惠州龙门万寿古寺邀请接任住持。二十七岁来到修水，接任黄龙宗祖庭住持至今。2017年，虚云上人亲传弟子绍云长老传心廉法脉，授以沩仰宗法牒。

2016年，黄龙禅寺大雄宝殿遗址被发掘，为黄龙禅寺重建奠定基础。我们离开黄龙寺时，在寺庙大门处再次领略南宋豪放派词人、书法家张孝祥所题"黄龙山"摩崖石刻，那是遒劲苍健的三个大字。前面"一山藏两教"所说的"两教"，另一寺为修水渣津镇的兜率寺。兜率寺曾隶属黄龙古寺，距离黄龙寺不远，位于渣津镇龙安峰下，亦是一座首创于隋末唐初的古刹。这次，渣津镇巢艳清常务副镇长陪同我们参观兜率寺。寺院规模庞大，进寺入内，前后一字排列着十座殿宇，气势恢弘。寺内建筑黄墙碧瓦，大雄宝殿飞檐高翘，殿前立柱由青铜包裹，翔云龙腾雕刻，栩栩如生。目前，重建的兜率寺整体建筑已基本完工，只待开光迎客。

雨中游洞山

玄荫之境葛溪谷
「古洞云深」的禅寺
净心自悟，曹洞之道

雨中游洞山

玄荫之境葛溪谷

　　洞山无洞，依然是一个洞天福地。洞山是禅宗五支之一的曹洞宗祖庭，位于赣西宜丰县同安乡新丰山，得名自"新丰洞"，实则指"新丰洞山"。

　　宜丰有"临济临天下，曹洞曹半边"之说法。在赣西众多的寺庙中，我最熟悉，或者说去过次数最多的便是宜丰洞山普利禅寺，该寺最早称广福寺，创建于唐宣宗大中五年（851），已有一千一百多年历史。三十年前，我第一次去宜丰旅行时就曾慕名前往洞山，那时的普利禅寺规模和范围都很小，与一个小村庄屋场无异，一间寺堂，一座藏经阁，以及寺堂旁边一栋供僧人居住的僧舍。前山葛溪谷，保存着普利禅寺历代高僧塔林，寺庙后面的山上，有创始人良价大师的墓塔。普利禅寺位于洞山腹地，原先仅有一条林间小道深入，路两旁古木参天，灌丛密布，鸟鸣山幽，水流潺潺。现在新修了一段公路，汽车可以从山门处直达普利禅寺大殿广场。

　　十年前的一次有感而发，我曾写过一篇游记《宜丰"三山"》刊载在《深圳特区报》上，其中的"三山"指宜丰的潭山、官山和洞山。潭山是宜丰的一个乡镇，位于广袤的田园之间，美轮美奂；官山神奇，自明朝以来，被官府封禁四百多年，任何人都不得进入，从而保存大量原生态动植物；而洞山，作为禅宗曹洞宗的祖庭，在中国佛教发展

史上拥有重要地位，宗教气息浓郁。近年，洞山普利禅寺进行扩建，规模扩大了许多，我决定再一次走进那里。

清朝时，文人熊百子曾兴致勃勃来到洞山，赋《洞山寺》一首：

梵古僧来韵，
林幽鹤往闲。
天空无一物，
唯见白云还。

如今，自宜丰县城驾车前往洞山的路程不远，时间大约四十分钟。进山之后便可见到一处"洞山禅林"牌坊，匾额为中国佛教协会原会长赵朴初先生所书。走到这里算是进入洞山普利禅寺所在区域。这是一座充满禅意的山，牌坊距离登山入口还有大约几百米，在登山口，后来又立了一块已故国学大师南怀瑾先生所书的"曹洞宗祖庭"石碑,它可视为一块指示牌,由此徒步攀登进山。

  葛溪谷是一个树木簇拥的山谷,开始的一段路山势有些陡峭,称"洗尘林",好在路程不长。这里也是一条山间溪流的出水口,出水成河,流向远方。这条路山道蜿蜒,两旁古树参天,掩翠笼阴,行走其中,可以听到深谷中的泉水流淌之声,但看不见流水,一条条碗口粗的百年古藤缠绕、攀附在高大的树木之间。这是一条需要静心的路,禅宗所推崇的山、水、石、桥、树、花、幽等自然元素与意境似乎在这段山道上都能得以体现。我想,参谒普利禅寺的人,需要一种虔诚,只有心静,方可得道。这也是一条能让人产生思考的路,当年良价走在这条路上,睹影悟道,于是将寺庙选址于此。

爬上一段小坡，相当于深入一片原始森林。葛溪谷的山道两旁，树木幽密，鸟啭云深，花草纷繁。我非常享受在这样一条充满禅意而又灌丛藤生、古树遮天蔽日的自然小径中行走。路两旁，能够让我们欣赏的其实只有树和藤或者开满树枝头的各种花。往上仰望，视野被茂密高大的树木阻挡，让人无法判断山的高度；往下俯视，常绿阔叶林、竹林和灌木丛生，藤萝垂挂，将溪流深深地掩藏在路下山谷的丛林之中。行走其中，看不到水的流动，只能听到水流之声和大自然的声响。深谷之中，多枫香树、南酸枣树、苦槠树、木荷等乔木，它们将山谷牢牢锁住，有了这些高达二三十米的树，即便在炎热的夏天，山谷中也充满凉意。

宜丰多古树，枫香只是其中之一，这种树胸径可长成一米粗，是空气的自我调节器，环保价值极高。峡谷里多南酸枣树，同样高大，其特色在果实。南酸枣树果实的顶端有五个眼，象征"五福临门"，用这种果子做成的南酸枣糕是宜丰的一种特色食品，酸甜开胃，果实据说还能酿酒，但没喝过；山间的苦槠树，树体亦高大，树冠浓密，树形优美，属于一种长寿的常绿植物。这些树见证了洞山的历史，也带给洞山永恒。我上一次到访洞山在早春，树木换装新叶，给峡谷带来清新的气息。林间山花盛开，千姿百态。山中多鸟，飞鸟唧唧，为寂静的山谷带来一些灵动。洞山之地冬暖夏凉，据说葛溪谷里还盛产寒兰，花期在每年的十月至翌年一月，花开时节，暗香浓幽，有机会一定要再来探寻一番。从自然的角度审视，这儿称得上是一个动植物王国。

此次前往洞山，我们的运气似乎没有那么好，清明时节，下着大雨。我与同行的劲勤兄一人撑着一把大伞，也阻挡不住瓢泼的雨，山还是那座山，谷还是那条谷，树木更葱郁，山花更烂漫，但路难行，拍照成为问题，尤其无法仰拍。不过雨中洞山行，淅淅沥沥中，也能带来与众不同的意趣，一种鲜活的大自然体验与情调。

逢渠桥，位于山谷小径的中段，或许这还是葛溪谷中唯一的人造景观。据说该桥建于北宋绍圣戊寅年（1098年），已有近千年的历史，为江西仅存的三座、赣西地区唯一的宋代桥梁。逢渠桥不长也不宽，为当年洞山所在的同安乡民，在洞山梵言法师的主持下建造。桥立于葛溪之上，历经千年风雨依然完好无损。细数观察一下，该桥的桥拱由七个纵向单卷，每卷十一块花岗岩石块并列组成，七十七块矩形石块排成七列组成承重拱板，拱肩处立有两个石武雕作为护桥神。逢渠桥反映了中国古代高超的桥梁建筑技艺。如今我们所见的逢渠桥，后人在桥上加建了凉亭和栏杆，亭为歇山顶，几根柱子，上有飞檐，遂成一座"风雨亭"，我觉得有点儿画蛇添足。幸运的是，亭子架构在原桥之上，并未破坏古桥的结构，或许对原桥还能起到一些保护作用。我们这次前往洞山恰逢大雨，亭中避雨倒是方便了许多。

关于逢渠桥，流传着这样一个故事。当年良价禅师赴湖南醴陵云岩山师从昙晟禅师，历经一段日子后并未彻底开悟，离开时，良价问师傅："和尚百年后，忽有人问还邈得师真否？如何只对？"昙晟禅师指着自身答道："但向他道，只这个是。"良价依然没有明白师傅所指。相传唐大中年间，良价"岩下白云常作伴，峰前碧嶂以为邻"云游四方后行脚洞山。一天，在涉水渡葛溪时，忽然看见水中自己的倒影，心灵豁然开朗，解开了告别师傅时心中的疑惑，参悟出"只这个是"的话中禅意，原来师傅的意图是让自己明白"自心不异诸佛、无须外求"的道理。于是，涉溪顿悟的良价写下"得法偈"——这首著名的《逢渠偈》：

切忌从他觅，迢迢与我疏。
我今独自往，处处得逢渠。
渠今正是我，我今不是渠。
应须凭么会，方得契如如。

南怀瑾先生曾对良价的这首偈诗悟道公案做过一次解读，他认为，前两句"切忌从他觅，迢迢与我疏"是说我们的情绪、感觉和思想不要跟着他走，打起坐来，这里不舒服，那里又动气，都是跟着"他"跑的缘故。你越顾虑这个身体，道就离你越远，你一辈子都跟不上，你要从中学会找到自己的那个灵性、做主的那个东西。南怀瑾进一步说，唐宋时期的国语是广东话，偈中的"渠"就是他。"渠今正是我，我今不是渠"的意思，即他正是我，我不是他。"应须凭么会"是唐朝时的白话，意思是如果你那么理解他，"方得契如如"你就差不多懂得佛法了。南怀瑾大师的解读有其道理，良价虽是浙江诸暨人，但曾师从自广东出道的六祖慧能，用广东话表达有这种可能。

后来，良价禅师将自己的道场移至洞山，"万象随缘观自在，鸟啼

花笑月临溪",他在自己觉悟之处创寺弘法,从而奠定曹洞禅宗的基础。

沿着葛溪谷前行,过逢渠桥左拐,有一条小路,通往山谷的另一端。不足百米的地方,呈现出一处台地。站在那里,视野相对开阔,山谷景观一目了然。在台地尽头的丛林边,伫立着一块巨石,曰:木鱼石。木鱼石中间跌宕,四周微隆,形似木鱼,叩击顶端,可出声响,音如木鱼之声,估计是石头低凹处内部风化松动之故。据说良价禅师当年曾陶醉于洞山的自然之美,在此木鱼石边跟弟子讲述佛经。古人诗云"闲静修静志,结跏坐林间",应该就是针对良价禅师在木鱼石上讲经故事有感而发。

夜合山塔林,亦在此道路的上面一些,那里肃穆凝重,有大小塔十座,该塔林建于明朝,已有几百年历史。据说此处安葬了普利禅寺第三十至三十六代住持高僧,而居中的一座普同塔,结构简朴,层次分明,为当时寺庙中普通僧人共同归葬之墓塔。洞山的塔林并不只有夜合山这一处，还有红米㙮、经坑、上蓝庵口、牛头形山塔林等多处，这些塔分布于洞山各处的山间，如曹洞宗第三十二代传人、明末清初"中兴第一祖"孤崖净聪禅师的灵塔，安葬在前山之牛头形山，而始祖"价祖塔"，则单独安置于普利禅寺后山万松岭，该塔呈六方形，高有数尺，目前青苔四蔓。

普利禅寺历代住持高僧，写诗论道，个个了得，无论良价，还是其他住持，皆才华横溢。在此抄录曹洞宗洞山第十五代住持梵言禅师的禅词一首，以示敬仰：

一生二，二生三，遏捺不住，廓周沙界。德灵直上妙峰。善财却入楼阁。新妇骑驴阿家牵。山青水绿。桃花红，李花白，一尘一佛土，一叶一释迦。

我们从木鱼石台地原路返回山谷正道，另一处自然奇景为"夜合石"，相传该石能昼开夜合，不知是真是假。这是一段岩石密布的上山路段，山道狭窄，中间仅能供一人通过，所谓"昼开夜合"，估计是因为晚上路两旁的巨石形状相似等高，路又弯曲，造成人的视角重叠，看不清路，俨如关隘之门而形成的错觉。"禅机无语处，往往石头知"，这是大自然的一个奇妙安排，为何引来后人不断演绎？我以为在于这"日开月合"之中深藏的禅机。

再往前行，是葛溪谷中一处著名的瀑布，后人用"飞练"两字形容它。"白练挂幽谷，银帘抖玉珠"，瀑布从十米高的陡崖上飞泻而下，坠入幽谷中的深水潭，喷珠溅玉，形成银瀑飞泻的胜景。如遇上雨季，瀑布的轰鸣声可以让整个山谷震耳欲聋，更加壮观。瀑布之下为一汪碧绿的深潭，潭边水流冲刷出一片小沙洲。游人可以下到深潭边，站在巨大的岩石上，或走上沙洲，抚摸冰凉的泉水，或手捧一把清泉洗个脸，都会带给你一种神清气爽的感觉，这是充满禅意的水。飞练瀑布还可以让人站在水流的顶端欣赏。山路随着瀑布的边缘向上延伸，从上往下俯瞰，又是一种景致，随着水流的涌动，人好像站在一个十米跳台上。洞山溪谷中的其他瀑布，多为跌水瀑，数量多，落差小，我们沿着山谷伴随着瀑布群一路行。

走出山谷，豁然开朗，那儿为一处山间盆地，四面环山，原来有水田，种植水稻。现在的面貌为山水池塘，亭台楼宇，普利禅寺位于不远处的另一座山的山麓。目前进入寺院多了一条汽车便道，游人无须徒步葛溪谷便可以直达。其实，葛溪谷是普利禅寺不可分割的组成部分，溪谷之中既充满野性，又蕴含着诸多人文元素，少了葛溪谷，我觉得行走洞山，参观普利禅寺是不完整的。

宋代诗人苏辙曾经在赣西的筠州任职，受当时禅宗儒化之风影响，苏辙曾由上蓝顺禅师开悟印证，禅学造诣一度名扬丛林。"遍因访祖参禅后，拙直寻常见爱稀"，他不但前往黄檗寺，也曾来到洞山普利禅寺参拜赋诗。"山中十月定多寒，才过开炉便出山。堂众久参缘自熟，郡人迎请怪忙还。问公胜法须时见，要我清谈有夜阑。今夕客房应不睡，欲随明月到林间。"这首诗便是作为居士的苏辙在洞山与时任住持克文禅师夜话长谈的感受。

古寺依山占几峰，精庐仿佛类天宫。

三年欲到官为碍,百里相望意自通。

无事佛僧何处著,人群鸟兽不妨同。

眼前簿领何时脱,一笑相看丈室中。

而上面苏辙的这首洞山诗,如今已刻在葛溪谷夜合山游客行进路边的一块岩壁之上。

二十年前,普利禅寺还是一个荒芜破旧的样子,今天,寺院经过改造重建模样已经大变,规模扩大了几倍,建筑风格也发生了比较大的变化。苏辙诗中所说的"精庐仿佛类天宫",用来形容改建后的普利禅寺非常贴切。好在原寺中一些精华遗存,如寺院前的千年罗汉松、价祖塔、后法堂等均得以完好保留,尤其是那条寂静深邃的葛溪谷,依然如故。

"古洞云深"的禅寺

禅家须自静,归处入深山。

新建的普利禅寺精致美观,寺前建成一个宽阔的广场,广场前有一个自然形成的小湖泊,湖水清波荡漾,湖边立了一座"南无本师释迦牟尼佛"柱。站在广场上观看,普利禅寺山门、天王殿气势恢宏,钟楼和鼓楼高耸突出。

寺院的改造过程据说花了较长的时间,花费了诸多心思,增加了许多创意。自1984年普利禅寺被列为江西省文物保护单位后,宜丰县政府就开始着手寺院的改造重建工作;1991年普利禅寺被列为开放寺院;2010年南怀瑾大师安排弟子古道法师住持洞山,并决定重修复建洞山寺。于是,寺院聘请台湾著名建筑设计师登琨艳先生担纲设计,从西安请来著名设计师姜恩凯先生及西安建工集团园林古建公司负责设计与承建,普利禅寺的重建工期历时六年,耗资一个多亿,完全仿照唐代寺院建筑建设。复建后的寺院建筑面积一万五千平方米,形成一个庞大区域。主体建筑有山门、昆灵殿(天王殿)、大雄宝殿、后法堂(藏经楼)、祖师堂、方丈室、斋堂和僧寮等,后来又增设了包括民宿、上客房、禅修中心、茶室等在内的辅助设施,功能不断完善。

新建的普利禅寺看上去总体呈对称布局,山门两旁钟楼、鼓楼各一,建筑群依台阶递级而建,越往里延伸地势越高。寺院建筑风格具体表现为,造型精致、布局严谨、简洁实用,虽然局部结构看上去并不显得那么庞大,但让人看着舒服。

众所周知,中国古建筑多为木结构,唐朝建筑亦不例外。唐朝时期,宫廷建筑一个突出特点是斗拱硕大,普利禅寺,包括如今赣西的许多寺庙建筑,如百丈寺、仰山寺以及宜春禅宗文化博览园等。普利

禅寺的改造属于近年完成的工程，又请来著名的设计师和承建商担纲，简约不简单，仿唐工艺精湛，特色鲜明，毫无疑问称得上是一组建筑精品工程。入口处单檐殿庑式天王殿，第一眼瞧见，会让人产生穿越回归到唐宋的感觉。旁边的钟鼓楼则建成开放式，像极了马伯庸《长安十二时辰》电视剧中的场景设计，只不过色彩没有唐朝建筑那么鲜艳，而是采用棕色，呈现宋代建筑的低调与稳重。

新普利禅寺最重要，或者说最与众不同的建筑还是大雄宝殿。大雄宝殿为一座双檐歇山顶建筑，翘角飞檐气势恢宏。建筑造型，屋檐高挑，异常醒目，造型举折和缓，镂空花脊，大气稳重。色彩方面，主要采用棕白两色，柱、额、梁、枋用棕色，墙壁用白色，灰瓦屋面，呈现开朗、稳重的特色。风格方面，同样借鉴了许多宋代建筑元素。

的确，宋代与唐朝比较，城市结构和布局发生根本变化，房屋建筑也带来改变。宋代建筑的江南味道逐渐浓厚，特点为讲究低调的奢华，宫廷、寺院、园林以及民间建筑更加开放、实用，弱化了唐朝那种追求高大、奢华，喜欢用鲜艳色彩堆积的风格。张择端所绘《清明上河图》，画的是宋都汴梁，却也是宋代建筑与生活方式变化的一个缩影。体现在大型建筑物减少，建筑功能组合、空间层次性得以强化，尤其是南宋迁都南方后，对建筑风格形成了更大的影响，砖石结构普遍应用，包括佛塔、石桥和民宅。这一时期，园林建筑兴起，人与自然的融合更加紧密。在细节方面，宋代建筑一个显著变化是由浑厚变得轻柔，如屋脊、屋角的处理都不如唐朝建筑那么夸张，与此同时，房屋的窗棂、梁柱与石座的雕刻变得更丰富，柱子造型也更加多样化。虽然目前宋代建筑在赣西保存下来的不多，但其建筑风格传承至明清，乃至现代。普利禅寺的建设就体现出这一风格的潜移默化，既保持传统，又带着明显的时代与地域特色。

虽然如今赣西的寺庙建筑仿唐朝风格较多，但借鉴的是格局，宋代建筑元素已深深渗透其中。这时，规模变得更小、更精致，秀丽而富于变化。普利禅寺的这些特质尤为显著，寺塔、砖石塔和墓葬灵塔不用多说，许多都是宋代保留下来的。随着佛教逐渐大众化、世俗化，在寺庙的设计过程中，建筑形态和功能也不断改进，如佛殿逐渐成为寺庙的必要建筑，演绎出诸如佛堂、法堂、僧房、库房、山门、浴室等各种功能与形式。现代的禅宗寺庙功能更加丰富，普利禅寺禅修中心、茶室、上客房以及民宿的设立，更广泛地满足了信教民众的所需。

我们这次前往普利禅寺，宜春袁州区化成禅寺的宗释藏法师事前跟延融法师打了个招呼。抵达时，我电话跟延融法师联系，而后他带我们参观各殿。延融法师是重庆人，年纪不大，却已出家修行多年，先是在海南，近年才来到洞山。他首先带我们参观寺院的韩国殿，这是重建后增加的一座新殿，据他介绍，曹洞宗在唐朝时就已传入朝鲜

半岛,当时在曹洞宗第三代法孙中,就有来自新罗国的三位僧人。如今,每年从日本、韩国等地来洞山寻祖的曹洞宗僧侣络绎不绝。寺院左侧的大法堂,即由韩国曹洞派僧众捐资修建设立,韩国殿内部的佛像均按韩国寺庙模式设计安排,三尊坐佛,身披袈裟,头顶肉髻,留着胡须,背景为一巨幅众佛壁画。延融带我们入内参观,感觉与国内寺庙还是有很大的不同。韩国殿让普利禅寺多了些国际化元素与味道。

  目前的普利禅寺,清朝建筑仅存法堂(藏经楼)和僧房的方丈室。法堂在重建时没有被拆除,非常难得,但看上去已成一座危楼。楼前悬挂的"佛在性中"匾额已经模糊不清,希望能够继续保护好。这四字可谓良价"我心即佛,心外无佛"禅学思想的高度概括。法堂前还有一泉眼,取名"聪明泉",旁边,近年新立了一块"中韩曹洞宗法脉源流碑",亦由韩国曹洞宗僧俗投资兴建。

这次参观，发现普利禅寺的各个殿宇，重建时发生了较大改变，有一些是刻意的个性化设计。众所周知，每家禅宗寺庙均会有大雄宝殿，但普利禅寺大雄宝殿内的佛像为重新设计，且特别。坐像并非一般寺庙的菩萨金身佛像，而是由三尊汉白玉佛构成，这一现象少见。中间为释迦牟尼主座佛像，两边为两尊立佛，前面置一尊观音木雕像，背景为一面大理石墙。石墙光洁，没有繁杂饰物，上方也无匾额，正中为一深邃幽远的日月图，用灯光点亮，寓意佛光普照，象征日光菩萨"日放千光，遍照天下，普破冥暗"。这种极简设计，蕴含深意，令人耳目一新。据说这一设计是遵照南怀瑾大师之命，特邀台湾詹文魁先生所造，尤其是中间的释迦牟尼坐像，工艺精湛，以"明心见性，体空无禅"的禅宗表现，体现出禅宗，或者曹洞宗"本性即佛性，用本性表现佛像"的教义旨向。佛像用白色，代表"清净圆满"。

"价祖塔"，即慧觉宝塔，是唐懿宗追封良价"悟本大师"后，传旨为他专门建造的佛塔，宝塔迄今仍保留在普利禅寺的后山原址，大雨中，延融法师带我上山参观。在近年寺庙的重建过程中，"价祖塔"一并得以修缮。塔前小广场的地面全部贴上了大理石瓷砖，"价祖塔"外围规模亦扩大许多，显得更高更大，塔盖用一整块大理石雕刻而成，仿木结构，六角翘首，上置宝瓶形塔刹，六面九层，仍为唐朝风格。塔的内部，良价禅师真身墓塔如故，未做改动，塔身外六角亭完全罩住塔身。在塔的周边增设了"曹洞宗法系图""曹洞宗法脉源流""洞山普利禅寺重修事略"等几块碑铭，介绍"价祖塔"和曹洞宗历史。这是一片森林幽静、密集的区域，原来那些高大的乔木，如香枫、苦槠树依然如故，其他阔叶林依然郁郁葱葱。

净心自悟，曹洞之道

黄檗禅寺的本来无一法师早年曾在普利禅寺出家为僧，据他介绍，二十世纪九十年代之前，普利禅寺非常简陋、寂静，前往参拜的人很少。除一些业内僧人，普通民众更少，谈不上旅游开发。但墙内开花墙外香，许多日本僧人主动找上门来寻根问祖。

李仁兴先生时任宜丰县委副书记，据他介绍，1981年前后，先后有多批次日本宗教界人士前来洞山寻祖，仅他亲自接待的就有日中友协宗教恳谈会事务长铃木信光先生、日本宗教事务开发课滨名德永先生、仰木道之先生一行，以及由日本花园大学柳田圣山校长等率领的代表团。铃木信光等人的考察，扩大了曹洞宗祖庭在日本的知晓度和影响力，随后，日本宗教界人士前来洞山参谒者络绎不绝。于是洞山普利禅寺这一曹洞宗祖庭也逐渐引起国人的关注。

其实，日本僧人到洞山学法的时间要早得多，可追溯至良价时期。据宋代《高僧传》记载："日本瓦室能光禅师，航海入唐，参洞山价禅师，亲承法印。"之后，还有新罗国的利严、丽严、庆猷、云住等高僧亦陆续来到中国学习禅宗。曹洞宗传入日本已有八百年历史，南宋嘉定十六年，即1223年，日本僧人道元禅师来华学佛，在浙江天童寺拜曹洞宗第十代法孙如净为师，后将曹洞宗法旨广植日本，被尊为日本曹洞宗太祖。时光流转，如今的曹洞宗已在日本发扬光大，曹洞宗寺庙在日本遍地开花，据说信徒有五六百万人之多。南怀瑾先生认为，日本禅宗流行至现代，大都已成曹洞宗的后裔。据我所知，日本静冈县滨松市的西见禅寺就是其中的一家。这间寺庙规模不算大，位于滨松市的市郊，环境绿意盎然，优雅自然，禅意浓浓。不仅在日本、韩国、

朝鲜等东亚地区，今天禅宗在世界范围的影响力，也离不开当年曹洞宗的传播，也就是说，曹洞宗当时几乎成为禅宗的代名词。

普利禅寺，始称广福寺，其历史可追溯至唐朝大中十三年，即公元859年。当时，良价禅师在云游各地之后来到洞山，见其泉石幽奇，乃曰："此大乘所居之地。"于是，在当地乡绅捐赠田地三千余亩的支持下，创办起寺庙。经过良价的不断努力，寺院声名逐渐鹊起。十年后，良价禅师圆寂，鉴于曹洞宗与日俱增的影响，唐懿宗追封他为"悟本大师"，葬于寺院后山，敕建"慧觉宝塔"，即"价祖塔"。宋代以后，宋真宗、宋仁宗亦分别为普利禅寺赐飞白御匾，提升了曹洞宗的影响力。后来，北京广济寺、嵩山少林寺、洛阳白马寺、南京灵谷寺、杭州净慈寺、南昌开元寺、福州涌泉寺等众多国内知名寺院一度由曹洞宗信徒住持。

曹洞宗的宗脉始出六祖慧能，其传承关系为慧能传青原行思；青原行思传石头希迁；石头希迁传药山惟俨；药山惟俨传云岩昙晟；云岩昙晟传于洞山良价，最终洞山良价传曹山本寂。在禅宗这种代代相传的发展过程中，由于弟子间不断地弘扬，后来陆续形成沩仰、曹洞、临济、云门、法眼等南禅五宗，其中源于青原行思门下的三宗，包括曹洞、云门和法眼。

其时，良价已住持洞山，影响力日渐形成，其弟子本寂则住持江西宜黄的曹山，良价创宗，本寂传播，弟子称曹山，师父称洞山，师徒协力同心，随机利物，就语接人，权开五位，善接三根，一时法布四方，将曹洞宗弘扬光大。当然，还有一种说法，认为曹洞宗对"曹"字的使用，因六祖慧能的传法之地在曹溪，良价可能由此沿用了前辈的名号，如此一来，称"曹洞宗"符合逻辑，以示本宗乃六祖之嫡传。否则，从良价与弟子本寂关系角度分析，将"曹洞宗"称"洞曹宗"似乎更顺理成章。或许，曹山之名也因为本寂敬仰师祖慧能的曹溪而改

名而来，这样一切便更好理解，也更合理一些。

那个时期，洞山良价已拥有弟子几百人之多，云居道膺、曹山本寂、龙牙居遁、华严休静等都曾是他的嗣法弟子，其中道膺得良价印可后，力弘洞山宗风，先结庵宜丰三峰，再迁吉安庐陵，后应南平王钟传之请，主法江西永修云居山真如禅寺，进一步扩大曹洞宗的影响力。云居道膺在真如禅寺讲法曾达三十年，身边云集的嗣法弟子一度多达千余人。时至今日，云居山真如禅寺的山门采用了一副一诚大师所书的对联，上联"法雨来青岳"，下联"宗风启洞山"，说明彼此间的这种传承关系。

禅宗核心思想在六祖慧能的《坛经》一书中得以体现充分，既不主张一味坐禅，也不主张单纯诵经，而是强调明心见性，顿悟成佛。用慧能的话来说，即"佛是自性作，莫向身外求。自性迷，佛即是众生；

自性悟，众生即是佛"，并提出"自性自度"观念。由此，"明心见性"成为禅宗的根本和关键，也是禅宗对中国文化思想的重要贡献。

后来，南禅"五家七宗"形成各自的理解与表达。沩仰宗沉稳平实，深邃绵密，集中阐发了"事理如如、动即合辙"的宗旨。临济宗的特点是以"棒""喝"著称，良价禅师所创曹洞宗则强调理事回互，圆融无碍观念，富于应机接物、言行相应、就语接人的思辨色彩，倡导"五位君臣，偏正回互"禅学思想，具体说，提出的是"正中偏，偏中正，正中来，兼中至，兼中到"正偏五位回互理论。良价禅师曾用一首偈颂解释这一理论：

正中偏，三更初夜月明前。莫怪相逢不相识，隐隐犹怀旧日嫌。
偏中正，失晓老婆逢古镜。分明觌面别无真，休更迷头犹认影。
正中来，无中有路隔尘埃。但能不触当今讳，也胜前朝断舌才。
兼中至，两刃交锋不须避。好手犹如火里莲，宛然自有冲天志。
兼中到，不落有无谁敢和。人人尽欲出常流，折合还归炭里坐。

上述"五位君臣，偏正回互"说，是什么意思？曹洞宗主旨以"正""偏""兼"三者，配以"君""臣"之位，借以分析佛教真如与世界万物之关系。"五位君臣"说认为："正位即空界，本来无物；偏位即色界，有万象形；正中偏者，背理就事；偏中正者，舍事入理；兼带者，冥应众缘，不堕诸者，非染非净，非正非偏，故曰虚玄大道，无著真宗。"孙昌武先生在《禅宗十五讲》中将其进一步解释为："这里'正位'喻'君'，指本、真、理；'偏位'喻'臣'，指用、俗、事；'兼带'指二者圆融，即体用、真俗、理事的统一。"这是良价对师祖慧能提倡"顿悟法门"学说的深化解读，或通俗化的解释。

"五位君臣"说的根本思想是阐释真如与现象世界之间的关系，

认为世间万事万物都存在一种"回互"与"不回互"关系。所谓"回互"是指事物之间相互融会、贯通，虽然万物的界限脉络分明，但此中有彼，彼中有此，互相涉入，理事圆融，不分彼此。如果一个参禅的人不懂这种"回互"，即便契合于理，也无法达到"悟"。这种理，存在于一切事物之中，一切事物都具有各自之理。一切事物在本体理的基础上既统一又区别，因此相互涉入融会。"回互"的实质是统一。"不回互"是说要从事物普遍联系、发展和变化的观点看待问题与矛盾。它表明，一切事物暂住于自己的位次而不杂乱，处于相对稳定的状态。"不回互"中强调对立因素。理事之间，事事之间既"回互"又"不回互"，彼此相涉又分位，要求修行者应从理事圆融，本末会通的"会通""会道"的立场看待事物，而不是片面地仅从理或事的角度认识问题。

雨中游洞山

"回互"与"不回互"是禅对事理关系的哲学思辨,包含着朴素辩证法的观点。"五位君臣"说思想主要体现在石头希迁所著《参同契》一书中,而良价和本寂提出的"五位君臣、偏正回互"观点,也基本上源于此。所以,曹洞宗在禅宗的所有流派中,思辨的味道最浓厚。曹洞宗的禅法,重理事俱融,其中吸收了华严宗的许多新义。在施教方式上,曹洞宗主张"行解相应",精耕细作,方式讲究稳健、绵密,不仅具有哲学思辨精神,而且包容性强,甚至保持着对儒道思想的融摄。

六祖慧能曾说:"前念不生即心,后念不灭即佛。"这一理念深远引领了禅宗思想的发展。纵观禅宗的发展史,其特点在于"教外别传、不立文字、直指人心、见性成佛",虽然主张不立文字,但并不排斥文字。当禅宗发展至宋代,尤其是宋初,宽松的宗教政策,宋太宗、宋真宗对禅宗的重视,极大地推动了文人慕禅、士族参禅之风,后来,在惠洪等人"文字禅"的积极倡导和推动下,禅宗也由"不立文字"开始向"不离文字"转变,曹洞宗亦不例外。

由于"不立文字"之说建立在主观能动哲学理论基础之上,使其在禅宗中独树一帜。古人有云:"道向己求,莫从他觅。"曹洞宗以坐禅向上一路,以探究参禅者心地为接机之法,强调"即心即佛"。良价禅师这样认为,万物是虚幻的,万法的本源为佛性,所以人们无须四处去求佛,佛在性、在心中,心即是佛,得道要靠顿悟,甚至用不着依靠打坐息想、起坐拘束其心地、终年修行来渐悟。本寂也认为,现象体现本质,心即佛,即相即真,佛在心中,只要心中默究,即可显示佛性。一个人如果能够静坐默究,净悟佛理,把所有的妄念去掉,不被愚痴包裹,便能事事无碍以至事理圆融。参禅之道就是身心脱落,只要打坐、离五盖,便是与佛祖相见的时节,不用烧香、礼拜、念佛、修忏、看经。

佛教各宗派,一般都非常注重念经和佛教经典的章句解释,但

在距离洞山普利禅寺不远的同安乡洞山村石陂自然村，保存着一座精美的元代大型照壁画墙。画墙长约十米，高约三米，建筑用砖砌出基台、坊边，上盖画面为若干陶砖砌成镂雕式庭院景观，有石栏假山、凤凰牡丹图，下图则是由陶砖砌成荷塘雅趣，有荷花鲤鱼、鸳鸯戏水等图案。画墙由近两百块陶砖组成，合成整体后为一幅山水园林景观图。整个画面所绘动植物图案，一枝一叶，一蜂一鸟，惟妙惟肖，栩栩如生。经年累月之后，虽然照壁的整体画面受雨水冲刷有些模糊，但色彩依然清晰鲜明，一些依托墙壁生长的藤本植物加入画面后，给照壁墙带去自然的气息。

良价的曹洞宗反其道而行之，于是迎合了许多收入不高的平民家庭，没有多少学问，甚至不识字的僧人所需，据说六祖慧能就曾是这样一位不识字的和尚。曹洞宗主张不搞经院学派式钻研经典，不搞背诵佛经，名义上称禅宗，实际上也不太强调非要搞禅定、坐禅、念经等系列规程。它只强调领悟佛经的精神，凭借个人信仰，自主觉悟，就可成佛。六祖慧能那首著名的偈语诗"菩提本无树，明镜亦非台；本来无一物，何处惹尘埃"，即是对禅宗强调的不从客观外界，只从自己内心找原因的最好诠释。这种诠释，在《坛经》中还举例介绍了慧能和两个僧人的一段对话："时有风吹幡动，一僧曰风动，一僧曰幡动，议论不已。慧能进曰：不是风动，不是幡动，仁者心动。"

　　总之，虽然历代高僧在禅法上有差别，但曹洞宗最主要的参禅之道还是主张"默照为宗"，默默地实修坐禅，即相即真。曹洞宗主张，万法本源为佛性，心即是佛，人自具自性清静之真如之心，只因无明风起，阻碍事理，无从见性，所以求佛无须去外界，只要能静坐默究，去掉妄念，了悟佛理，顿悟即可成佛，选择照彻本源自性之道、励志于佛道生活的默照禅。纵观曹洞宗的发展，其佛学思想在坚持禅宗见性成佛基础上，又坚持实修的默照禅。如果用最简洁的四个字来表达曹洞宗的教义与宗旨，即"净心、自悟"。这一教义与宗旨，一举奠定曹洞宗在中国禅宗发展史上举足轻重的地位。

曾过书院来

书院,诗书滋味长

华林胡氏『灿锦霞』

唯有书香能致远

曾过书院来

书院，诗书滋味长

昌黎书院的选址很好，位于宜春市袁州区春台公园的东侧。我这次在转悠宜春台之后，顺着公园的台阶下到半山参访书院。昌黎书院原址在宜春第四中学的校园内，我中学就读于这所学校，高中阶段的教室位于书院的前面，对书院不可谓不熟悉，那是原来的面貌，对我来说，已是四十年前的记忆。

如今因城市改造，中学已拆迁，只剩下孤零零的一座书院，而且想入内参观一下还真是不易。书院前的入口堆着一大堆泥土，像一座小山，上面长满杂草，似一处城市中心的荒野，我被迫沿着近乎倒塌的围墙边坡小心翼翼爬过去。前些年，昌黎书院曾进行过一次重建，规模扩大了很多，成为一座四合院式建筑。如今进去一看，模样还在，有一处大理石门楼，一个开阔的小广场，上几级台阶，还有一个外庭院，正中央立着一尊韩愈坐像，像后种植大片丛竹。再后就是书院主楼，书院两旁，右边为韩文公祠，左边为书院藏书阁。从书院遗留下来的物品看，这里曾做过中学图书馆，书院主楼用作学生的阅览室。大门上锁，室内无法进去，我只能在外围参观。昌黎书院为一处仿古建筑，白墙碧瓦，围墙庭院，周边被高大的树木环绕，主要是构树、松树和柏树。庭院内部的结构，站在书院背面的宜春台上可以看个大概。

昌黎书院曾经是宜春一个如雷贯耳的地方，相信今天也是，只是由于城市改造，暂时变成一个"无人区"，假以时日，我相信仍将是宜春不可或缺的一张文化名片。我不知城改的时间会持续多久，书院原本与春台公园就是一个整体，何不在公园一侧开一个门，这样游客进出会方便许多，不至于长久关闭。

　　唐朝时，朝廷实行贬官制度，大概是处罚越重，官员被贬之地就越远，当时的宜春（袁州）远离长安，自然就成为一个官员被贬之地。阴差阳错，宜春却因此受益。韩愈是历史上贬至宜春的第一个官员，当年他从刑部侍郎岗位，"一封朝奏九重天，夕贬潮州路八千"，从京城一下子贬至广东潮州任刺史，唐元和十四年，又从潮州量移宜春，续任刺史。韩愈在宜春的时间虽然前后不足一年，却为宜春办成几件好事。这位代表"文以载道"传统，倡导"师者，传道授业解惑也"的儒学先驱，促成昌黎书院便是其中之一。"势如海天山斗，原道匡儒，

功若日升月浮",书院开启了宜春尚文重教之先河,夯实了宜春文化基因的根基。由此,"匹夫而为百世师,一言而为天下法"的韩愈韩文公深受后人尊崇。

当然也包括后来者李德裕。的确,韩愈和李德裕两位唐朝高官的到来,在宜春形成持久影响力,为这个偏远之地培养了人才。《唐摭言》曾载:"……郡人黄颇师愈为文,亦振大名。"黄颇为宜春本地人,于会昌三年考取进士。史料记载,黄颇为韩愈在宜春收下的唯一弟子。除此之外,稍后宜春所出的两位状元卢肇和易重,其实或多或少都得到了韩愈、李德裕两位大人的指点或影响。

中国历史上的书院,最早诞生于唐朝,我粗略统计了一下,唐朝共诞生四十七家书院,主要分布在南方的江西、湖南、浙江、福建和四川等省,其中江西最多,达十三家。宋代以后,全国各地的书院如雨后春笋般蓬勃发展,到清朝末年已有数千家之多。江西仍然为全国书院最多的地方之一,如赣西高安的桂岩书院,便是由唐朝的幸氏家族所办,据说创办人为国子监祭酒幸南容。韩愈从宜春回到京城后,所任职务也是国子监祭酒,昌黎书院的设立是否跟韩愈的这一职位有关,我无法断定,但至少昌黎书院应该是中国早期创办的书院之一。

还有一个后续故事。韩愈来到宜春"倡文学而拔俊秀",毋庸置疑,但"昌黎书院"是否就是当时的称谓,我查阅史料并无这一明确记载。据后来的《宜春县志》记载:"袁自韩文公倡明道学,自岭南移守于此,教化既洽,州民交口颂之。"这段书院源起历史典故,只在费嘉树"左迁来袁阳,矫矫贤刺史,惠政纪丰碑,书院自公始"诗中有所记录,但无法确定。写到此,有一个人必须提及,北宋仁宗皇祐五年,因军事上的失利,祖无择"罪移"宜春,任袁州知州。祖无择虽为军事家,但在宜春任上为地方做了诸多好事,最重要的贡献是重建州学。他上任后,除建设庆丰堂,重修郑谷墓,在东湖增建亭台楼榭外,还修建韩文公祠,并重建袁州州学。在祖无择亲撰的《建韩公祠记》中说"公之器业,可谓宏深魁伟",表达对先贤的无比敬意。为此,在袁州州学落成之时,祖无择邀请思想家李觏作《袁州州学记》一文记载创建州学的初衷和过程,这篇文章后来作为美文被录入《古文观止》。然而,直到明朝嘉靖二十八年,"韩公祠"才由袁州知府刘廷诰扩建为"昌黎书院",也就是说,从"仰韩"到"学韩",是刘廷诰将纪念性质的"韩公祠"改造为一个真正的学堂——昌黎书院。自韩文公在宜春"倡明道学",到祖无择建"韩公祠"创办州学,再到刘廷诰改造拓展"昌黎书院"规模,中间相隔三个朝代,之间形成的是一种传承关系。据此,"昌黎书院"之称谓应该从这个时候才算是真正命名。欧阳修曾这样评价祖无择:"无择名声重当世,早岁多奇晚乃偶。"的确,我们在记住韩愈的同时,也应该记得这些后来者。

昌黎书院在明清以后规模不断扩大,官办书院改由袁州的一府四县(萍乡、分宜、万载、宜春)共同投资兴办,学者一度达到数百人,到清同治年间,书院拥有学田千余亩,以租谷为收入,用以开支教师薪金、学员膳费和房屋维修费用等。清光绪末年,新学兴起,昌黎书院遂易名为袁州学堂,继而改为学校,编为省立第八中学,从而结束书院的历史使命。

欧阳修曾称宋代的科举制度"无情如造化,至公如权衡",这种说法虽有些言过其实,却也说明中国古代科举制度发展到宋代时,已经构建起一套相对严密的体系。科举制度的完善,促进了社会的公平开放,给更多社会底层的"寒俊"士人创造了机会,继而推动了书院的发展,而书院的大量涌现,又大大推进了中国古代教育的发展。

让我们再回到唐朝,当时的教育主要以官方设立的机构为主,其功能侧重于书籍的收藏、校勘与整理,相当于现在图书馆的职能,并非教育机构。而当时的书院，则以私人或家族创办为主，主要功能是为士大夫治学读书或聚徒讲学。它是中国早期教育机构的雏形，如中国古代著名的白鹿洞书院、岳麓书院、应天府书院、嵩阳书院、石鼓书院等。其中书院藏书功能的转变与兴起，亦是一次了不起的蜕变，全面推动了社会的进步。宋代，尤其是南宋时期，由于当时战事不断，政府所办官学大多有名无实，致使民间书院得以蓬勃发展，仅江西就陆续涌现出诸如白鹿洞书院、华林书院、鹅湖书院、白鹭洲书院、象山书院、豫章书院等具有全国影响力的书院，其中鹅湖书院还因朱熹、陆九渊、陆九龄、吕祖谦等人的世纪大辩论而名噪一时载入史册，而白鹿洞书院迄今仍是朱子学派的"圣地"。从那以后，各种形式的书院或读书场所层出不穷。

我这次赣西之行，参观并寻觅了不少这样的地方。宜春化成岩，

仍保留着当年李德裕在那里读书、写作、交友的石刻记录——李卫公读书处。宜春状元洲，四面环水，环境幽雅，唐朝时，江西第一位状元卢肇曾在此竖石为铭，苦读诗书。如今该地已开辟为一处市政公园，岛上植物密布，有池杉、红枫、鸡爪槭、罗汉松，以及梅树、桃树、杏树等树木和成片竹林。卢肇读书堂掩映于这些树林的深处。现在的卢肇读书堂为一处现代园林式仿古建筑，有楼阁，有卢肇立像，有卢肇大量诗作展示，成为宜春书画爱好者的乐园。

除此之外，赣西具有影响力的书院，还有上高蒙山书院、分宜铃阳书院、铜鼓奎光书院、袁州六柳书院，以及宜丰天宝"五芳翁祠"中的南轩书舍和尚友山房，等等。铃阳书院，位于分宜县介桥村，那里是明朝权相严嵩故里。我去村中参观时并不知有此书院，离开时偶然见书院指示路牌，便一路问询，许多村民居然也不知道书院的存在，其位置的确有些偏僻，在村子尽头的一条路旁。铃阳书院，规模不小，有连体两栋楼，旁边还有私厅二间，脚步丈量，东西长约三十米，南北宽有近二十米，前面有一个小院，旁边还有一大水塘，主建筑上书"用章公祠"匾额，侧八门楼，上书"铃阳书院"四字。由于门被锁，里面的结构与陈设无法领略，估计书院已沉睡多时。袁州的六柳书院，由宜春袁氏先人袁鲁训于明朝成化十九年创办，地点位于今天袁州区比较偏远的寨下镇横塘村，至清朝末年的数百年间，作为袁氏家族的私塾，所办书院先后达十三所之多，几乎占到当时宜春全县书院总数

的一半。当时的横塘"推窗皆见书生影,满耳充盈读书声",人杰才殊,一个小小的村庄,先后走出进士九名、举人十三名、数十名九品以上的官员。这些进士中,明末名臣袁继咸便是其中之一。当年,朱熹游览天宝,感慨这是"笃志于义理之学"和"耕道而熟仁"的古村耕读文化,写下《墨庄记》一文,以记其感。

靖安水口乡的青山村,四面青山环绕,依山傍水,翠岭含烟,溪水澄澈,田野静谧,如一处桃源之地。盛唐诗人刘慎虚晚年隐居于此,他把大部分时光留给了桃源里，他在深柳读书堂授课著书……

这次我们来到青山村，转悠之中，当年刘慎虚构筑的深柳读书堂给我们留下深刻印象。那是一座砖木结构大宅，青砖碧瓦，旁边竹林环绕，柳丝绵绵。该建筑气势恢宏，外围是四方形风火墙，飞檐翘角，正门上方用大理石镶嵌的"深柳读书堂"五个朴拙的字，非常醒目。可以想象，当年深柳堂周边之景，确有几分桃花源意境。

如今的深柳堂要想深入其中有些困难，房内的屋顶以及木结构部分已基本坍塌，留下一堆残垣断壁。据史料记载，曾经的深柳读书堂里面空间很大，有前、中、后三个厅堂，中间有三个大天井，两边有正房十间、厢房四间，侧面的房屋之中还有四个小天井，四周有拦水石及青石板铺地。在村里所建的刘慎虚纪念馆中，我们看到其中一幅壁画，惟妙惟肖地还原了当初深柳读书堂里学生们授课、玩耍时的场景，其中的解说，生动有趣：

轻风拂过柳浪，钻入屋后的竹林，那窸窣的绿叶摩擦声惊动林间小鸟，一只灵巧的雀儿发出悦耳的鸣叫，直向青山绿水间飞去，"苍官顽槐朋在庭，风虫日鸟声嘤咛"，这短短的一声鸣叫，为深柳读书堂的琅琅读书声画了一个短暂的休止符，随着刘慎虚的一声轻咳，孩子们又埋头将诗文往后吟诵下去。

深柳读书堂，就是这样一个供刘慎虚闲隐静读、授业论道的地方，严格地说，或许还是他用于读书写作的场所。

刘慎虚，是赣西涌现的"气格冠三唐"诗人。在今天出版的《唐诗鉴赏辞典》中，刘慎虚拥有一席之位。刘慎虚为盛唐时期奉新人，从小具备文学气质，九岁就能写文章，被朝廷授予"童子郎"。唐开元十一年中进士，一度担任校书郎、县令等职务。刘慎虚之成就，主要体现在文学方面，为盛唐诗坛上一颗璀璨之星，重要著作有《鹡鸰集》。殷璠所编的《河岳英灵集》是盛唐时期一部重要的诗歌选集，虽然该书只选录盛唐开元二年至天宝十二年四十年间二十几位作者的两百余首诗，却对刘慎虚诗有"情幽兴远，思苦语奇，可以杰立江表"之誉。晚年，刘慎虚因不愿从政，于是隐居桃源里，过着清静闲适的日子。

无独有偶，晚唐诗人郑谷，走的也是同一条路。郑谷是袁州宜春人，盘桓十二年，才在唐僖宗时期中进士，仕途不顺的他，终成刑部都官郎中，人称郑都官。他的年代，较韩愈和李德裕在宜春任职的时间晚三四十年，依然受到他们的影响。郑谷是个多产作家，诗作达千余首，其代表著作主要有《云台编》，又称《宜阳集》，代表诗为《鹧鸪》。

郑谷的著名，在于"一字师"称谓。有故事说，一天，诗僧齐己来访，呈上《早梅》一诗赐教，诗中两句"前村深雪里，昨夜数枝开"。郑谷说："数枝非早也，不如一枝好。"这一妙改，出了意境，一时传为佳话。仰山是宜春一处禅林重地，禅宗"沩仰宗"发祥之地。任职刑部都官郎中七年后，郑谷毅然决定弃官归乡，"飞下滩头更自由"。在仰山书堂山下，他"尽心于圣门六艺"，过着隐居生活。于是那片山林成了郑谷的田园与归宿，他在那里潜心吟哦，读书写作，并在山中构筑起一处读书草堂。他力图忘却世事，解除思想负累，让自己归于淡泊，以诗自慰：闲披短褐杖山藤，头不是僧心是僧。坐睡觉来清夜半，芭蕉影动道场灯。

在宜春南庙镇的禅农阁，我向刘密先生请教，传说中的郑谷读书堂是否还在，在什么地方，他哈哈一笑说，当然有，而且还是一座全新的草堂，就在仰山寺的旁边。

原来，2018年宜春历史文化研究会发起重建郑谷草堂倡议，得到社会各界热烈响应，不到一年，就将郑谷草堂重建，巧合的是，刘密正是策划者之一。于是我迫不及待地赶到现场，简洁的茅屋，前菜园

后丛林，与我想象中的郑谷草堂神似。

郑谷草堂建在山谷深处一片相对开阔地带，左边不远处为仰山寺，中间隔着一个寺院的禅农园，草堂背面和右边靠着山脉，房屋后面是一片竹林，前面是茶园，茶园里几只鸡正在草丛中觅食，茶园与草堂中间有一条小溪，溪流潺潺，茶园往前一点儿，便是传说中的韩愈祈雨台。院内比较宽敞，用枯枝做了一道一米多高的篱笆围墙。进入草

堂，需要经过一座石板小桥，然后是一条两边长满青草的石板小路通往讲堂。今日新郑谷草堂，主要由三栋建筑组成，左边为讲堂，中间为书堂，最右边则为堂屋。讲堂和书堂，石为基，土为墙，茅草盖顶，估计建设者对郑谷草堂的历史了然于胸，尽最大可能还原了草堂之貌。书堂两开门，之内有书桌、书架，四壁萧然。讲堂之内，有讲台，有几排书桌，安装了现代化的空调。讲台上有一幅郑谷造像，两边对联，上联"独步芳林十胜友"，下联"传世早梅一字师"，点评了郑谷的一生。堂屋则是一座古今合璧建筑，内部采用现代元素，可供游客吃住，或接待小型会议，外观仍表现为一栋典型的宜春农村传统民宅风格，二层楼，一楼为木制大门，二楼中间设一木制内阳台，房顶采用了瓦片。三栋房屋之间，用茅草盖顶的连廊衔接，大院最左边的空地，有一对郑谷与僧友对话石雕，或许所表现的是到访的诗僧齐己。旁边竖着两块碑记，一为郑谷简介，另一块为刘密先生所著《郑谷草堂赋》。

院内除草坪外，点缀着几株桃树和柏树。

我一口气写下上述一段，仍觉得意犹未尽。郑谷是位诗人，他的诗主要以写景咏物、抒发士大夫闲情逸致为主，风格清新通俗，这是他性格的体现。后人称赞郑谷"有唐三百年，风雅雄一代"。郑谷草堂的重建或许迎合了他的诗风和性格取向。正如《郑谷草堂赋》中所说："草堂者，此书之馆，诗之仓，纸笔盈案，砚味深长。"从这个意义上说，草堂的规划十分用心并且细致。草堂内外建筑、园林的结合理念，自然景观与人文环境高度一致，在低调的奢华中，草堂藏之郊野，修竹为伴，构建出一幅"渚闪鹭影，篱藏禽啼，蒸灶袅袅，卤上依依"的充满乡间田野气息的文化图景。

晚年的郑谷虽隐居于这山野之地终日与书与僧为伍，仍然忧国忧民，关心唐王朝的命运，但已力不从心。刘密文中感叹道："大山之中，荒野之畎，他营建的书堂犹如世外桃源，安抚了一颗敏感而惊惧的心。他是抱着无限的希望安然辞世的。世上本无净土，人间即是器壤，诗可寄托于山水流转，却不能挽狂澜于既倒。"但诗滋润了郑谷的天空与心灵，让他变得永恒。

在仰山期间，郑谷创作了不少好诗。我以为，如果草堂能选择一些点缀其中，人文气息可能会更浓郁，氛围更好。郑谷草堂，我喜欢它，相信如果郑谷先生能够穿越时空，回到今天，这里仍然是他心仪的桃花源。

华林胡氏"灿锦霞"

宋代，胡氏家族如雷贯耳，宋太宗旌表为义门，宋真宗曾诗赞这一家族："一门三刺史，四代五尚书。他族未闻有，朕今止见胡。"一个朝代，三位皇帝，不约而同都诗书称赞一个家族，我估计在中国历史上是少见的一种现象。"灿锦霞"便是宋孝宗为表彰胡氏家族在诗中使用的一个词语。

　　胡氏家族在哪？ 在今天赣西的奉新县。于是我们决定前往那里探寻其中的奥秘。从宜丰出发，我们自驾车沿昌栗高速公路东行，从高安出口下，再北行十余公里，过伍桥镇便是华林山的区域，历史悠久的胡氏家族在此一带安居乐业。

　　以"诗书继世，忠孝传家"的华林胡氏，通过书院这一载体，创造出充满血性的名门望族，从而赢得千年荣耀。自宋至清，胡氏家族在此先后创办的书院达二十九所，以华林书院的影响为最，被誉为江南四大书院之一，与岳麓书院、白鹿洞书院、鹅湖书院齐名。担心找不到，我用手机直接导航至华林书院，汽车过伍桥镇后便入"八百洞天"

范围,千峰仰止,此乃八百蜀人,曾穴居避世之地。一条公路盘旋而上,导航非常精准,华林书院即公路的终点,准确地说,是当年华林书院的遗址,它位于华林浮云山半山的一处深谷之中,令我们颇感意外。

天气不太好,刚刚下过雨,山谷之中云雾飘渺。抵达终点后,书院遗址还得往山谷的纵深徒步一段,小道已被水淹。去还是不去,我有些犹豫,也有点儿担心安全,山中不见一个人影,只有一辆摩托车停在路边。既然来了,还是进山看一看。其实,这里不仅有华林书院遗址,当年修建的万年宫也在此。目前,万年宫的牌坊尚存,从规模看,应该也是一座非常有气势的建筑,重檐式仿木结构石牌坊,呈明朝门楼牌坊风格。牌坊上的文字楷体阴刻,旁边保存着一对石狮。这座万年宫,主要功能为供天师道祀神之所,而牌坊则是这一道教建筑群的导入部分。牌坊前原本还有九龙池、会仙桥等遗迹,均荡然无存;牌坊之后有一座招神台,建在一个土坡之上,由于年代久远,土坡被杂草掩盖,上部为一座亭阁式石制建筑,底座为花岗岩砌成的平台。我们走近细看,此物看得有些让人心虚,近日居然有人祭祀过。再往里行走大约二百米,一个小坡之上,便是我们期待的华林书院。书院

毁坏得彻底，一块空地，建筑的上盖物已无踪影，剩下一个地基框架，旁边有一株古杉，遭雷击后只剩粗大的树干。从现场看，当年书院的规模足够大，可谓"筑室百区"。现场有两头牛在遗址周边享用青草，至此，我们在山中总算看到了活物。

从遗址出来后，我们终于见到摩托车主人，他一人进山挖了一大袋竹笋。向他咨询华林书院的情况，他告诉我们，往奉新县城的路边有一处耿氏林园，精华都保留在那儿。下山后，我们在水库边又见到一对淘沙的年轻夫妇,跟他们聊了一会儿,他们说,自己所住的村庄就在前面不远,这一带基本上都是胡氏家族的后裔。

耿氏林园占地面积庞大,所谓耿氏,即华林胡氏一世祖母。这位祖母可是了不得,被誉为"发祖太婆",民间称她"华林圣母"。我们开车入内几分钟后,遇上一建筑群,即华林禅寺和华林文化博览园。博览园内,建有华林胡氏宗祠、华林堂、华林胡氏纪念馆等,其中的华林胡氏宗祠由三座仿古建筑组成,气势不逊于一座中等规模的寺院。原华林书院、万年宫那些牌匾等珍贵文物都保存于此。博览园外,还有黄帝、炎帝祭坛和百家姓主题公园等。耿氏林园是一处自然与人文相融的场所,目前已辟为奉新县一个旅游景区。

在华林胡氏纪念馆,我们见到奉新县华林书院风景区管委会办公室主任胡小义先生,他带我们参观纪念馆内的陈设,给我们详细讲解华林书院和华林胡氏的历史。

据他介绍,书院最早为华林胡氏家族的私塾,南唐时发展为华林学舍,始建于胡氏一世胡藩,到北宋时,胡仲尧携兄弟倾其家产将华林学舍扩建为华林书院。胡仲尧"儒林称善",后来书院规模扩大,藏书达万卷。胡仲尧不愧为北宋时期著名的教育家,他延请四方名士,讲学论道,多的时候云聚者达数千人,逐渐形成文理兼顾、家族办学、男女共读、信奉道教的办学特色。再后,在扩大华林书院的基础上,胡仲尧又在附近村镇陆续创办书院多所,一时名扬天下,让华林书院成为当时全国著名的书院之一。胡仲尧本人被宋太宗提升为国子监主簿。胡小义先生还告诉我们,如今胡仲尧的墓亦被发现,就在华林书院遗址旁的山上。

史载,宋文学家苏轼曾与华林书院有过一次交集,当时,苏轼之弟苏辙在筠州(今高安)担任监酒税官之职,在探视苏辙途经奉新时,苏轼应胡氏之邀曾登华林山到书院讲学。事过之后,苏轼很感慨,赋诗一首:

曾过华林书院来，芙蓉洞口荔枝阶。
藏书阁俯潆纤水，洗砚池边滑跶苔。
凭远楼中朝对鹤，挹清馆内夜衔杯。
八方亭外五株桂，岁岁秋风一度开。

苏轼在诗中描述了当时华林书院的胜景，并盛赞书院的办学之风以及取得的教育硕果。后人盛赞"华林书院，育不世之贤杰；胡氏家族，衍绝代之精英"。

我们这次参观华林胡氏宗祠时，巧遇湖南浏阳胡氏宗族协会的会长一行，他们到此祭祖交流。胡氏宗族在浏阳也算一个大的分支。如今宜春市、奉新县两级政府都非常重视华林书院的重建，专门设立华林书院风景区管委会这一正科级机构。我倒觉得，重建的华林书院未必要在原址，结合现代旅游文化之需，耿氏林园便是一个好的选择。

在驾车途经甘坊镇南潦河流域时，我们见到一座建于清朝的"青云塔"，上面写着一副对联，上联"甘雨和风物华天宝"，下联"坊言表行人杰地灵"。这就是奉新。华林，山清水秀，人文荟萃，一个"仙源灵境""文物昌盛"的地方。

唯有书香能致远

修水多书院，这次我们来到黄庭坚故里，参观修水县杭口镇双井村高峰书院。高峰书院建于双井杭山的高峰之下，故得名。经重新修整后的书院，建筑风格变化不大，依旧是四合院样式，但面积扩大了许多，通过内涵和外延的延展，成为一个中国古代书院文化展示馆。

高峰书院建在双井村中心位置，与黄庭坚故居、黄庭坚"山谷园"和"双井进士园"相邻，成为双井旅游核心景区。

如今的高峰书院是一座仿古新建筑，结构典雅古朴。建筑外墙高耸，砖石结构，下面座基为青砖，上部为刷白墙体，广场上的两尊石雕像分别为周敦颐和黄中理，以彰显他们为修水书院发展所做贡献。建筑正中分层次递升，寓意"书山有路"，顶部用琉璃瓦、飞檐造型，大门最上方设计一幅孔子像，之下为高峰书院匾额。大门两侧对联引用黄庭坚的两句诗，上联"万卷诗书宜子弟"，下联"十年树木长风烟"。人还未走入书院，就能感受浓浓的书香味和修水的地域人文气息。

进入高峰书院内，首先是一块照壁。照壁由座、身、顶三部分组成，前书"学规"，后撰"朱子读书法"。书院照壁之功能，我以为，一为遮蔽视线；二为藏风聚气；三是用"学规""朱子读书法"警示学子。照壁后面为一尊"万世师表"孔子青铜立像。进门之后往两边走，分别为修水历史人物作品展示、书院文化介绍等展览室。其中一间教室模拟古代书院教师、学生上课的情景,人物蜡像栩栩如生,让人产生身临其境的感觉。一位老师,六个学生,此情此景,我特别想坐入其中体验一回。

中国古代的书院,始于唐,兴于宋,清朝时,由于书院科举化,从而达到顶峰。纵观各个朝代书院的发展,江南之地的江西始终都为重镇,数量约占全国的七分之一。参观高峰书院的书院文化介绍展览室,让我们初步了解到书院历史发展脉络。

在古代,中国的教育体系主要分两种形态,官学与私学。书院表现为私学,它不同于官学,甚至还刻意与官学保持着一段距离。书院的办学形式灵活,开放式,不设门槛高低,不分贵贱贫富,不论地域,秉持独立办学,"大公无类"为各地书院办学的准则。"种田不好荒一年,教儿不好害一生"这一道理,助推了书院的发展。同时,各地书院均注重学术争鸣和讲会自由,倡导自修和独立性。它尊崇传道济世、经世致用、尊师尚礼、质疑问难的办学方式,致力于教书育人,甚至在管理方面还比较民主。

古代书院培养的对象不唯政治精英,而是偏重学术,于是迎合了民间的需求。在发展过程中,书院逐渐形成三大功能,一是讲学,允许不同学派之间共同讲学,重视彼此间学术交流和论辩,体现办学者的思想旨趣。尤其是南宋以后,"讲会"制度一度成为书院重要的教学形式。此时,讲堂或明伦堂成为书院建筑的核心,一般建于书院的中心位置,用于读书、讲学、弘道和研究。此时的学生听课,自带蒲团,席地而坐。二是藏书,一般书院都会设计藏书楼,用于教学与研究。书院藏书的来源一般为皇帝所赐、民间捐赠和书院自行购买、刻书等方式。三是祭祀,树立典范,教育生徒定期祭拜先圣孔子、先儒先贤,以及主宰功名的文昌帝和奎星等,达到劝勉规诫、见贤思齐之目的。高端一些的书院还会建造祠堂和斋舍,如修水濂山书院,其中就建立了"山谷祠"，祭祀黄庭坚、周敦颐两位先贤。斋舍则用于生徒寄宿自修之用。

在赣西地区我们一路看过，发现各地都很注重书院的选址与建设。从培养人才"兴地脉，唤人文"这个目的出发，"居山水为上"成为儒家士人最为崇尚的治学环境。以此为出发点，中国古代的书院建筑大多在设计方面都会考虑组群式庭院布局，谨守礼教，古朴典雅，如"左庙右学""复道重门"。所以，书院的选址，一般都会选择在风景优美、山川灵秀之地。孔子曰："智者乐水，仁者乐山。"依山傍水正是儒家对"智"和"仁"的追求，如昌黎书院、华林书院和高峰书院等。依山傍水之地，山环水抱，藏精聚气，钟灵毓秀，利于养德；茂林修竹之中，清幽静谧，心境恬淡，专心致志，利于养学；临寺近观场所，空灵安静，坐以论道，互相熏陶，利于养性。于是书院建筑的主旨，通过理性、朴实的格调，统一、明快的形态，营造出宁静、高雅的氛围。

来到修水，我们不但领略了高峰书院之文化气息，而且令我们慨叹

的是修水书院的数量之多，书院底蕴之深厚。江西自唐朝以来共建书院近千家，而修水一县之地，我没法逐一统计，估计也有三十家。据介绍，知名度较高的除高峰书院和濂山书院外，还有梯云书院、印山书院、培元书院、仁义书院、云溪书院等。这些书院并不仅仅建在县城范围之内，而是分布于修水各乡镇和村庄，具有较大的普及性和普遍性。参观书院陈列馆，我们还获悉，这些书院，有以家族形式创办的，有通过众筹集资、捐助形式创建的，也有个人出资并以自己的名字直接命名的。书院经费的来源，包括乡绅、乡众、个人筹资，也有个人捐赠，田租，直接交粮多少石，或出田多少亩，形式灵活多样。譬如，修水最早的芝台书院和樱桃书院就是由北宋礼部侍郎、黄庭坚的曾祖黄中理创办，据说黄庭坚曾就读于这两所书院。修水，不但重书院建设，而且非常重视书院教学。周敦颐和黄中理便是两位曾在修水进行过讲学的杰出教育家。

　　北宋著名理学家周敦颐任职分宁（修水）主簿时，不但创建濂山书院,而且还亲自登台讲学。周敦颐是一位了不起的人物,不但是宋代儒学复兴的五子之一,还是另两位北宋著名哲学家程颢、程颐兄弟的老师,他们对当时的佛教、道教进行了全面深刻的批判,尤其是程颢,明确提出儒学复兴运动核心命题,扛起"自明吾理""仁如谷种""仁包四德"的儒学复兴大旗。后来,濂山书院还延请到明朝著名哲学家、教育家王守仁(王阳明)、清朝著名的地理历史学家王谟等掌教书院,形成一代代优良的学风。濂山书院创办于北宋庆历元年(1041年),至清朝末年,历经风雨八百余年。

时任江西学政何延谦在《培元书院记》中这样评价修水的书院:"大雅宏达,后先辉映,洵所谓地灵人杰者也。夫书院之建,大江迤西,鹿洞、鹅湖克绍朱陆,心传尚已,即修水之濂山光霁堂,培育英才,亦彬彬称极盛焉。"

到清朝末年,即光绪二十七年(1901年),朝廷下诏,将传统书院一律改为新式学堂。它标志着黄庭坚诗中"山随宴坐图画出,水作夜窗风雨来"的中国古代书院正式走入历史。

今天,我们在赣西各地重温古代的书院,发现许多书院犹存,但大多已是残垣断壁,一些仍在使用或重建的书院,也只是做些象征性陈列,深度远远不够。这其中,我以为古代书院原有的许多元素应该值得借鉴,包括藏书、讲堂、论坛,甚至对特色书店和图书馆功能的挖掘。"一等人忠臣孝子,两件事读书耕田。"中国古代书院秉承"耕读传家"世代祖训,是给后人留下的一笔丰厚的文化和精神财富,遗风流韵,还是一幅幅灵动的山水画卷。书院,奠定了江西文化的底色。修水高峰书院的打造是一个很好的范例;靖安青山村的深柳读书堂兴旺了一片乡村;华林书院通过一个家族给一片地域营造深厚的文化底蕴;参观宜春袁州区的郑谷草堂,我们赏心悦目,流连忘返,仿佛穿越时空回到遥远的唐宋时代。

乡土的记忆

风吹稻花香
乡土忆,最忆是小吃
节日里的味道
陶渊明的酒

乡土的记忆

风吹稻花香

　　乡土记忆，最让人牵肠挂肚的往往是美食，尤其是一些小时候喜欢吃的东西养成的味觉习惯，总会令人念念不忘，耳濡目染中成为一辈子的记忆。一方水土养育一方人，各地物候不同，带来的饮食以及培育的饮食习惯各不相同，那些熟悉的饮食往往才是人们所认同的历史记忆，成为地域与风俗的坚强捍卫者。

　　自古以来，赣西地区的主要农作物有水稻、番薯、大豆、花生、玉米等，耕作让人们获得稳定的食物来源，尤其是水稻种植。中国大面积杂交水稻的推广种植，久远一些，我们要记得宋真宗，是他将越南占城稻引入中国，到南宋时期，两熟稻在长江流域广泛种植；时间近一些，要感激袁隆平，在他的努力下，中国杂交水稻产量大幅提高，从而解决了中国人的温饱。所谓靠山吃山，靠水吃水，由稻米衍生出来的各类食品，在赣西名目繁多，这种崇尚自然、讲究清淡、量腹而食的饮食密码，形成悠远而深厚的赣西乡土文化与记忆。

　　赣西的水稻种植分两季，早稻和晚稻。由于气候条件的差异，晚稻颗粒饱满发光，筋而不硬，黏而不泥，这种米饭用木甑蒸，味道香甜，多作日常主食，但早稻又必须种植，此时，人们对早籼米的食用方法进行创新，让它变换口味形成新的美味。

江南人的主食，除米饭外，不二之选是米粉。在南方各省米粉是人们喜欢的一种食物，如著名的桂林米粉、长沙米粉、南昌拌粉、广东濑粉、柳州螺蛳粉、南宁老友粉、生榨粉，以及由稻米衍生出来的河粉、米面等。赣西对米粉的称谓有两种，米粉主要指新鲜的湿粉，也可泛指；晒干的粉称作扎粉，顾名思义，经过一系列制作工序后，做成一摞一摞的干粉，然后用稻草捆扎。各地的米粉，口味不一，高手吃上一口就能品鉴出米粉的产地。某种意义上，米粉是一种神奇的食物，人们对米粉的喜爱往往是发自内心。赣西米粉的吃法一般有炒

和煮两种，炒扎粉最为风行。炒扎粉配料简单，一般只需放一点儿新鲜猪肉，加一些蒜苗、香葱和辣椒，或许再加一个鸡蛋及豆芽、小白菜等，就能炒出一盘香喷喷的扎粉。

我们这次在万载古城品尝了一次地道的万载罗城扎粉。这种土扎粉口感弹牙，韧性筋道，米香浓郁，是赣西米粉的一个标杆，有独特的味道。其他地方，米粉亦有特色，就个人来说，我吃得最多的是宜春袁州扎粉和宜丰棠浦米粉。每次回宜春，我一下火车，最大的可能性就是叫上一辆的士，跟司机说，到某某地方，先来一盘炒扎粉。这时司机们往往心领神会。

除了炒粉，煮米粉也是赣西人的挚爱之一。今年清明节，在宜丰城郊桂花路一家路边米粉店，我品尝了一次牛骨米粉。米粉在热气腾腾的锅中煮熟后添加一些辣椒、卤水等调料，再配以大块秘制牛骨，让我们吃得大汗淋漓，至今还惦念着。这是一个早晨八点就需要排队用餐的小米粉店。还有一次，我们从浏阳大围山返回铜鼓县城，因错过午餐时间，就在大街上寻找小吃。在秋收起义纪念馆旁边发现一家米粉店，我们点了一碗煮米粉、一碗煮米面，加入牛肉辣椒调料，米粉细腻滑爽，米面宽扁柔韧，辣味十足，居然都非常好吃。吃完后，我们将小店里剩余的米粉，配上作料全部买下打包带走，回家当早餐饱食了几天。

罗城，距离万载县城不远，开车三十分钟。在万载古城我们品尝罗城炒扎粉后，意犹未尽，决定前往产地，到现场实地观摩一下。

那里是一片广袤的田园，黎明村是罗城扎粉的核心产区，几乎家家户户自产自销。我们导航直达村里，询问了几户人家，的确如此。由于四月雨多，我们当天并没有看到制作扎粉的场面，有些不甘心，就直奔黎明村委。恰好村主任值班，他一个电话，请来村里扎粉生产传承人周继辉先生。

我们说明来意，想见识一下罗城扎粉制作工艺。于是周继辉带我们就近到村委旁边的一户农家参观。他介绍道，黎明村几乎每家每户都生产制作扎粉，制作的工具和工艺都差不多，主要流程为浸米洗米、压榨揉煮、挤丝煮粉、冷却晒粉等。我很关注黎明村制作扎粉的与众不同。他说目前罗城推广种植有机水稻，首先要确保稻米的质量，而制作扎粉的大米，罗城采用早籼米。这种米颗粒大，煮饭太硬不好吃，但适合做米粉。

黎明村扎粉的制作方法，特点是将大米用大桶浸泡半个月，直至大米发胀变得有一些异味，然后再进入第二道洗米工序。浸泡过程是罗城扎粉制作成功与否的关键，发酵程度不够，粉易碎味道寡淡，发酵过头，则酸味过重，不好吃。第二个不同之处在于天时地利，黎明村位于丘陵平原地带，地势平坦，日照充足，便于米粉晾晒。的确，我们所参观的各家米粉作坊，占地面积最大的就是晾晒的木框模具和竹编，移动它们，是个重体力活。地利方面，即黎明村边流淌的那条太溪河。周继辉特地带我们到河畔观光，这条河河水清澈。他说黎明村共有六百口人，上百户人家，都是依托这条河生产扎粉供应市场。尤其神奇的是，在太溪河对岸还有一条河，用那条河的水生产出来的扎粉，口味则不太一样。我想除制作工艺，水是其中一个秘密，和桂林一样，赣西也多喀斯特地貌，石灰岩地区水质偏碱性，由此生产出来的米粉好吃。

周继辉是黎明村的扎粉世家，家族制粉已有上百年历史。他带我们参观其祖屋，说这是他爷爷奶奶当年生产扎粉的作坊，现在人去楼空，就留着当纪念了。这是一栋具有赣西特色的老宅，屋内中厅前有一个天井，前面一个大屋场，看上去就是一户曾经的殷实人家。据他介绍，家里还保存着一件老古董，制作米粉的传统工具——碾磨。原

先磨坊都建在河边，依靠水车提水，现在部分使用机械设备，效率提高不少，生产车间改为室内，只有晒粉才在室外进行。

很大程度上，制作扎粉得看天吃饭，雨天无法晾晒，也就无法生产。新鲜的湿粉对食用期要求太高，在农村生产保证不了新鲜度，难以形成生产规模，而干米粉用水浸泡后可炒可煮，并能长时间保存，能较好满足市场之需。说起扎粉生产，周继辉有些感慨，他告诉我们，目前村里从事扎粉生产的人，主要都是像他这样四十多岁的中年人。老年人，年龄太大已干不动这种重体力活；年轻人，读书的读书，打工的打工，已经没有人愿意做生产扎粉这种活。

扎粉生产之日，周继辉夫妇凌晨两点多钟就得起床，一天下来需要用去稻米三百余斤，的确是个辛苦活。他说，你们四月份来，天一直下雨，米粉没法晾晒也就无法制作。作为一项传统工艺，米粉生产是罗城镇的一大产业，政府相当支持，将其纳入扶贫项目，通过合作社模式调动农民的生产积极性。周继辉说，就在此前一天，中央电视台科学教育频道还专程来村里采访，可惜由于天气原因，也没能拍摄到制作扎粉的过程。后来，周继辉通过微信发给了我一组视频和照片，江西电视台《稻花香里》栏目对他扎粉制作的流程进行过专门报道。他家一年做扎粉的时间只有一百多天，收入十几万元，在当地农村还算富裕。他说，目前村里生产的扎粉供不应求，总体态势比较乐观。

离开黎明村时，我们刻意开车沿着田间地头再转了一圈，这是一个美丽乡村，村民的住房规划整齐，均为三层左右小洋楼，家家户户门前有一个小院，小院前有水渠，水渠中引来清澈的河水，河水哗哗流淌。四月，是农村春耕的时节，村民们正在水田里育秧、插秧，一幅农忙景象。我们停车到田边与他们交流，村民们嚷嚷着要拍照，咔嚓几声，留下一幅春耕图。

平畴交远风，良田亦怀新。

乡土忆，最忆是小吃

先举一个例子，在宜春袁州区，用早籼米做成的新米粑，称黏米粑，是人们喜欢的一种食物。所谓新米，即每年新收割打下的早籼米。这种粑讲究时节和新鲜感，过季就失去口感和味道，所以称新米粑。在我的印记中，这种新米粑只有袁州区才有，没有之二，算是一种地方特色美食。在宜春最大的菜市场箭道里门口，曾有这样一家小摊，专做新米粑，以及红薯丸子、艾粿等食品，生意兴隆，口味地道。

这次我们来到万载古城，在散淡的阳光下，看古建筑、逛古玩店、寻找小吃，优哉游哉地游览。在古城中的从泉茶馆，我们发现并品尝到各式米制特色食品，如糍粑、糖油粑、麻丸、八宝饭、米包子、糯米发糕，还有如意糕、萨其马、米糖等，真是大快朵颐，我们即吃连带。糕点食品在唐宋时期已经普及，在中国南方，这些食品的主要原材料均为稻米。譬如其中的糯米发糕，做法上将糯米磨细筛选后，再用白砂糖滚汤拌匀，分层做成后，放入木甑蒸熟即可食用。

水稻是南方人赖以生存的粮食作物。由稻米衍生出来的食品，糍粑是其中之一。在宜春袁州区，糍粑又称麻糍，小时候，这是我只有春节期间才能品尝到的美食。现在，生活条件改善后，超市里常年有售。麻糍以糯米为原料，过去在农村，村里人家建屋上梁、婚嫁或过年等，家家户户"打麻糍"是一项重要仪式。春节时，儿歌这样唱"二十四打麻糍"，表明已到腊月二十四，是"打麻糍"的日子。打麻糍需要有工具，一口用麻石凿成的石臼和一对擂槌。打麻糍时，将蒸熟的糯米倒入石臼中，两个人各手持一根长长的擂槌，不断交替猛捣，直至将糯米捣成又黏又烂的米泥团状。捣成米团后，趁热再将其做成一个个小圆扁形状，有时做成长条状，冷却后再切成块状，存放在凉水中，每天换水可保存几个月。糍粑是我喜欢吃的一种美食，用茶油炸，再放一些糖食用是传统吃法，此时的糍粑又香又脆；另一种吃法是将糍粑在热水中煮个两三分钟，软后加油加盐或少许葱花，亦为一道美食。

在万载古城,我们发现一个专门的糍粑店,该店打糍粑已不再手工,而采用机器设备。所售糍粑品类也有创新,如上梁糍粑、芝麻豆香糍粑、花生糍粑、烤糍粑、油糖糍粑等,五花八门。这些刚出炉的糍粑热乎乎,游客可以选择自己喜欢的食用方式,辅料可加一些松花粉、豆粉、芝麻粉以及食用砂糖等,各取所需,香味各异。在宜丰、高安和奉新等地,还有一种糍粑比较特别,叫黄连麻糍。这种麻糍,据说源于北宋,原料以当地出产的黄连糯为主料,再添加一些天然的黄连柴和黄栀子等配料,使成品变成米黄色,冷却后漂入山泉碱水中,可长时间保存。黄连麻糍食用时,切成片炒青菜、包菜,或放入鲜汤煮,也可油煎后拌糖或加盐直接食用,不失为一道地方特色美食。

朱熹说"吃得菜根百事可做"。米制的食品,赣西还有一种食品受到欢迎,那就是艾粿,又称艾米粿或清明果,宜春人叫"艾里粑"。艾草是一种纯野生植物,清明前后,在中国南方农村的田间地头到处都能看到,想吃的话,到野外摘来便是。各地艾粿的做法各有千秋,许多地方采取里面包馅,有猪肉,有香菇,甚至辣椒等。我喜欢吃宜春那种原汁原味的艾粿。同学钟坚勇夫妇是一对美食高手,每次回宜春必到他家讨教,主要是吃,红烧肉、猪蹄、鸡爪系列,或一盘香椿煎蛋。当然少不了钟夫人揭萍所做的艾粿和开味小吃生姜,而且每次又吃连带,顺一些回深圳慢慢品尝。艾粿的做法,我没有学会,据揭萍介绍,主要原料是艾草,即鲜嫩的艾叶部分,制作时,先将艾草洗干净,用热水焯熟捣碎成浆,加入水磨糯米粉等辅料,分量各半,最后拌匀揉成一个个团状蒸熟。蒸熟后的艾粿,颜色通体碧绿,柔韧适中,渗透出浓郁的青草香味,蘸点儿糖更加美味。如古人所云,野菜充饥,却也"菜根香"。

赣西多山,山里人,靠山吃山是一种选择,也让人踏实。宜春为中国著名的"油茶之乡"。油茶树全身是宝,茶籽可榨油,是一种地道的

天然植物油，赣西人的食用油多为茶油，而用茶油炸制的食品特别香，从而演绎出许多油炸食品，红薯丸子是其中一种，在宜春叫番薯丸子。红薯是一种舶来品，明万历年间传入中国后，在南方地区广泛种植，迅速成为人们生活中的主要食物之一。在粮食供应不充足的年代，将红薯切成丝放入米饭中一并蒸煮，或用红薯煮粥，成为辅助的主食，当然也可将红薯切片晒干当零食吃。现在，生活条件改善后，人们食用红薯的方式发生改进，如这种将红薯削皮蒸熟，捣成泥状加一些糯米粉制成红薯丸子或红薯饼用茶油炸，外脆内软，无须加糖亦脆香甜柔，成为宜春人特别喜欢的一道美食，尤其是那种皮红里白红薯炸成的丸子，更加美味。民俗说"二十五，泡圆子"，意思是到了农历春节前的年二十五，农村家家户户都要油泡红薯丸子，准备迎接新年。

  赣西的米制食品丰富多样，各地风俗相似，由此衍生出来的传统手工食品冻米也大同小异。宜春过去农村有熬番薯糖制作"糖片"的传统，每年中秋过后，家家户户会选择上乘的糯米蒸熟后放在露天冻晒，然后存放至春节前下锅炒,再拌入番薯糖,制成冻米糖。高安传统的冻米,放糖加芝麻,蒸熟冷却后切片,放入铁筒中可保留许久。这种芝麻冻米糖家家都会,但只有过年前才会做。每当这个季节,我叔叔就会做好,挑着进城,这是我小时候最盼望的时刻。宜丰的冻米,纯糯米做原料,不添加任何辅料,蒸熟后的糯米保持粒状,再做成饼状或球形晒干,可长期保存,吃的时候放入油锅炸个两三分钟,米花爆起即可食用,香脆可口,绝佳的无糖食品。我煎炸了一些给深圳的小朋友吃,问好吃否,小朋友倒说得直白,没吃过,特别好吃。

丰城市位于赣西东部的平原地区,自然禀赋优越,盛产优质大米和甘蔗,两者结合,便形成一种传统经典零食——冻米糖。丰城的甘蔗,每年中秋节前后上市,然后榨汁熬糖。苏轼曾诗曰:"冰盘荐琥珀,何似糖霜美。"诗所指的"糖霜"就是这种由甘蔗熬成的糖。赣西的米制小吃大多为甜品,丰城冻米糖便是从家庭自

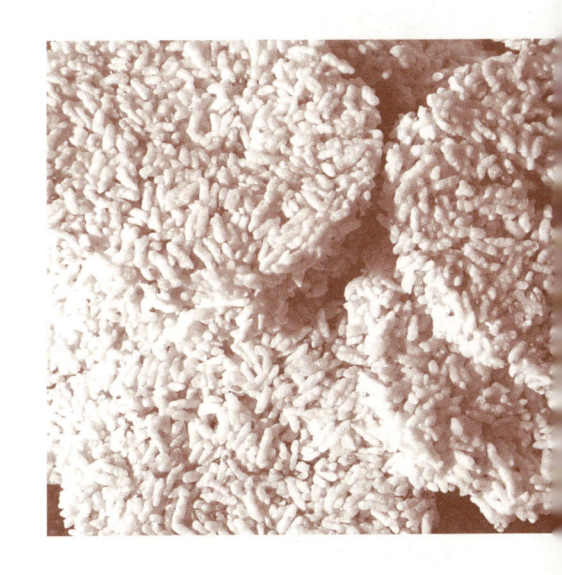

制衍生而来的作坊产品。小时候,能够吃上丰城冻米糖是我的一种奢望。记忆中,那时的丰城冻米糖只有一种包装形式,每包大约半斤,用传统油纸包裹,产自丰城拖船埠。这种冻米糖除了大米,便是蔗糖和桂花,或许中间还点缀着一些芝麻和红丝。现在这种冻米糖已是中华老字号和非遗食品。丰城冻米糖有几百年制作历史,主要原料为糯米、蔗糖,再加入茶油、桂花等炒制而成。其糯米颗粒大,所谓冻米,是指顺应气候与土壤环境,立冬后用井水浸泡蒸煮制作的糯米。丰城冻米糖与众不同之处在于成品洁白晶莹,中间点缀芝麻和红丝后,极具诱惑力,充满美感。尤其是刀工切片精准细腻,用手一掰,发出清脆之声。当年乾隆下江南,品尝丰城冻米糖后,给出了"脆、酥、香、甜"四字评价。

二十世纪六七十年代,宜春城里有一位著名的厨师,叫徐有全,人称"半把刀",擅长制作地方特色点心。他做的点心,如"煎糖粑""素烧卖""四季饺"和"七层糖糕"等,让食客们记忆犹新。徐有全做的"素烧卖"便是一绝。

烧卖这种食品全国很普遍，北方称烧麦，南方称烧卖，也有地方称"捎卖"，顾名思义，非主流食品，捎带着做，捎带着卖。各地烧卖的区别，在于馅，也在于工艺。北方烧麦多牛羊肉馅，南方烧卖多猪肉馅，也有海鲜甚至蟹黄烧卖。南方多数地方的烧卖会蒸成糯米呈粒状且带咸味，有些地方也会做成甜味，如高安烧卖。在宜春，烧卖俗称"一斗葱"，烧卖的做法，面粉中加一些生粉做皮子包馅，馅多用荸荠、猪肉、白糖和芡粉。一次，深圳的同事、"自誉美食家"张霞女士告诉我，在宜丰潭山镇发现一种烧卖非常好吃。于是我请人买来品尝，果然与众不同。我悠然神往，后来专门去潭山寻找这家店，结果出乎意料，竟然是一家叫长隆的小糕点店，不但做烧卖，还生产、销售别的糕点。虽然店小，却很霸气，每天只供早餐，生产时间定时定量，过量则止，所以要想吃上他们家生产的新鲜烧卖，每天还得赶早。长隆烧卖的味道不同凡响，做工精细，是我所见形状最小的烧卖，吃的时候可以一口一只。其精彩之处在于内涵，主材糯米，加入一些面粉、生粉、糖、胡椒、芝麻、猪肉或猪油等在器皿中拌匀，可能还会有一些其他特殊配料，然后揉成湿面团，用薄皮包裹成一个个带褶子的"小蛮腰"形状，再在蒸笼中蒸熟。长隆烧卖口味特点，主要是糯米的韧性和甜味。这是一种形状别致、香甜酥烂、甜而不腻、入口即化的烧卖。如果是一盘热气腾腾刚出笼的烧卖，吃上一口，回味无穷。

节日里的味道

调侃江西人，人们常说"江西人一会养猪，二会读书"。传统意义上，江西人会养猪倒是一句大实话，在过去的农村，家家户户养猪是个普遍现象。小农经济时代，猪是一个宝，是农民生活的可靠保障，也是经济收入的主要来源，将淘米后的水、剩菜剩饭，以及红薯叶等喂猪经济实用，而猪粪又是上好的农家肥料。在江西，有很多谚语说农事养殖，如"养猪赚疋钱，又肥一庄田""家里不养鸡，缺东又缺西""若要耕牛养得好，栏杆食饱露水草""水田养鱼，有吃有余"。某种意义上，一个家庭，猪存栏数量的多少往往还是富裕程度的衡量标志。更重要的是，在江西农村，每年冬天，每家每户都要留一头膘肥体壮的猪，屠宰后用于过年享用，以此犒劳自己这辛苦的一年。

猪肉的作用非常大，它不但可以应对过年期间家庭享用，而且还可以满足正月里，甚至到春耕农忙前一段时间食物的短缺。此时，将不能一次性消耗完的猪肉做成腊肉保存就成必然。长江流域没有暖气，冬天湿冷，于是做一个火围炉，一边烤火，同时烟熏腊肉，包括熏腊鸡、腊鱼、腊牛肉、腊香肠等就变得非常普遍。在赣西，做腊肉并不难，将新鲜的猪肉均匀地抹上盐，在瓦缸中腌上半个月左右，拿出来挂在火炉上烟熏，大约一个多月基本上就可完成。食用时取下来，洗净切块蒸熟即可。人烤火取暖，同时熏肉一举两得。尤其是猪肉火腿，几乎家家自制，火腿每块重约十斤，为待客上等佳肴。"油茶不要肥，一年松层皮"，赣西为江西主要油茶产地，油茶树长遍山野，它是一个宝，入冬后，早年熏制腊肉一般都使用干茶树枝、茶子壳燃烧取火、取烟，用这种方法熏制的腊味，茶树的焦香融入肉中，吃的时候味道特别香醇。久而久之，腊味制品便成为赣西农村不可或缺的一道美味佳肴。

小时候春节去外婆家拜年，最期盼的便是品尝腊肉、腊鸡和猪肉丸。这些美食平时享受不到，只盼着过年。用餐时，大人们会反复叮嘱，猪肉丸子每人只能吃三粒，腊鸡和腊肉每人只能吃一块。那时农家的腊肉十分豪气，切得如成人手掌般大小，吃一块，知足知饱。如今，生活改善后吃腊肉已不再奢侈，农村里这种传统熏制腊肉的方式也不多见，一是电气化普及，冬天取暖无须再烧柴；二是森林保护，不再砍伐树木。商品丰富以后，农民也无须费时费力自己熏制腊肉，需要食用时可随时购买。当然，这种腊肉目前依然有，但猪肉是否还是当年农家自己饲养的土猪，熏制腊肉的材料是否采用木柴，便不得而知。

这次回宜春，在南庙镇的禅农阁，老板杨晓东先生宴请，我们意外品尝到一盘庄园私家定制的宜春腊味三宝——腊肉、腊鸡和香肠。禅农阁是杨晓东刻意打造的，一个以农产品种植、养殖、加工为主的庄园。占地面积很大，有几座山头、一座水库和一大片土地。杨晓东在庄园里，种茶种苗、养猪养鸡养鱼，不亦乐乎，打造出一片天地。我们所品尝的那些腊肉、腊鸡和香肠均为农场的土产品。其中，腊肉切成长方块状，肉皮熏制成酱色，瘦肉占其中的三分之一，呈微红色，肥肉色泽晶莹剔透。这种腊肉皮韧肉酥，肥而不腻，吃着嘴里冒油，是我久违了的宜春传统腊味，一口下去，不但尝了滋味，还能领略其中的意境和乡愁。腊鸡呈金黄色，香肠红里透白，三种美食拼成一盘，色香味俱全。

杨晓东介绍说，这种腊肉，猪为自己农场养的，用的是有机饲料，制作工艺秉承传统做法，体现原汁原味的特点。我们发现，其中的腊香肠也很地道，与其他地域的腊香肠不同，宜春的香肠不放麻辣，制作时主要配料为食用盐、白酒、白砂糖和一些香料，以瘦肉为主，肥

瘦搭配绞碎灌肠，烘干或晒干至七成软硬。此时的香肠蒸熟切片后层次分明，色泽晶莹透亮，口味咸香带甜，味美可口。

"每日起来打一碗，饱得自家君莫管"是苏轼发明并享用"东坡肉"时的一种境界。红烧肉是一道国菜，无疑也是各地节日里的一道主菜，在无肉不欢的时代，红烧肉迎合了大众的口味，但做法上仍有差别。江浙沪地区口味偏甜，云贵川可能会用麻辣入味，赣西的红烧肉加糖和酱油，咸香中略带甜味，色泽偏重。

赣西红烧肉的制作讲究猪肉部位和肥瘦的精选与搭配，制作过程强调简洁原味，配料也不复杂，以酱油、白酒、白糖为主要调料，八角、桂皮等香料为辅，有些高手，不加酱油也能做出浓油赤酱的色泽。在

分宜县，我们在朋友永红家品尝过一次家庭烹饪的红烧肉，小火慢炖，散发出满堂香味，典型的家庭红烧肉味道。还有一次在修水，我们拜访县人大胡荣军主任、县委办樊雪江主任等领导，会后他们宴请，其中一盘红烧肉，加入当地出产的双井绿茶一并烹制，别具风味，给我留下深刻印象。

猪肉制作的特色佳肴不少，如具有赣西地域特色的宜丰松肉和酱肉。松肉是宜丰宴席中一道特色菜品，制作时将猪肉拌入稀释的面粉，再加一些鸡蛋、生粉、蕨粉或优质薯粉等作料，拌匀后用茶油炸成焦黄色，熟后可即食。松肉的特色在于"松"字，讲究食用过程口感酥脆、肉质松软，因外形酷似松果，而故名。作为一道正菜，一般会将炸好的松肉，用香菇作碗底料，再在蒸笼里旺火蒸两小时，食用时反扣过来香菇朝上装盘，好看又好吃。

米粉肉，或称粉蒸肉，顾名思义，用米粉拌肉加调料在蒸笼中蒸熟。各地采用的调料和做法不同，口味也不一样。小时候，在宜春吃过一种米粉肉，为一家名为向农饭店的专供美食。米粉肉选用肥瘦相间的五花猪肉，配好料后，用小陶瓷碗装盛入大蒸笼中蒸熟蒸透，直至肉油渗出覆盖表层。这种米粉肉多用糯米粉，加一点儿黏米粉，再配以八角、香椿等辅料。在一个馒头卖两分钱的年代，一小碗米粉肉售价两角五分，真算得上是一次高消费。这种米粉肉充满香鲜味，尤其是其中的米粉黏而不腻，吃后令人回味无穷。如今几十年过去，我每次回宜春都会关注这一食品的命运，向农饭店早已消失，虽然米粉肉还在，却已不是原来的味道，凭借记忆自己动手做，也始终找不到那种口感。

小小一碗米粉肉，勾起我对家乡的特别记忆。

鱼是一种大众需求。不像广东，菜市场里河鲜、海鲜名目繁多，在赣西，鱼类品种单调，多且大的鱼，不外乎草鱼、鲢鱼、鳙鱼和鲤鱼等水库鱼。这些鱼刺多,口味没有那么鲜嫩。鱼在中国传统文化中有深意,所谓年年有余,鱼与"余"谐音,因此过年过节,甚至日常生活中都少不了鱼。于是,宜春人在吃鱼方面,想了许多办法进行创新改良。

我大舅在乡下算得上是一位"村级"大厨,附近村庄,左邻右舍一旦有大一点儿的宴请都会请他去掌勺。鱼的做法他自创了一个独门技艺,将草鱼,或其他鱼也可以,晾成七成干后切块,加入大量的食用盐、料酒及香椿叶等辅料入味,再放入瓦缸中腌制一段时间。烹制时将鱼取出清洗干净,用辣椒、大蒜、姜葱等调味品爆炒,此时,鱼骨和鱼肉自然分离,腥味已除,鱼肉按生长纹理形成片状,颜色红白相间,外焦里嫩,肉质鲜美。这是我所吃过的,最值得回味的草鱼。我曾经跟大舅讨教做法,他总是哈哈一笑,秘而不宣:"保证你能吃到就好了。"后来我还是从表妹那儿打听到,这种腌制方法称为"椿匐鱼","椿"即"香椿叶","匐"即"在瓦缸中密封腌制"。

说到鱼,我有一个情结。小时候,我常在温汤镇的那条清沥江中抓鱼,那是一种二三寸长的小鱼,前后长着两对浅红色的鱼翅,模样

很好看，我称之"红翅膀"。清沥江河水很浅，发现它们后，鱼游我追，一旦鱼游不过我，便束手就擒，以至在温汤那个小山村生活的几年，我家没买过鱼——实话实说，其实是买不起。如今我每次回宜春，都会到温汤的那条小河边散步，找寻一些儿时的记忆。河中曾经的小鱼已很难见到，但小鱼犹在，不过已摆上温汤小镇菜市场的摊位。我问摊主，小鱼哪里来的？他们说，温汤本地的，从小河中捕捞的。这种小鱼在山泉水中生长，纯野生，长不大，但肉质鲜嫩，油炸或晒干后炒辣椒比较好吃，为温汤一道美食，估计以后的数量会越来越少了。

自从在青藏高原观看藏族民众放生鱼后，我感触颇深，减少了对鱼的食用，尤其是野生鱼，同时包括其他一切野生动物。

水中有鱼，水面养鸭，鱼米之乡，鱼鸭共存。众所周知，宜春盛产皮蛋，且是当地一个品牌。西村河多鸭多，也产皮蛋，但西村皮蛋与城里销售的皮蛋口味完全不同，具有独特风味。我老舅家，以及老舅的老舅家，有制作盐皮蛋和咸鸭蛋的传统，其中的皮蛋为一绝。这种皮蛋，鲜蛋源于家里在河中散养的麻鸭，蛋的个头比较大。

腌蛋在宜春称"藏蛋"。藏蛋时，在燃烧后的茶壳灰中加入少量茶叶水，以及盐、碱、生姜等辅料，拌匀后将鲜蛋包裹，再用松针柏叶覆盖洒上水装入瓦缸中，时间约半个月便大功告成。这种皮蛋剥开外壳，蛋清部分呈灰白色，晶莹但不透明，且有些硬，表面点缀着一朵朵神奇的松花。惊艳在内部，蛋黄部分，红黄渗油，凝而不固，透明醇香。将蛋切开，如同朦胧天空中呈现的一个太阳，非常好看。吃的时候，蛋清爽脆，略带一点儿涩味，品味与众不同，依然好吃。

这种皮蛋在西村许多村民都会制作，不过，是自产自用，没有商品化，外人恐怕难有这种口福。

赣西还盛产辣椒，赣西人也喜欢吃辣椒。原先我只知道万载的辣椒有名，肉厚甘甜。近日听朋友说，高安上湖乡的辣椒也很著名，有"火辣辣的椒，甜蜜蜜的心"之誉。辣椒是外来物种，传入中国的时间大约在明朝，途径有两条，一是海路，从台湾和两广入境，称番椒；另一种是自陆路的中亚通过丝绸之路而来，叫作秦椒。明朝人高濂曾这样记录辣椒"丛生，白花，子俨似秃头笔，味辣色红，甚可观"。汤显祖在《牡丹亭》中，将辣椒描述为一种"辣椒花"花卉，那时，辣椒可能体现出的更多是观赏性。作为一种食材，辣椒的真正食用价值直到清朝才得以体现。此前，中国的辣味主要依靠花椒、生姜、大蒜和食茱萸等辛辣物。

中国的长江流域气候潮湿且多阴雨，尤其是冬春时节，需要依靠辣椒去湿保暖，逼出湿气，于是受到广泛欢迎，江西人便有"辣不怕"之称谓。在宜春生活时，我记得我们家每年过冬都会购买一袋干辣椒，不仅仅是我们家，其实家家户户都如此。记得老妈炒菜，基本上每菜必

放辣椒，主要是干辣椒，有一种不加辣椒便不会炒菜的感觉。时过境迁，赣西人通过辣椒衍生出辣椒酱、霉豆腐等一系列跟辣椒相关联的开胃食品。温汤，因为温泉和明月山的泉水，那里种植的黄豆颗粒大，做出的豆腐特别鲜嫩好吃。通过豆腐、红辣椒、山茶油和泉水这四种主要原料，孕育出温汤著名的农家手工"豆腐乳"，俗称"霉豆腐"。

宜春之辣，还有一种，即生姜。俗语说"上床萝卜下床姜"，意思是早晨起床应吃姜开味提神，晚上睡觉前可吃些萝卜帮助消化。与喜爱辣椒同一道理，宜春人亦喜欢吃姜。近日，我曾在宜春古楼街头漫步，见到一个专门卖姜的小摊，数一数，居然有十六种之多，红姜、白姜、嫩姜、干姜、醋姜、豆豉姜、冰糖姜，等等，各式各样。这些姜是赣西人家的必备开胃小吃，超市中一年四季都有卖。有的时候，一些人还会做一些拿到街边或学校门口出售。姜是我小时候的挚爱之一，经常花个五分钱或一角钱买上一包，就像吃水果，狼吞虎咽一口气干完，辣得浑身冒汗。宜春人外出，可能不会带其他食品，但一定会记着带上一罐姜。有一次我去深圳一家医院探访病人，见同房病友床头茶几上放着一罐姜，便问，你是江西人吧？她笑笑，吉安的。这就是习俗。

赣西多竹，演绎出的竹笋也多种多样，有春笋，也有冬笋，有明笋，亦有干笋。这些笋，纯野生植物，既可清炒做菜，也可用于煲汤，晒干后还可以当作零食吃。大多数时候，我喜欢这些自然简约的家常菜，诸如宜春的豆腐，一盘红烧豆腐，或一碗青菜豆腐汤，不攀富贵，清淡雅致，有滋亦有味。"不嫌村饷薄，但爱野蔬香"，这才是家乡的味道。

陶渊明的酒

赣西产酒，就白酒来说，知名品牌有樟树四特酒。据说"四特"这一名称还是当年周恩来总理所取，寓意"清香醇纯"四种特点。

四特酒原为大曲，以大米为主材，辅以面粉、麦麸和酒药，并经红褚石条窖池发酵，香气有别于清香、浓香和酱香型白酒，自成一体，称特香型白酒。不仅如此，赣西产白酒之地盛多，袁州区有宜春大曲、上高有七宝山老窖、万载有万载老窖等。在赣西农村，自古以来还有自酿谷酒习俗，也有用红薯酿的白酒。我曾经品尝过一点儿高安的谷烧酒，度数极高，非常具有挑战性，因价格便宜，在农村地区广受欢迎。在制作工艺方面，谷酒有蒸馏环节，色泽类似白酒，一般产自专门的农家制酒小作坊，家庭自酿受到一定条件限制。

　　除了白酒，赣西地区更多的是米水酒、黄酒和果味酒。如今的赣西人，常饮之酒大致为两类，白酒和米水酒。家庭中多喝米酒，应酬时多喝白酒。喝白酒，四十多岁前，我曾自以为可以来者不拒，但在赣西仍不敢斗胆，实在劝不过也喝不过，只能甘拜下风。其实，赣西真正好喝的酒还是温和醇厚的米酒和黄酒。米酒，家庭可以自制，用一个搪瓷盆，或专门的陶瓷瓦缸，糯米一蒸，泼洒上酒药后，在盆或缸中保温，两至三天发酵后就能出酒。这种米酒用浅碗喝，爽气陶然。话虽这样说，看似也简单，但要恰到好处做出甜酿并非易事，酒药少了不出酒，保温不当容易变酸。我曾经尝试过多次，均以失败告终。米酒在赣西很大众化，如果在这种米酒中加入汤圆，做成酒糟汤圆，另有一番风味。黄酒的制作，工艺复杂许多，大多为作坊化生产。这些酒由粮食纯酿，度数一般在十几度到二十余度，既能让人感受到酒的味道，体味喝酒的快意，又不至于喝醉，适度喝一些这种酒对身体往往还有益处。

　　在古代，赣西地区的人们所喝的酒往往就是这种米酒或黄酒。陶渊明是位好酒之人，他的诗文，多半与酒相关，某种意义上他还真是个嗜酒之人。"酒"在陶诗中是一个象征，既托物言志，又是陶渊明作品中不可或缺的文化符号。在《饮酒》并序中，陶渊明说："余闲居寡欢，兼比夜已长，偶有名酒，无夕不饮，顾影独尽。忽焉复醉。"其中第十九诗"虽无挥金事，浊酒聊可恃"中"浊酒"一词所指，应该就是这种米酒或黄酒。为更好理解陶渊明与酒的关系，我们这次赣西之行，特地对各地形成的酒文化进行追踪。

九江武宁县，距离当年陶渊明生活的柴桑咫尺之遥，我们抵达武宁的当晚，通过网上搜索，找到一家称八怪酒家的街边小店用餐。老板陈先生十分热情，请我们喝酒家自酿的黄酒。他介绍说，这是一种九江的传统米酒，黑糯米酿制，酒色棕红透亮，香气浓郁，已有三千年酿制的历史。我们品尝后感觉与九江名酒封缸酒的口味差不多，但价格便宜，按二两杯计算，每杯四元钱。陈老板很爽快，收我们四元钱，将一小壶加热的酒赠送，令我们一醉方休。

　　来到"渊明故里"宜丰，这里的酒文化浓郁，仅仅依据陶渊明与酒的渊源，说宜丰为陶渊明故里我丝毫不怀疑，就酒量来说，宜丰人个个海量，人人可谓陶渊明。我们转悠宜丰石市镇的古村宋风刘家，呈现"处处村旗有浊醪"的景况。那儿出产一种"节节酒"，名字怪怪的，其实也是一种纯糯米黄酒，为自制的酒曲，自酿专卖，已有多年历史。

据说这种"节节酒"之命名，跟端午节似乎还有点关系。石市镇靠近锦江边，风景优美，锦江两岸的村庄有过双节的习俗。拿端午节来说，每年农历五月初五，各村游龙头，送龙舟下水，开始划船但不竞赛，到五月十三日才吃粽子、饮节节酒，并举行规模盛大的龙舟竞渡活动。这一天在当地叫端午副节，又称龙舟会，其历史有多久，据说自明朝石市兴市之时即兴此会。时过境迁，"节节酒"称谓也就得以传承。

　　宜丰的天宝乡出产一种酒，叫天宝罗酒。这种酒独一无二，产地仅限于天宝古村周边一小块地方。虽然在当地这种酒名气不小，但我却从没有喝过。

　　在天宝旅行时，朋友刘壮中先生请我们用餐，他问喝酒否，我想都没想就说，品尝一下天宝罗酒吧，于是他拎了一大塑料瓶上桌。看上去，这种酒仍属黄酒中的一类，呈浅棕色，清澈透明，颜色似乎没有其他黄酒那般浓烈，品尝一口，味道清爽微甜，呈黄酒之色泽，却有白酒的冲劲，度数介于黄酒和白酒之间，喝过之后神清气爽，感觉酒的后劲十足。"斟时明如镜，片刻色泛黄。饮时满口香，一醉三日床"这首宜丰民间俗语所指即天宝罗酒，非常形象。宜丰《新昌县志》曾记载："天宝乃有罗酒，漓者为水酒，醉者为罗酒，三钱可以取醉。"其实江西米酒皆如此，用碗喝，好喝有点儿甜，一旦喝醉三天都清醒不过来。于是罗酒在宜丰有"三碗倒"之称。

相传在天宝墨庄的"八节祠"，住着一位罗婆婆，有酿酒手艺。每年她都会用天宝墩种植的上等柳条糯米，以及天宝古村北门巷罗家井泉水，加祖传秘方制作的酒药，精心酿酒。天宝罗酒酿制的工艺独特，一般选择每年农历八、九月开始酿制，将糯米洗净蒸熟，冷却入药，再用黄纸泥土封缸陈酿，到第二年清明时节开封饮用。故事说，罗婆婆七十大寿这天，她用罗酒招待客人，酒一上桌，香气扑鼻，众人追问，罗婆婆才道出酿造的秘密。后来，罗婆婆将这一酿造技艺传给儿孙，延续传承。因酿造者为罗氏，加上产地名称，于是天宝罗酒横空出世，迄今已有四百余年历史。

在天宝，曾有诗赞美天宝罗酒，"糯产清溪墩灌田，水挑古井岁寒泉。村翁沿技酿罗酒，深巷飘香酌盛年"。诗中用几个词概括了罗酒的产地、工艺和味道。制作天宝罗酒的主要原料是糯米、泉水和酒曲。至于天宝本地的柳条糯米长什么样，我没见过实物。天宝古村多井，倒是有所见识，古村目前的古井达四十八口，一般居民日常使用的水均为古井泉。据检测，这种井泉富含"锌"和"偏硅酸"等矿物质，其中锌元素可促进大脑发育，偏硅酸具有美容养颜、抗衰老作用，对女士们美容养颜可能会有效用。

大宝当地流传一句俗谚："万载的爆竹，浏阳的伞，天宝的妹子不

用拣。"意思是说，天宝的女子不用挑选，个个都出落得水灵漂亮，说话温婉动听。男孩子到此一游，说不定真的会有意外惊喜。我们在天宝旁边的洑溪村参观，恰逢一个村民在井中打水，我们问做什么用，他说酿制罗酒。一次取水十几桶，看来这是一个规模不小的酿酒作坊。时过境迁，罗酒酿制显然突破了罗婆婆中秋开酿的传统，不过我们倒是赶上了清明品尝罗酒的时节，自然需要一喝为快。如今，天宝罗酒已列入"江西省非物质文化遗产保护名录"，但真正熟练掌握其酿造技术的人，也只剩几位七十岁以上的老年人，我真希望这种用醇厚绵密文化勾兑出来的佳酿能够继续传承下去。

离开天宝古村时，我买上两大瓶传统的"天宝墨庄罗酒"带回深圳。写作这一章节时，边写边喝，一大杯下肚，感觉真的醉了。这是一种陶然之醉，如果有陶渊明的那种灵感和天赋，我也想写首诗……

陶渊明的诗，自然率真，恬静淡泊，心境合一，托物言志，千百年来一直被人们传颂不绝。"醉翁之意不在酒，在乎山水之间也。"在此引用陶渊明《饮酒》诗之五，作为本章、本书的结束语吧。

结庐在人境，而无车马喧。
问君何能尔？心远地自偏。
采菊东篱下，悠然见南山。
山气日夕佳，飞鸟相与还。
此中有真意，欲辨已忘言。

后　记

我喜欢旅行，多年来的注意力始终在中国西部四川、云南、西藏和青海之间的横断山脉和青藏高原腹地，曾经多次自驾或租车前往高原，聚焦那儿的雪山、植物、动物及人文历史。自从阅读到南兆旭先生《深圳自然笔记》一书，我忽然发现，其实在自己身边，亦是个大千世界，那些山野、溪谷、田园，直至植物、鸟类和昆虫，我们知之不多，仍有待发现。受此启示，我将视野回眸，转而探寻发生在眼前和身边的故事，同样趣味横生。

赣西是我的家乡。我的祖籍在高安，却在宜春袁州区长大，而媳妇是宜丰人，三地恰好组成一个大三角，形成三个支点，方便了我的赣西行。多年的生活经历，故土之情，我想着把其中一些故事记录下来。2021年4月，我决定休一次年假，用一个月左右时间，自驾行，足迹几乎踏遍赣西各地，于是有了《所念在家山》这本书。

山野自然，人文底蕴浓郁的赣西，如果用现今的高铁速度丈量它，东西横穿，车程不足一小时。那里山脉纵横，河网密布，涉及的市县区较多，但同根同源，差异其实并不大。纯净的山水，茂密的森林，温和的气候，使之成为生物界优良的避风港。

位于宜春城区南郊的明月山是我常去的地方，一个自然宝库，而前往明月山，温汤小镇上又拥有富硒温泉，两者相得益彰，于是游人如织，催生了宜春这座全国优秀旅游城市。曾被封禁达四百多年的秘境官山，是一处动植物王国，仅植物品类就达两千种，且多珍稀孑遗物种。我曾多次前往官山，这次仍意犹未尽，我喜欢那里的宁谧，"入深山，住兰若，岑崟幽邃长松下"，始终是我的一个梦想。九岭山脉，山水恬静，森林深邃，超凡脱俗。诗画靖安，到中源避暑、观古树古建筑，到三爪仑呼吸新鲜空气，到古楠村观赏娃娃鱼，都令人心旷神怡。我向往"悠游九岭千里山，闲做靖安一片云"的旅行境界。

　　大自然之造化，为赣西提供了这样一个丰盈的物质家园。对中国人来说，故乡情怀是个说不尽、道不完的话题，是一种具有普遍性的心灵皈依与精神寄托，一种共同的信仰，让人踏实，充满美好和力量。赣西值得人们品鉴。

　　宜春，是赣西一座古城，曾一度与广州、长沙、南昌这些南方大都市同时代，但因农耕社会，环境封闭，始终默默无闻。如纳入中国城市生产总值排名，宜春目前顶多只能算个三四线城市，但我对它情有独钟——宜居而且休闲。因为传统的农耕文化，生活节奏慢，让宜春，乃至赣西保有良好的生态。"宜春，春宜人"，宜春就是这样一个地方，优越的自然禀赋，真的如王勃《滕王阁序》中所说——物华天宝、人杰地灵。

　　二十多年前，我离开宜春到深圳工作，但所念在家山。

　　现在高速公路有了，高铁通了，甚至每天都有航班起降宜春，方便了人们的出行与抵达。而我，每次回家，常念之物必为美食，哪怕是一碗青菜豆腐汤，一盘辣椒炒肉，亦有滋有味。俗话说"三岁定胃口"，舌尖上的美食，对我而言，乃一辈子的记忆。

　　记得有一次，清明节后，我从官山自然保护区开车前往宜丰县城，途经石花尖垦殖场附近，那儿的房前屋后，一片新绿惹眼，桃花、梨花，还有各种野花恣意盛放。恰巧遇见一位少女从菜园摘菜回家，我们下车交流、观景。她家门前长着一株高大的梨树，此刻正是"梨花枝上层层雪"之时；树下，一只母鸡带着一群小鸡，咯咯咯来回穿梭，此情此景，似一幅乡村山居图画，美轮美奂。我心中惦念着，但后来进山，却再未能找到那个地方、那户人家。从此，这个印记一直烙在我心中，犹如陶渊明笔下的桃源之梦。有幸的是，这次我走入陶渊明"故里"，感悟陶渊明的"桃花源"理想，体味陶渊明式的生活方式。

赣西自古乃人文汇聚之地。唐宋时期，尤其是南宋，随着都城南迁，赣西学风浓郁，文化昌明。历史上，许多文人骚客曾行游于此。"莫以宜春远，江山多胜游"为韩愈的赠友诗。朱熹曾多次往返于福建、江西与湖南之间。"我行宜春野，四顾多奇山"记载于朱熹《同林择之、范伯崇归自湖南，袁州道中多奇峰、秀木、怪石、清泉，请人赋一篇》一文中。如今我们深入赣西，仍能发现不少悬挂"进士及第"牌匾的古村落，以及各式残存的古代书院，这里耕读文化源远流长。

在修水双井黄庭坚故居，我看到这种文化在传承；在宜丰陶渊明故里秀溪，在靖安刘慎虚的深柳读书堂，我听到了许多当地人表达的愿望，他们诚邀有志于此的人士能够参与这些历史名人故里开发，延续并壮大这种文化之脉。

时过境迁，封闭性、家族化，形成独特的赣西地域文化。行而不远，自娱自乐，构建赣西复杂多元的方言系统。所谓"父母在不远游"，安土重迁，形成赣西人的性格特征。

李木子曾是宜春一位老领导，早年写作《宜春古今谈》一书。他把自己对家乡之爱，倾注于山水人文之中。该书并未正式出版，只是以资料汇编形式刊印，我却非常喜欢，多年来一直存留在身边。作为晚辈后学，这次我循着木子先生的写作脉络和他所讲述的故事，决心放下手头的工作，走入赣西大地，打捞故土旧影，探寻家山新知。

赣西人朴素热情，此次行走我体会深刻，其中许多人是我的朋友，请他们帮助，无须多言，还有不少当地领导或第一次谋面的朋友，当我说明来意，亦是盛情。这一次，我也曾深入多地的山野、田间、村落或寺院寻访，发现并挖掘了不少普通赣西人的故事。我选择其中部分人和事写入书中，呈现给读者。

最后，得感谢此次行程中给予我帮助的诸多朋友，感谢人民文学出版社编辑出版此书。不到之处，恳请读者批评指正。

孙重人

2021年11月22日